嘉兴学院出版基金资助

冯雪峰
与俄国马克思主义
文学理论关系研究

蔡朝辉 著

Fengxuefeng

中国社会科学出版社

图书在版编目（CIP）数据

冯雪峰与俄国马克思主义文学理论关系研究 / 蔡朝辉著. —北京：中国社会科学出版社，2020.8（2021.9 重印）
ISBN 978 - 7 - 5203 - 6538 - 3

Ⅰ.①冯…　Ⅱ.①蔡…　Ⅲ.①冯雪峰（1903 - 1976）—文学理论—研究②马克思主义—文学理论—研究　Ⅳ.①I206.7②A811.691

中国版本图书馆 CIP 数据核字（2020）第 087146 号

出 版 人	赵剑英
责任编辑	刘　艳
责任校对	陈　晨
责任印制	戴　宽

出　版	中国社会科学出版社
社　址	北京鼓楼西大街甲 158 号
邮　编	100720
网　址	http://www.csspw.cn
发 行 部	010 - 84083685
门 市 部	010 - 84029450
经　销	新华书店及其他书店
印　刷	北京明恒达印务有限公司
装　订	廊坊市广阳区广增装订厂
版　次	2020 年 8 月第 1 版
印　次	2021 年 9 月第 2 次印刷
开　本	710 × 1000　1/16
印　张	14.75
插　页	2
字　数	201 千字
定　价	86.00 元

凡购买中国社会科学出版社图书，如有质量问题请与本社营销中心联系调换
电话：010 - 84083683
版权所有　侵权必究

序

在年轻一代学人中，朝辉是较早走进冯学锋研究领域者之一。早在2003年，朝辉就选择《冯雪峰与俄苏马克思主义文论的关系研究》作为自己的硕士学位论文题目。应该说，这个题目对他是具有难度和挑战性的，且不说理论研究本身需要较强的抽象思维能力，仅就资料收集而言，在当时网络还不太发达，电子资料还很少使用的情况下，就有相当的难度。但朝辉不畏难，能吃苦，较为出色地完成了这一研究课题。硕士毕业后，他考入中山大学攻读文艺学博士学位，转向了更具有时代感的网络文学研究。但《冯雪峰与俄苏马克思主义文论的关系研究》这一课题，作为他的学术初恋，始终萦绕在他的脑海，一直未曾忘记。经过十几年的思考与沉淀，他所完成的《冯雪峰与俄苏马克思主义文学理论的关系研究》一书，比其硕士学位论文内容更丰富，观点更科学，研究更深入。概而论之，该著作具有以下三个鲜明的特点。

首先，具有宽广的国际视野。20世纪的中国马克思主义文艺理论，一方面是中国先进知识分子和共产党人主动选择和积极创新的成果。1840年的鸦片战争以中国的失败告终，从此中国走向了积贫积弱。1840年以后，中国的一批先进知识分子开始了面向西方寻求强国富民之道的旅程。他们先后选择过西方的物质文化、制度文化、精神文化，但都未能解决中国的现实问题。直到20世纪初期，中国的先进知识分子，特别是共产党人选择了马克思主义，并将其与中国的社会现实相结合，创造了中国化的马克思主义，并为中国社会的发展指明了方向。马克思主义文艺理论，作为马克思主义的一个重要组成部分，同样是中国先进知识分子和共产党人主动选择和积极创新的成果。另一方面，中国化的马克思主义文艺理论，又是马克思主义在世界广泛传播和积极影响的结果。自19世纪中期马克思主义诞生以来，就在世界范围内得到了广泛传播，产生了重要影响。马克思主义于20世纪初期传入中国，由于它自身的先进性，它与中国传统文化的契合性，它与中国现实需要的适应性，它一进入中国就受到了中国社会的热烈欢迎，并在中国生根、开花、结果。中国的马克思主义文艺理论，作为中国化马克思主义的一个有机组成部分，同样是马克思主义文艺思想在中国传播与影响的结果。冯雪峰的文艺思想，就是他主动选择与积极创新同马克思主义文艺思想广泛传播与积极影响相结合的产物。对冯雪峰文艺思想的研究，必须具有国际视野，否则，就难以对其作出深刻的阐释和准确的评价。朝辉深知这一要义。基于这一认识，他将冯雪峰文艺思想放到世界20世纪20、30年代与苏联拉普、日本纳普的关系中去审视。因此可以说，朝辉对冯雪峰与20世纪20、30年代马克思主义文艺理论关系的探讨较为全面，尤其是对冯雪峰与苏联拉普、日本纳普关系的论述，内容充实，阐释清楚，比一般同类著作提供了更新颖的观点和更丰富的材料。当然，朝辉在研究冯雪峰文艺思想具有广阔国际视野的同时，也坚持了本土立场，注意将冯雪峰的文艺思想放到中国文化背景之中、中国现实需要之下去研究，较好地实现了国际视野与本土立场的结合。

其次，运用了多维的比较方法。比较研究既是经典马克思主义文艺理论的重要特点之一，又是中国化马克思主义文艺理论研究本应坚持的基本方法之一。从经典马克思主义文艺理论看，马克思主义创始人的文学批评，就采用了纵向历时比较、横向共时比较、跨越学科比较等立体交叉的比较方法；从中国化马克思主义文艺理论看，鲁迅、瞿秋白、胡风、周扬、冯雪峰等中国马克思主义文艺理论家，他们在受到国外马克思主义文艺理论的影响时，他们之间又相互影响。可见，他们的文艺思

◇ 序 ◇

想本身就具有重要的比较研究价值。也只有通过比较研究，才能更准确地把握20世纪中国马克思主义文艺理论的总体特色和不同马克思主义文艺理论家的个体差异。朝辉准确地认识到了中国化马克思主义文艺理论这一重要特点。他的著作虽然是重点研究冯雪峰的文艺思想，但却不是对其进行孤立的考察，而是将其置于中外马克思主义文艺理论关系，马克思主义文艺理论中国化谱系中进行多维比较、立体透视。从国际看，有冯雪峰文艺思想与藏原惟人、普列汉诺夫、弗里契文艺思想的比较，在比较中，厘清了冯雪峰文艺思想的域外资源及其对中国马克思主义文艺理论的多方面影响；从国内看，有冯雪峰与毛泽东、周扬、胡风文艺思想的比较，在比较中，揭示了他们文艺思想的同中之异及其中国化马克思主义文艺理论的丰富内涵。

最后，突出了对关键词的重点研究。关键词研究，作为一种学术范式，兴起于20世纪后期，至今，在国内外都产生了较大的影响。在国外，与文艺理论相关的代表性成果有约翰·费斯克编撰的《关键概念：传播与文化研究辞典》、于连·沃尔夫莱著《批判关键词：文学与文化理论》、安德鲁·本尼特与尼古拉·罗伊尔合著《关键词：文学、批评与理论导论》等；在国内，与文艺理论相关的代表性成果有：赵一凡主编的《西方文论关键词》，胡亚敏等著的《西方文论关键词与当代中国》及江苏人民出版社出版的"关键词研究丛书"中《后现代理论家关键词》等。朝辉的《冯雪峰与俄国马克思主义文学理论的关系研究》顺应了这一学术发展趋势，采用了关键词研究方法。该著虽不是一部关键词研究专著，但其对冯雪峰文艺理论中的关键词研究十分到位。如对苏联文艺界20、30年代影响巨大的"唯物辩证法创作方法""社会学批评方法"等关键词，冯雪峰文艺思想中的"战斗力""主观力""人民力"等核心概念，从其基本内涵、历史发展、重要功能、正负影响等多个方面进行了阐释，这不仅对研究对象的丰富内容起到了提纲挈领的作用，而且有利于读者全面了解、深入理解这些关键词。

◇ **冯雪峰与俄国马克思主义文学理论关系研究** ◇

  我这篇简短的序言,既无法全面呈现《冯雪峰与俄国马克思主义文学理论的关系研究》一书的丰富内容,也无法整体评价其学术价值,只是就我个人的阅读感受作了重点陈述。该书的优点和特点并不只有我说的这三点,更不能说该著只有优点和特点,正如一个人不可能只有优点一样。该著在个别重要问题的阐释上,如对冯雪峰关于文艺与政治关系的论述,就还有提升的空间,还可以在纵向方面上下延伸,横向方面左右拓展,但这并不影响该著的学术质量和整体水平。

季水河

2019 年 12 月 10 日湘潭大学静泊书屋

目　　录

引　言 ………………………………………………………（1）

**第一章　俄国马克思主义文论译介活动对冯雪峰文艺
　　　　理论建构的影响** ……………………………………（7）
　　第一节　冯雪峰对俄国马克思主义文论的译介 ……………（7）
　　第二节　20世纪二三十年代俄国马克思主义文论的
　　　　　　发展历程梳理
　　　　　　——以藏原惟人为线索 ………………………（30）
　　第三节　藏原惟人对俄国马克思主义文论的接受和解读 …（55）
　　第四节　藏原惟人的翻译及理论阐释对冯雪峰文艺
　　　　　　思想建构的影响 …………………………………（64）
　　本章小结 ……………………………………………………（79）

第二章　冯雪峰与俄国马克思主义文学理论关系的个案研究 …（80）
　　第一节　文艺功利观的构建
　　　　　　——冯雪峰与普列汉诺夫 ……………………（80）
　　第二节　现实主义理论的阐释
　　　　　　——冯雪峰与"拉普"的"唯物辩证法创作
　　　　　　方法" ………………………………………（89）
　　第三节　社会学的批评方法的运用
　　　　　　——冯雪峰与弗里契 …………………………（102）

本章小结 …………………………………………… (113)

**第三章　冯雪峰与同时期其他马克思主义文艺
　　　　　理论家的比较** …………………………… (115)
　　第一节　周扬与冯雪峰文艺思想比较（1928—1949）… (115)
　　第二节　胡风与冯雪峰文艺思想比较 ………………… (129)
　　本章小结 …………………………………………… (150)

第四章　冯雪峰文艺理论批评重估 ……………………… (151)
　　第一节　"艺术力"之丰富内蕴 ……………………… (151)
　　第二节　现实主义理论的理性言说 …………………… (160)
　　第三节　重视实践的社会学的批评方法 ……………… (179)
　　本章小结 …………………………………………… (185)

**第五章　冯雪峰与俄国马克思主义文学理论关系的
　　　　　当代启示** ……………………………………… (186)
　　第一节　正负交融
　　　　　　——冯雪峰与俄国马克思主义文学理论关系的
　　　　　　　总体评价 ……………………………………… (187)
　　第二节　创新、发展与未来走向
　　　　　　——冯雪峰与俄国马克思主义文学理论关系的
　　　　　　　当代启示 ……………………………………… (195)

冯雪峰译介编年 ………………………………………… (199)

参考文献 ………………………………………………… (213)

后　记 …………………………………………………… (226)

引　言

冯雪峰（1903—1976），浙江义乌人，中国现当代文学史上著名的诗人、马克思主义文艺理论译介者和马克思主义文艺理论批评家，同时又是著名的鲁迅研究专家和党的文艺领导人。文学方面的诸多业绩奠定了他在现当代文学史上的突出地位，特别引人注目的是他的马克思主义文艺理论批评。

在马克思主义文论中国化的过程中，冯雪峰是最值得重视的人物之一。在很长一段时间里，冯雪峰是党的文艺领导人，与鲁迅关系密切，尤为重要的是，冯雪峰为中国早期马克思主义文论的传播和构建作出了重要贡献。早在1926年，冯雪峰便开始翻译、传播马克思主义理论。冯雪峰的译著对当时马克思主义的传播产生了积极的影响，同时，冯雪峰的译介活动也直接影响到冯雪峰文艺观的形成，冯雪峰正是从马克思主义文艺理论译介开始，在文艺批评实践中不断成长，最后成为一名马克思主义文艺批评家的。俄国马克思主义文论是冯雪峰文艺批评的重要思想资源和理论基础。与同时代的其他马克思主义理论批评家胡风、周扬等相比，冯雪峰的马克思主义文艺批评自成体系，独具特色，以至"在马克思主义批评中国化的过程中，冯雪峰是最有代表性的现象与线索"[①]。

学界对冯雪峰的研究，应该说起步不晚，早在20世纪80年代一

[①] 温儒敏：《中国现代文学批评史》，北京大学出版社1993年版，第149页。

些学者便开始关注和研究冯雪峰,但此阶段的研究主要是从史料学视角探讨冯雪峰与鲁迅、冯雪峰与丁玲的关系,当然也有个别学者对冯雪峰的现实主义理论及其开展的马克思主义文论译介活动给予了关注,蔡清富《用"马克斯主义 X 光线"去照澈文学——评冯雪峰对译介马克思主义文艺理论的贡献》(论文,1987)首次对冯雪峰的马克思主义文论翻译工作给予了高度肯定。进入 90 年代,冯雪峰的研究得到全面拓展,主要体现在三个方面:一是冯雪峰评传的陆续出版,加深了学界对冯雪峰理论活动的认识。陈早春、万家骥著《冯雪峰评传》(著作,1993)和吴长华著《冯雪峰评传》(著作,1995),以时间为线索,梳理了冯雪峰作为无产阶级文艺理论家、作家和诗人的坎坷人生,冯雪峰的艺术成就以及为无产阶级文艺理论作出的杰出贡献等。二是冯雪峰的现实主义理论得到了深入研究。蔡清富《冯雪峰文艺思想论稿》(著作,1991)和支克坚《冯雪峰论》(著作,1992),研究视野开阔,学理深入,从不同的视角分别探讨了冯雪峰现实主义理论和鲁迅研究方面的特点。与此同时,一些理论家也开始反思冯雪峰在马克思主义文艺理论中国化中的得失。如温儒敏《历史选择中的卓识与困扰——论冯雪峰与马克思主义批评》(论文,1994)、庄锡华《论冯雪峰的文学观念》(论文,1992),就系统地分析了冯雪峰马克思主义文艺批评的特征,同时也反思了其理论的局限性。三是对冯雪峰与胡风的现实主义理论异同进行了比较。在左翼文艺理论发展史上,冯雪峰与胡风都对中国的革命现实主义做出了探索,二者的理论探索既有相似也有不同,这自然引起了研究者们的兴趣。季水河《胡风与冯雪峰:不同轴心的现实主义理论》(论文,1991)、朱丕智《冯雪峰与胡风理论个性比较》(论文,1992)和马驰《卢卡奇、胡风、冯雪峰现实主义理论的比较研究》(论文,1998)等,就从创作主体、生活反映、典型理论以及理论品格等方面对比分析了两位文艺批评家现实主义文艺思想的异同,深化了冯雪峰

引　言

文艺思想的比较研究。需要提及的是，冯雪峰对马克思主义文艺理论作出的贡献也引起了部分国外学者的注意，日本学者芦田肇《鲁迅、冯雪峰对马克思主义文艺理论的接受（一）：水沫版、光华版〈科学的艺术论丛书〉版本、材源考》（论文，1993）就对冯雪峰所翻译的马克思主义文艺理论的版本、材源等进行了考证。

2000年以来，学界对冯雪峰研究的热度整体有所下降，但冯雪峰的文艺批评思想的价值却得到了学界不少学者的认同，部分论题得到了进一步开掘。一是冯雪峰的现实主义理论及马克思主义文艺批评观研究进一步深化。王纯菲《革命实践的马克思主义文艺观——冯雪峰文论重估》（论文，2002）、赵红梅《现实主义理论探索》（硕士论文，2009）等客观评估了冯雪峰的马克思主义文艺批评观。二是从学理的角度探讨冯雪峰的鲁迅研究。孙玉石《鲁迅文学创作与精神气质之诗性特征——冯雪峰对鲁迅理解阐释的一个侧面之浅议》（论文，2013）、沈国庆《冯雪峰与鲁迅》（硕士论文，2013）和王川霞《文学与政治之间——冯雪峰与鲁迅传统的官方化建构》（博士论文，2016），客观评析了冯雪峰在论述鲁迅中所呈现出的文艺批评方法、价值取向以及形象呈现。三是冯雪峰对俄国马克思主义文论的翻译研究。王立明《冯雪峰与外国文学及马克思主义文艺理论》（论文，2000）、柳传堆《学术视角下的译介实践——评冯雪峰对马克思主义文艺理论的译介工作》（论文，2005）梳理了冯雪峰马克思主义文论译介的背景、目的、内容和影响等。

通过对国内外学者冯雪峰研究情况的梳理，我们可以清晰地看到研究内容主要围绕三个议题展开：一是冯雪峰的现实主义理论研究；二是冯雪峰与鲁迅的关系研究；三是冯雪峰对马克思主义文论的翻译研究。这些研究不同程度地加深了我们对冯雪峰文艺思想的理解与认识，为进一步全面系统研究冯雪峰的文艺理论批评与俄国马克思主义文论的关系打下了坚实的基础。总体而言，以上成果虽然也初步涉及冯雪峰文艺思想与俄国马克思主义文艺理论的关系，但是系统、深入、全面地探求冯雪峰对俄国马克思主义文论的译介、阐释与创新明显匮乏。

马克思主义在中国的传播和发展的传统是一笔值得珍视的财富。回望过去是为了创造未来，深入探求冯雪峰的文艺理论批评与俄国马克思主义文论的关系，是为了与历史语境保持关联，是为了从文化遗产和传统中寻求发展的资源和力量，重估尚未足够重视的冯雪峰文艺理论批评，梳理有待进一步厘清的俄国马克思主义文艺理论在中国的传播过程，对"革命现实主义理论的三驾马车"冯雪峰、胡风和周扬的文艺思想进行比较研究，全面评估冯雪峰文艺理论批评的成就与局限，准确把握一段时间里俄国马克思主义文艺理论在中国传播流变的特点，探讨总结马克思主义文艺理论中国化的进程和特征，对当代马克思主义文论的发展和马克思主义文艺理论中国化的路径选择有着重要的学术价值和意义。

一　研究价值

1. 通过该研究，能够厘清冯雪峰文艺理论批评与俄国马克思主义文艺理论之间的内在关联，全面清晰地勾勒出冯雪峰接受俄国马克思主义文论的内在逻辑以及呈现特征，科学评估冯雪峰文艺思想的成就与局限，进一步丰富左翼文学研究成果。

2. 随着近年来传统俄苏文艺思想研究的式微，俄国马克思主义文论思想精华远没有被完全揭示和阐明，俄国马克思主义文论对中国现代文艺发展的影响也没有引起应有的重视。通过冯雪峰与俄国马克思主义文论关系的梳理，再现俄国马克思主义文论在我国的传播发展历程，有利于深入挖掘俄苏文艺思想，辩证和历史地认知俄苏文艺思想的精华与不足，对于促进当下的马克思主义文论研究具有积极的学

◇ 引　　言 ◇

科建设意义。

3. 探讨冯雪峰对俄国文论的译介、吸收、运用与创新，梳理冯雪峰的马克思文艺批评道路，并与其同时代的马克思文艺批评家进行比较研究，也是对一段时间内马克思文艺思想中国化过程的一次梳理、透视和总结，无论是对历史局限的认识还是对积极意义的探讨，都将为行进中的马克思主义文论中国化实践提供理论支持和路径参考。

二　分析框架

一是俄国马克思主义文论译介活动对冯雪峰文艺理论建构的影响。冯雪峰的俄国马克思主义文论翻译是从日语转译并以藏原惟人的版本为主。冯雪峰的文艺批评构建不仅与其所译介的俄国马克思主义文论有着密切联系，同时也与藏原惟人的理论阐释存在着千丝万缕的联系。故而，以冯雪峰的俄国马克思主义文论译介为线索，深入历史语境之中，对俄国马克思主义文论的传播与流变进行梳理，厘清俄国马克思主义文论对冯雪峰的影响，有助于全面把握冯雪峰接收俄国马克思主义文论的动因、特征。二是冯雪峰与俄国马克思主义文论关系的个案研究。冯雪峰与俄国马克思主义文论的总体关系，是通过冯雪峰与俄国马克思主义阵营中的多位文学理论家、多种文学思潮，特别是在与普列汉诺夫、弗里契以及"拉普"文学理论思潮的集中关联中得以具体展开、微观呈现的。通过这些个案研究，有助于深入透视冯雪峰与俄国马克思主义文论的内在关联。三是冯雪峰与周扬、胡风文艺思想的比较研究。冯雪峰、周扬、胡风一道被誉为"革命现实主义理论的三驾马车"，但他们在马克思主义文论的接受以及理论建构上却存在明显差异。深入比较这些差异更能见出冯雪峰在俄国马克思主义文论理论接受和构建上的独特性，这也正是我们对比研究的目的所在。四是冯雪峰文艺理论批评重估。冯雪峰在 20 世纪 30 年代、40 年代和 50 年代都从事了大量的文学批评实践工作,这些批评实践大致保持了思想上的连续性,但也有一个发展和自我超越的过程,这一过程既是冯雪峰俄国马克思主义文论的接受过程,也是其文艺批评观的形成过程。故而,全面清晰地勾勒出冯雪峰文艺理论批评的内在逻辑以及特征呈现,予以重新定位和评价,有助于把握冯雪峰在俄国马克思主义文学理论接受上的思想品格和价值追求。五是冯雪峰与俄国马克思主义文论关系的评价和启示。冯雪峰文艺理论批评构建具有怎样的典型性意义,须重新定位和评价,这既能更好地把握冯雪峰文艺思想在马克思主义批评中国化过程中的地位、意义以及局限性,同时也能以冯雪峰为线索,反思和总结马克思主义文艺理论在中国实践的经验教训,为今天马克思主义文艺理论中国化提供借鉴和启示。

第一章 俄国马克思主义文论译介活动对冯雪峰文艺理论建构的影响

"20世纪中国马克思主义文学理论，受到过各种外国文学理论的影响，其中俄国马克思主义文学理论的影响尤为重大。在一定意义上可以说，20世纪中国马克思主义文学理论的重要范畴，没有一个不带有俄国马克思主义文学理论的痕迹；20世纪中国马克思主义文学理论家，没有一个不受到俄国马克思文学理论的影响。"① 冯雪峰就是其中的一个典型代表，他从日文译本转译了大量俄国马克思主义文论，并将俄国马克思主义文论作为其文艺批评构建的重要理论资源，形成了其富有特色的马克思主义文艺理论批评体系，为传播和建设中国化的马克思主义文艺理论作出了重要贡献。

第一节 冯雪峰对俄国马克思主义文论的译介

冯雪峰是我国最早的系统译介俄国文艺理论的主要翻译家之一，其译介作品的数量和质量，可与鲁迅、瞿秋白相媲美，其译介活动对马克思主义文艺学说在我国的传播起到了积极的作用，产生过深远的

---

① 刘中望：《瞿秋白与俄国马克思主义文学理论关系研究》，中国社会科学出版社2014年版，序。

影响。作家及翻译家施蛰存认为:"冯雪峰是系统地介绍苏联文艺的功臣""他的工作对我们起了相当的影响,使我们开始注意苏联文学"①。丁玲在其文章《胡也频》中也谈道:"也频在二八年、二九年读了大量的鲁迅和雪峰翻译的苏俄文艺理论书籍,进而读了一些社会科学、政治经济学、哲学等书,他对革命逐渐有了理解,逐渐左倾。二九年写了《到莫斯科去》,三〇年写了《光明在我们面前》。"② 我国著名的文艺理论家陈涌也说:"我知道雪峰同志,是从年青的时候看到他翻译的《艺术与社会生活》开始的。"③ 可见,冯雪峰的译著在当时起到了一定的传播作用。

冯雪峰有着较早的理论建设方面的自觉意识,试图探索出适合当时中国革命实际的文艺理论,在译介马克思文艺论著过程中他便开始了自己的文学批评活动,1930年冯雪峰提出了"不要忘记学术的研究,加强对过去艺术的批判工作,介绍国外无产阶级艺术的成果,进而建设艺术理论"④ 的主张。冯雪峰本人也正是从马列文论的译介而逐步开始文艺批评活动的。

一　译介背景

作为"湖畔诗人"时的冯雪峰已向往革命,1923年他在给同是湖畔诗社成员的应修人的一封信中写道:"我们耻以文人相尚,应诗人兼革命家。"⑤ 此时他已萌发革命意识。1925年上海爆发的"五卅运动"以及1926年北京的"三·一八惨案"等血的事实使他在震惊之余更加关注祖国的命运与前途。同时,俄国十月革命的胜利和苏联

---

① 包子衍、袁绍发:《回忆雪峰》,中国文史出版社1986年版,第52页。
② 张炯主编:《丁玲全集》第6集,河北人民出版社2001年版,第96页。
③ 陈涌:《雪峰同志》,《北京文艺》1980年第4期。
④ 《冯雪峰论文集》(上),人民文学出版社1981年版,第28页。
⑤ 《纪念与研究》(8辑),上海鲁迅纪念馆1986年版,第215页。

第一章　俄国马克思主义文论译介活动对冯雪峰文艺理论建构的影响

社会主义共和国的建立也让他更加关注俄国并向俄国学习。在"走俄国人的路"的思想导向下，冯雪峰放下了最初所从事的译介日本短篇小说的工作，转为译介俄国马克思主义文艺理论。在译介的过程中，他认为："革命文学的最特色底现象，想表现革命和生活新组织，所给予的新体验的倾向，或想艺术地再现这历史瞬间的冀求，及为了这些诗人的继续着必死的奋斗，以求表现新的形式的努力——这些都和他们的最初尝试一起能够容易地在这期的文学窥见的。"① 这些言辞清晰地表达了冯雪峰对俄国文艺的崇尚向往之情。这种倾向与立场也与他在 50 年代的反思相一致："首先不能不归因于这样的历史条件，就是：处于民主革命中的中国社会，是特别和十月革命前的俄罗斯社会相近的，而十月革命的影响对于中国革命是太重要的了。这就是说，首先是两个民族的革命思想的特别深刻的交流，于是俄罗斯和苏联文学带给现代中国文学以特别深刻的影响，在中国新文学的独立成长上给予了极大帮助。"②

同时冯雪峰也深受当时革命先行者的影响，他在阅读了李大钊的一些宣传马克思的著作以及听到的关于李大钊的种种革命事迹之后，深受感染和影响。他认为"做这样的人才是我们青年的道路"，并"就开始读一些社会科学的书"。他开始认真钻研马克思主义文艺理论著作，找寻大量的材料去熟悉无产阶级的社会革命理论。尤其是 1928 年四五月间在戴望舒、杜衡、施蛰存的"文学工场"时期，他译介了很多俄国文艺理论著作。但是正式而大量地译介俄国文论作品始于"革命文学"论争后他主持"左联"工作这一时期。在此期间，随着中国国内革命斗争的发展，中国共产党开始独立领导革命斗争，以工农联盟为主体的无产阶级革命日益兴盛，这些革命实践促使中国

---

① 冯雪峰：《雪峰文集》第 2 卷，人民文学出版社 1983 年版，第 748—749 页。
② 冯雪峰：《雪峰文集》第 4 卷，人民文学出版社 1983 年版，第 42 页。

◇ 冯雪峰与俄国马克思主义文学理论关系研究 ◇

现代文学家必须寻求一种新兴的文艺理论，用以指导建设新兴的无产阶级革命文学。1928年的"革命文学"论争提出并涉及了一系列重大的具有划时代意义的无产阶级文学理论课题，同时在论争中也暴露出了许多问题，这使得许多革命作家认识到了马克思主义文艺理论的重要性，并深感自己在这方面存在的不足，正像鲁迅所认识到的革命文学"缺乏能操马克思主义批评的枪法的人"。当时冯雪峰在阅读了革命文学论等双方的大量文章后，深切地感受到了倡导者在理论修养方面的欠缺，他深感理论建设的重要性，文艺上的"批判的不正确，即未能应用科学的文艺批评的方法及态度"①。要解释复杂的文学现象必须"用马克思主义的 X 光线去照澈现存文学的一切。经了这种透视，才能使批评不成为谩骂，却是峻烈的批评"②。此时他已有了系统地介绍马克思文艺理论的打算。1930年在中国左翼作家联盟的成立大会上正式通过了"成立马克思文艺理论研究会"的提案，这就使研究介绍国外无产阶级艺术成果、建设中国的艺术理论等工作走向了新局面。以此为契机，在鲁迅、陈望道等人的支持下，冯雪峰主编的《科学的艺术论丛书》积极广泛地介绍俄国文论并取得了丰硕的成果。冯雪峰这一时期的文艺活动说明了新文学工作者对马克思理论的渴求，同时这种渴求也是时代使然、历史必然。

二 译介特点

冯雪峰怀着这种急迫的历史使命感投入俄国文论的译介中，其译介活动主要呈现出以下两个特点。

（一）严谨的态度

冯雪峰具有严谨务实的译介态度。他的译著大都是从日文转译过

---

① 冯雪峰：《雪峰文集》第2卷，人民文学出版社1983年版，第293页。
② 同上书，第754页。

第一章　俄国马克思主义文论译介活动对冯雪峰文艺理论建构的影响

来的,由于要在两次语言背景下进行翻译转换,为了不影响其准确性,冯雪峰尽可能地找到原文,依照字典对原文逐字地进行校译,不甚明了的就去请教鲁迅等人,借以提高译文的质量。如他在《现代欧洲的艺术·订正版译者序记》中所言:"我所根据的是藏原惟人和杉本良吉的日译本。据我的判断,这日译确是对原文逐文逐句译的很严格的可靠的译本;因为当时,我也曾从日译者那里借来了俄文译本,借以改正日译本印错的字和补上打×的字句,并且日译中我有不明了或疑惑之处,也曾对句查出,问人或查俄文字典来决定……"① 据此,我们可以看出冯雪峰在翻译时负责和认真的态度,如他在《艺术与生活》的译者序中也指出:"翻译本书时,行句间有不能充分地理解者,是随时问鲁迅先生和端先生两前辈;又原注中夹有很多法文,并且有些被原译本印误了,关于这种地方是友人江思兄帮助我。我十分地感谢他们。但这本小小的书,译者虽日夜伏案吃了四十天的苦,始译成如现在的样子,而译文中不妥和误译的地方是一定还有的,这是必须请敬爱的诸位读者与以指正。"② 即使译作已经出版,冯雪峰也从未放弃过对自己译介作品的修订,如他在《艺术与社会生活·改译本序》中所言:"我的译本曾经再版,但近来重读一过,觉得译文有生涩及不妥之处。现即改译数处即更动字句颇多,重排出版,以谢读者。"③ 对冯雪峰的这种认真翻译态度,日本学者芦田肇给予了高度评价:"他们(鲁迅和冯雪峰)为当时的中国译介这些著作,那种勤奋而扎实的工作状况至今令人瞠目。"④

---

① 冯雪峰:《雪峰文集》第2卷,人民文学出版社1983年版,第781页。
② 《冯雪峰全集》第11卷,人民文学出版社2016年版,第206页。
③ 冯雪峰:《雪峰文集》第2卷,人民文学出版社1983年版,第777页。
④ [日]芦田肇等:《鲁迅、冯雪峰对马克思主义文艺理论的接受(一):水沫版、光华版〈科学的艺术论丛书〉版本、材源考》,《中国现代文学研究丛刊》1993年第2期。

（二）广泛的内容

冯雪峰深感俄国文艺理论对当时文艺建设的重要性，又目睹文艺理论译介的缺乏，故此，其译介内容较广，同时注意译介对中国现实的借鉴意义。冯雪峰总共译介了约 70 万字，其中专著 12 部。在冯雪峰所译介的内容当中，主要以文艺理论为主，也包括一小部分诗歌、小说和散文。其所译介的文艺理论主要是俄国文艺理论，但也包括部分日本无产阶级文艺理论家如藏原惟人、升曙梦、冈泽秀虎等的一些著述①。本书主要以时间为线索，梳理冯雪峰在不同时期所译介的文艺理论。这种搜集整理一方面我们可以看出冯雪峰所译文论内容翔实的整体概况，同时也能了解他本人对于这些译介内容的态度。

1. 1926—1927 年冯雪峰所译文论

（1）《新俄文学的曙光期》，"新俄文艺论述"丛书之一。该著作是由日本马克思主义文艺理论家升曙梦②编著，画室（冯雪峰的笔名）译，1927 年 2 月北新书局印行。该著作包含四篇文章：《新俄罗斯文坛的右翼与左翼》《俄国文坛的昨日今日和明日》《革命期的俄国小说坛》《最近俄国小说的印象》。冯雪峰在译《序》中评价道：

> 此编即升氏的《新俄罗斯论述》的第三编，其第七编《无产阶级文学》已由译者译出，此编可供一并的参考。

---

① "据资料显示，俄国文论在我国的外国文论译介中始终占据最重要的地位。而在日本，对俄国文论译介最多的文论家当时要数冈泽秀虎、升曙梦和藏原惟人，且这三位文论家主要都是以俄国文论为自己的研究对象。"引自沈素琴《中国现代文学期刊中的外国文论译介及其影响：1915—1949》，北京语言大学出版社 2015 年版，第 224 页。

② 升曙梦（1878—1958），日本鹿儿岛人，日本的俄国文学研究者。升曙梦为中国人了解俄国文学及早期苏联文学提供了重要的渠道和媒介。正如翻译家陈望道指出："升曙梦是日本当代文坛中一个最伟大的俄国文学译者；他以研究俄国文学为全生事业，于俄国文学造诣极深。关于俄国文学的著作与译作也极丰富……像升曙梦这一类伟大的介绍家，在日本自然是文坛的奇功异献者了。但同时也可以成为我们东亚文坛里的奇功异献者。因为我们中国现代似乎还没有这样伟大的俄国文学底介绍者。"因此，他的有关俄国文学的研究成果在当时极为盛行，并且很多都被译成了中文。

◇ 第一章　俄国马克思主义文论译介活动对冯雪峰文艺理论建构的影响 ◇

著者声明道：当草本编的时候，参考勃留骚夫、亚绥耶夫、查默金等的论文以补自己的观察和研究的不足的地方很多。编中《俄国诗坛的昨日今日和明日》这篇，勃留骚夫的原著耿济之先生已译过，升氏只就原著加上极少的部分，我翻译时曾多参考耿先生的译文。还有《新俄文坛的右翼与左翼》这篇，我曾删去了一段。

至于所谓曙光期者，即是，革命与新社会给与俄国文学的内容和形式以异常的影响，文学就划了一新时期，将十月革命以后的这泼辣的革命文坛的一时期，当作新俄国文学的曙光期的意思。这是不失为特别有兴味的研究对象的。本编对于这期间的俄国文坛的变迁，各派的消长兴衰的痕迹，及新文学的发生和其新运动及新收获，叙述尚为明了。自然是曙光期，离开正午的光尚有多少的距离。但革命文学的最特色底现象，却应在这期间看。想表现新世界观或无产阶级的理想的要求，想表现革命和生活的新组织所给与的新体验的倾向，或想艺术地再现这历史的瞬间的冀求，及为了这些一切诗人的继续着必死的奋斗以求表现的新形式的努力——这些都和他们的最初尝试一起能够容易地在这期的文学里窥见的。①

（2）《新俄罗斯的无产阶级文学》，"新俄文艺论述"丛书之一，升曙梦编著，画室译，1927年3月北新书局印行。该著作包含七篇文章：《无产阶级文学底诸问题》《无产阶级文学底发达》《无产阶级文学底特质》《无产阶级诗人和农民诗人》《无产阶级文学底艺术的价值》《无产阶级诗人及其作品》《无产阶级独裁与文化问题》。冯雪峰在译著《序言》里评价道：

---

① 《冯雪峰全集》第10卷，人民文学出版社2016年版，第5页。

◇ **冯雪峰与俄国马克思主义文学理论关系研究** ◇

升曙梦是日本著名的俄国文学研究者及介绍家。

但在中国这类著述却很少,这大约是因为中国研究文学的人懂得俄文直接研究者,是很孤单的几个人,而且研究资料也比较不易得的缘故。但在国内切愿知道新俄文艺的却不乏其人。即由于这现象,读者读了升氏的已出的丛书及预告后,即想就其中拣出几册来翻译,做一点转运的工作,冀图将新俄艺术运动的方面,间接介绍一点给国人,并供研究者的参考。至于错误的地方还应请大家指正。

……

至于本编的内容则如书名所示,专论述俄国无产阶级文学的运动及现状;关于无产阶级文学的各方面,发达,变迁,内容,特征,作品以及无产阶级文学为中心的论战等,叙说得很明了,也很详细了。但无产阶级文学这名词,则我想或者倒译作劳动阶级文学更为适合也未可知。无论如何,看无产阶级文学主张者的理论(参看本书第七章及《苏俄文艺论战》的第二篇),和政治运动的无产阶级是不能拆开来看的。无产阶级文学现在已形成为苏俄文坛的主潮了,在社会主义革命的俄罗斯这是极自然的事,但世界文坛将来也许有这样的一个时期。①

(3)《新俄的演剧运动与跳舞》,"新俄文艺论述"丛书之一,升曙梦编著,画室译,1927年5月,北新书局印行。该著作包含八篇文章:《革命期的俄国演剧》《演剧革命的回顾》《新剧运动的三权威》《无产阶级演剧运动》《舞台装置的革命》《俄国最近的跳舞》《最近的两种跳舞剧》《革命艺术与社会主义艺术》。冯雪峰在译著《译例》里评价道:

---

① 《冯雪峰全集》第10卷,人民文学出版社2016年版,第69—70页。

第一章　俄国马克思主义文论译介活动对冯雪峰文艺理论建构的影响

著者在《革命期的演剧与跳舞》的凡例里说:"新俄国的艺术,于传达革命底律动和气质的事上,最发挥了特色者是演剧与跳舞。所以这两者能够说是艺术革命的先驱。"①

2. 1928 年冯雪峰所译文论

(1)《新俄的文艺政策》,藏原惟人、外村史郎译,画室转译。1928 年 9 月上海光华书局印行。该著作包含三篇文章:《关于在文艺上的党底政策》《ideology 战线与文学》《在文艺领域内的党底政策》。冯雪峰在译著《序言》里评价道:

> 本书是日本藏原惟人与外村史郎同译的名为《为俄国 K. P. 的文艺政策》一书的全部转译。第一篇《关于在文艺上的党底政策》,是一九二四年五月九日党中央委员会所催开的关于文艺政策的讨论会的速记。这讨论是因为对于文艺政策的问题,即在党的内部也有着种种的意见的不同,所以党中央委员会即以当时为中央委员会出版部长的亚珂佛列为夫为议长开此讨论会,使得自由讨论这问题。
>
> 在这速记中,我们可以看出当时在俄国各人是有三种不同的立场,即特罗次基与伏浪司基的立场,瓦尔晋等杂志《纳巴斯徒》(在前线)一派的立场(包含《十月》等),布哈林与路纳却尔司基等的立场。特罗次基等是否定独立的无产阶级文学与文化之成立的,他们说无产阶级独裁的时期是很短的过渡时期,而这很短的过渡的时期又是激烈的阶级斗争的时代,所以无产阶级要在她的独裁时期,创造独立的无产阶级文化及文学,像资产阶

---

① 《冯雪峰全集》第 10 卷,人民文学出版社 2016 年版,第 141 页。

级在她的支配时代有她自己的文化与文学一样，是不可能的。并且说，马克思主义的方法并不是艺术的方法。关于这一点，"纳巴斯徒"一派和路纳却尔司基等却和特罗次基等的意见相反，他们都主张无产阶级的独裁期是颇长的时期，这其间站在这阶级斗争的地盘上的无产阶级的阶级文学与文化是能够成立的。路纳却尔司基说，特罗次基是陷入自己矛盾的，俄国的革命是无产阶级革命，特罗次基所说的革命艺术究竟是怎样的革命艺术？在现在俄国，一切马克斯主义，苏维埃制度，以及劳动组织等，都同样是无产阶级文化的各部分，恰正适应于这过渡期的各部分；所以无产阶级文学，当作往共产主义文学去的过渡的文学，是能够在俄国存在的。《纳巴斯徒》及《十月》等并举出实际的作品，证明无产阶级文学已存在。

  但是，关于党的文艺政策——党对于无产阶级文学及对于所谓"同路人"的文学的态度，路纳却尔司基及布哈林等却与《纳巴斯徒》派等的主张不同，于政策上倒是与特罗次基等有相同的趋向。特罗次基的对于"同路人"的态度的主张是可注意的，虽然他没有"纳巴斯徒"人们似地看澈"同路人"的艺术思想上的危险性，但他的态度是合于实际的情形的。布哈林与路纳却尔司基却认为下面的结论是唯一的最正常的结论——即以所有的方法扶持无产阶级文学的成长，同时也决不可排斥"同路人"。扶持无产阶级文学，他们却不主张应从党方面加以人工的干涉或直接给以支配权，因为那是最有害于无产阶级文学的。路纳却尔司基说，不应该在他们的艺术作品中课以狭隘的党的纲领的目的。布哈林说，最好的方法是使他们自由竞争，由自由竞争夺得文学的支配权。对于"同路人"，布哈林是说，诽谤苏维埃的知识阶级的作家是不行的。路纳却尔司基则说，要廓清政治的倾向上不合致的作品，可以用好的批评的方法，决没有用禁压的手段的必

第一章　俄国马克思主义文论译介活动对冯雪峰文艺理论建构的影响

要。那些只有几分不好的倾向的，或只对于政治无关心的作品是应该许其存在的，自然倘若那作品是完全反革命的，当然只得杀死它。路纳却尔司基并且说，有以自己为中心在自己的周围组织小资产阶级文学的必要，因为倘若不这样做，那些有才能的人们是要离开自己走入敌人的势力中去的。

以上所略示的数种不同的意见，是在这讨论会未开以前，即已热闹地论争着，而在这以后也仍长久地继续论争着的。但在一九二五年七月一日党中央委员会发表了本书中的第三篇《在文艺领域内的党底政策》的这决议，党的文艺政策是决定了。①

(2)《枳花集》，藏原惟人、罗曼·罗兰、哀弗莱伊诺夫、黑田辰男等著，画室、杜衡译。1928年11月上海泰东图书局印行。该著作里包含了冯雪峰所译的11篇文章：《"民族戏曲"的序论：平民与剧》（罗曼·罗兰）、《俄国民众剧创设的宣言》（教育人民委员会演剧课民众剧部）、《演剧杂感》（哀弗莱伊诺夫）、《"列夫"的宣言》（亚绥耶夫等）、《"库慈尼错"结社与其诗》（黑田辰男）、《诗人叶赛宁的死》（藏原惟人）、《最近的戈理基》（升曙梦）、《戈理基是和我们一道的吗?》（舍拉菲莫维奇）、《moscow的五月祭》（藏原惟人）、《苏联的妇女与家庭》（升曙梦）、《苏联文化建设的十年》（卢那察尔斯基）。

3.1929年冯雪峰所译文论

(1)《艺术之社会的基础》，卢那察尔斯基著，冯雪峰根据外村史郎、茂森唯士的日文译本进行了转译。1929年5月上海水沫书店出版，"科学的艺术论"丛书之四。著作收录了三篇文章：《艺术之社会的基础》《关于艺术的对话》和《新倾向艺术论》。冯雪峰在

---

① 《冯雪峰全集》第10卷，人民文学出版社2016年版，第303—304页。

◇ 冯雪峰与俄国马克思主义文学理论关系研究 ◇

《译者附记》里评价道:

> 著者,无庸介绍,是一个著名的马克思主义者,更以马克思主义艺术论底建设者为世人所知,同时又是这方面的实际的指导者。——这实际的指导者的一点,是现露在卢那卡尔斯基差不多底所有论文中的一个特色。说白了这点,则他底议论是不难全般理解的。
>
> 据外村史郎说,《实证美学底基础》是著者对于资产阶级形式美学的无产阶级实证美学建设之第一试,那立在唯物史观的解释底地盘上的艺术创造和进化之内的法则底究明,是最值得注意的;《关于艺术的对话》就可看作这理论底具体的说明,而《艺术之社会的基础》是可以看作它底一个发展了。——《实证美学底基础》,大部分已包含在鲁迅先生所译的同著的《艺术论》(大江书铺出版)中,请读者参看。
>
> 翻译时,呐鸥,鲁迅二先生底帮助最大,望舒,馥泉,望道诸先生也有不少教助,均此致谢。①

(2)《社会的作家论》,伏洛夫斯基著,冯雪峰从日文译本转译。1929年5月上海昆仑书店出版,书名为《作家论》,作为"科学的艺术论丛书"之十二。冯雪峰评论道:

> 至于不是他的专门事业的文艺批评上的他底特质,我们读了刊在这里的两篇及弗里契教授的文章,可以明白的吧。不以向来的玄妙的术语在狭小的范围内工于所谓批评的不知所以然的文章,而依据社会潮流与作品倾向之真实否,等等,这才是马克思

---

① 《冯雪峰全集》第11卷,人民文学出版社2016年版,第127页。

◇ 第一章 俄国马克思主义文论译介活动对冯雪峰文艺理论建构的影响 ◇

主义批评家的特质。如本书中的《巴札洛夫与沙宁》这篇，我们读了，似乎比直接从《父与子》等中得到更多的知识，而这种知识是非常重要的；并且对于作者，也才有个正确的更明白的认识。

著者底这类的批评论文不止这两篇，日译者在序上说，这两篇是从一九二三年新莫斯科社发行的著者的文艺作家论集《文学的轮廓》中译出的，而弗里契教授的跋，就特为《文学的轮廓》而写的东西；我们看弗里契的跋可以明白除本书中的三作家外，如安德列夫，迦尔洵等等都有论到（日译本书名为《马克思主义的作家论》）。

最后，日译本序上有这几句话："现在在我国，跟着无产阶级文学底泼辣的抬头和进出，对于旧文学的真正从马克思主义的立场的，严正而峻烈的批评也紧要起来了；当此，倘这个拙译能给与一些意义，对于译者是望外之喜。"——我想，这几句在译文之类里极易看见的颇有公式的话，大约也可以移到这里来说。因为在我们中国，对于现存的文学作家，也有人试以猛烈的批评——但有谁真正用过马克思主义的批评方法吗？那种学者可厌的态度当然是可以抛弃的，但最要紧的是在用"马克思主义的X光线"——像本书著者所用的——去照澈现在文学的一切；经了这种的透视，才能使批评不成为谩骂，却是峻烈的批评。①

（3）《无产者文化宣言》，波格丹诺夫著，冯雪峰从日文译本进行了转译，收录在苏汶的《新艺术论》中，水沫书店1929年5月出版。

考察苏汶的《新艺术论》（波格丹诺夫著，苏汶译，水沫书店

---

① 《冯雪峰全集》第11卷，人民文学出版社2016年版，第132页。

1929年5月出版）我们也发现，该部著作收录了四篇关于波格丹诺夫的理论文章：《无产阶级的诗歌》《无产阶级艺术底批评》《宗教，艺术与马克思主义》《无产者文化宣言》。苏汶在著作的序中谈道："应用马克思主义于艺术底研究的人们之中，波格丹诺夫是不能被忘却的一个。虽然在论证底宏博，立说底坚固上，他是不能和普列汉诺夫比并的，但是他也有他独到的见解，在《科学的艺术论》中，正占着重要的地位。这里包含的三篇论文，是波氏在莫斯科大学上的讲义的记录，译者依据的本子是伦敦出版的《劳动月刊》上的英译；此外还附加着画室君有日译本译出的《无产者文化》的宣言。作者对于艺术方面的论述，并没有像在其他的方面那么丰富，这一本说或者可以说已经包含了他底艺术底最重要的部分。"① 这里的画室君就是冯雪峰，可见波格丹诺夫的《无产者文化宣言》确实是冯雪峰所译。日本学者芦田肇在其《鲁迅、冯雪峰对马克思主义文艺理论接收（一）——水沫版、光华版〈科学的艺术论丛书〉版本、材源考》一文里也有确证："《无产者文化宣言》实非苏汶所译，而是画室（冯雪峰）从日文重译的。这一点从苏汶《序》中可得到确认。这是该时期冯雪峰对波格丹诺夫有关的事情深感兴趣的事实。"②

（4）《科学的社会主义梗概》，列宁著，冯雪峰从社会思想社日文译本转译，1929年6月上海泰东图书局印行。该著作包括两篇文章：《马克思略传记》《马克思主义》。冯雪峰在译著《译者小序》里评论道：

> 这个小册子，是从日译重译过来的，原译者是社会思想社。书名，照原来的样子也应写作：《卡尔·马克思》（《马克思底略

---

① ［俄］波格丹诺夫：《新艺术论》，苏汶译，水沫书店1929年版，序言。
② ［日］芦田肇：《鲁迅、冯雪峰对马克思主义文艺理论的接受（一）：水沫版、光华版〈科学的艺术论丛书〉版本、材源考》，《中国现代文学研究丛刊》1993年第2期。

◇ 第一章　俄国马克思主义文论译介活动对冯雪峰文艺理论建构的影响 ◇

传及马克思主义底梗概》)。现在名它为《科学的社会主义梗概》，也还够包括内容的。

又原著者在第一版序文里所说的那"马克思主义底梗概地最后的部分"，在日译的第五版上，已有德译方面转译过来增补上去了。这就是本书的第五节，原文是在一九二三年在俄国某历史杂志上的公布的。

原译者在第五版序上说：本书原文，原著者是用他底别名"伊林"的这个名字发表的，现在德国有它底完全的译文，载在德文的原著底全集第一卷里。①

(5)《艺术与社会生活》，普列汉诺夫著，冯雪峰根据藏原惟人的日文译本转译，1929 年 8 月上海水沫书店出版，"科学的艺术论丛书"之二。在《译者序志》里，冯雪峰评价道：

关于著者 G. V. 普列汉诺夫地生平事略，鲁迅先生在本丛书第一编《艺术论》序言中，略有说及普列汉诺夫底关于艺术的著作，如瓦勒夫松所显示的一样，我们可大抵地把他分为三类：即一是拿原始民族艺术为唯物史观的艺术学之例证（以唯物史观的观点研究艺术底发达），一是文学评论及披露著者对于文艺批评的意见的三类。《艺术论》（本书丛书第一编）的三篇，是以处理原始民族的艺术为主；本书及《从社会学的见地论十八世纪法兰西底剧文学及绘画》，《无产阶级运动与资产阶级艺术》等，则对于阶级社会的艺术披示见解；其余如《论文集〈二十年间〉第三版的序文》，《俄国批评的运命》，《马克思与托尔斯泰》，《易卜生论》，《车勒芮绥夫司基的美学说》，《培林斯基的文学

---

① 《冯雪峰全集》第 11 卷，人民文学出版社 2016 年版，第 180 页。

冯雪峰与俄国马克思主义文学理论关系研究

观》，《车勒芮绥夫司基的文学观》等等，则大抵可当作显示文学评论的范例和披沥美学及文学的批评规准的东西看。凡这三类所包含的数多的问题，普列汉诺夫都已安置了基础。瓦勒夫松说，"如果不得称普列汉诺夫为马克思主义的科学上之美学创作家，那么我们很有理由算他为这种美学的开基人。"我们不妨说，现在俄国及世界的许多马克思主义艺术理论家，差不多都从他那儿出来的。①

本丛书，有三书的地位献给普列汉诺夫，预定地把他底关于艺术及文学的诸论文之重要者尽行翻译。但因为时间，人力及材料诸关系，未能满意地如愿也说不定。又如《从社会的见地论十八世纪法兰西底剧文学及绘画》是研究阶级社会的艺术上非常重要的一篇，照丛书底顺序及读者底便利，是应放在这一本里的，却因为翻译很吃力，来不及，只得放下一本了。

本书，我是根据藏原惟人底日译重译的，普列汉诺夫的原文，先是一九一二年十月在巴黎及烈日郎读的一个"报告"，后经修改，发表于杂志《近代人》（一九一二年第十一号，十二号及一九一三年的第一号）上，现在收在略查诺夫编的著者全集第十四卷中。在著者底关于艺术的诸论文中，这是最整齐的一篇。

翻译本书时，行句间有不能充分地理解者，是随时问鲁迅先生和端先生两前辈；又原注中夹有很多法文，并且有些被原译本印误了，关于这种地方是友人江思兄帮助我。我十分地感激他们。但这本小小的书，译者虽然日夜伏案吃了四十多天的苦，始译成如现在的样子，而译文中不妥和误译的地方是一定还有的，这是必须请敬爱的诸位读者与以指正。

在《改译本序》里也谈到：这一个小册，初已译成中文第一

---

① 《冯雪峰全集》第11卷，人民文学出版社2016年版，第205页。

第一章　俄国马克思主义文论译介活动对冯雪峰文艺理论建构的影响

版是在一九二九年八月,系根据藏原惟人的日译重译,曾编入当时的"科学的艺术论丛书"中。普列汉诺夫的原作,则初为一九一二年十月在巴黎及列日进行的演讲,后经改作发表于《近代人》杂志一九一二年第十一号,十二号及一九一三年的第一号上,今已收集在全集第十四卷里。我的译本曾经再版,但近来重读一过,觉得译文有生涩及不妥之处。现即改译数处即更动字句颇多,重排出版,以谢读者。至于原著见解中之可议者,本想不自量力,试附以指明的,但想到我国学术界亦已略能识别,兹不再赘。①

(6)《论法兰西的悲剧与演剧》,普列汉诺夫著,冯雪峰据藏原惟人的日译本转译,发表于1929年8月1日、8月11日《朝华旬刊》第1卷第8期。

(7)《文学评论》,该著作是德国著名马克思主义理论家梅林的文学评论集,冯雪峰根据川口浩译的日文译本《世界文学与无产阶级》选译,1929年9月上海水沫书店出版,"科学艺术论丛书"之八。该著作里包含了冯雪峰所译的五篇文章:《艺术与新兴阶级》《莱辛,哥特,及席勒》《社会主义的抒情诗人》《写实主义与自然主义》《自然主义与浪漫主义》。冯雪峰在《译者小记》里评价道:

著者弗兰茨·梅林格(一八四六——一九一九)是德意志极著名的马克思主义理论家;一生底活动,对于马克思主义的理论的展开,贡献极大。他的活动是涉及政治,文学,历史,哲学各方面的,而就中以历史的研究为最。主要著作有《德意志社会民主党史》,《德意志史》,《卡尔·马克思传》,《关于史的唯物

---

① 《冯雪峰全集》第11卷,人民文学出版社2016年版,第207页。

论》等及关于文艺的《莱心传说》，《美学的散步》，《文学史的散步》等。——于文艺批评方面的他底活动也是在马克思主义文艺批评史上，居了重要的地位的；他所遗下的这方面的著作，便很为人们所引用。

本书多是作家论和作品论关于艺术一般的他底意见只能看见很少如果要比较完全地知道他底意见大约非读他底《莱心传说》及《美学的散步》不可。（本丛书第七编《文艺批评论》第五章略有讲到他，希读者参看。）但单读了现在译的这一本也已足以知道著者是有对于艺术的深刻明切的理解，并纯粹地立在马克思主义的立场上的。这两点正是新批评家所丝毫不能缺少，同时却又是很困难的事。所以就是这一本也有我们应该学得的许多东西的。①

(8)《玛克辛·戈尔基》（今译高尔基），洛扬（冯雪峰的笔名）译，发表于1929年12月20日《奔流》月刊第2卷第5期。

(9)《给苏联底"机械的市民"们》，高尔基著，冯雪峰根据藏原惟人的日文译本进行了转译，发表于1929年12月20日《奔流》月刊第2卷第5期，后收入《戈理基文录》（鲁迅编，1930年8月上海光华书局印行）。冯雪峰在《译者附记》里对著作评价道：

以上译的，是揭载在去年十月七日《真理报》上的戈理基给他底通信者们的回答文，据《国际文化》去年十二月号藏原惟人底译文重译的。由这回答文，我以为可以明白二点：第一，在现在苏维埃联邦境内，竟还有具有这样的思想与心情的反动者们。第二，可以明白为一个战士的戈理基底最近的态度——对于反动

---

① 《冯雪峰全集》第11卷，人民文学出版社2016年版，第267页。

◇ 第一章 俄国马克思主义文论译介活动对冯雪峰文艺理论建构的影响 ◇

的俗物们，同时也对于苏维埃政权的态度。这回答文，出于戈理基之手，要比纯文艺作品更能给与读者对于人生的勇气；同时，在对于戈理基的理解上也要比他底单纯文艺作品明白些。①

4. 1930 年冯雪峰所译文论

（1）《现代欧洲的艺术》，玛察②著，冯雪峰根据藏原惟人、杉本良吉的日文译本转译，1930 年 6 月上海大江书铺出版，"艺术理论丛书"之二。冯雪峰在《译者序记》里评价道：

> 本书最初译成中文是在一九三〇年，为那时大江书铺出版的"文艺理论丛书"之一，但出版只印过一千册，后来大江书铺停业，也就未在他处再印了。这回美术界的几个朋友主张重印，我就把译文修改了一遍，主要是把太生硬的句子改组了一下，使看起来能够明畅一点；大体上还是以前的样子。
>
> 我所根据的是藏原惟人和杉本良吉的日译本。据我的判断，这日译本是对原文逐句逐字译的很严格的可靠的译本；因为当时，我也曾从日译本那里借来了俄文原本，借以改正日译本印错的字和补上打×的字句，并且日译中我有不明了或疑惑之处，也曾对句查出，问人或查俄文字典来决定，——我只须把日译的那一段那一句去对原本的那一段那一句，就都对在相同的位置上找到我要找到的那一句或那一词，并没有遇见改动或省略的情形，所以我可以这样判断。我对于日译者藏原先生等，因此，是抱着

---

① 《冯雪峰全集》第 12 卷，人民文学出版社 2016 年版，第 214 页。
② 玛察，马克思主义者，国内介绍得较少，只有鲁迅在其《〈奔流〉校后记（十一）》一文中简略提到："Matsa 是匈牙利的出亡在外的革命者，现在以科学底社会主义的手法，来解剖西欧现代的艺术，著成一部有名的书，曰《现代欧洲的艺术》。这《艺术及文学的诸流派》便是其中的一篇将各国的文艺在综合底把握之内加以检查。"

诚实的敬意和感谢的。但全书当时并未从俄文原文校对，因我不懂俄文，那时也找不到肯担任这苦役的人。我是对日译逐句译的，不曾略去一个字的意思。但错误是一定有的，请诸位读者一发觉就指出，以便改正。①

（2）《艺术学者弗里契之死》，藏原惟人著，冯雪峰译，发表于1930年1月1日《萌芽月刊》第1卷第1期。

（3）《艺术社会学的任务及问题》V. 弗里契著，冯雪峰根据藏原惟人的日文译本转译。最初发表于1930年1月1日、2月1日《萌芽月刊》第1卷第1期、第2期，题为《艺术社会学之任务及诸问题》。1930年8月上海大江书铺出版单行本时改为现题"文艺理论小丛书"之一。冯雪峰在《译者序志》里评论道：

> 这个小册子所刊的就只是一篇论文，是同著者在一九二六年出版的《艺术社会学》底一个概要，原文载于《共产主义学院通报》一九二六年第十五卷，今据日本藏原惟人底译文重译。
> 著者是"走着马克思主义的'科学的美学'之创始者普列汉诺夫所指示了的路"，而且将普列汉诺夫所奠的基础加以深掘发展，在现在是世界上第一个马克思主义的艺术学者。从马克思主义的艺术理论的最初的文献普列汉诺夫底关于艺术的诸论文，至弗里契底《艺术社会学》，期间极鲜明地呈示着马克思主义艺术理论体系底发展和向完成去的痕迹。然而不幸，这伟大的艺术学者，是于一九二五年九月五日因过劳而病死了。他底死，对于正在热中于马克思主义的文化之建设的苏联，固然是莫大的打击，为各指导者及民众所深沉惋惜，他底死也是世界的损失。

---

① 《冯雪峰全集》第11卷，人民文学出版社2016年版，第331页。

第一章　俄国马克思主义文论译介活动对冯雪峰文艺理论建构的影响

这篇论文,虽是《艺术社会学》底一个概要,但有和《艺术社会学》一同绍介之价值和必要。因为这论文,关于艺术社会学底方法论方面,论述得更详细。《艺术社会学》,现在已有陈雪帆先生和刘呐鸥先生在翻译,前者将在大江书铺出版,后者将在水沫书店出版。译者的意思,是在使读者读了这篇,引起去读《艺术社会学》的兴味,然后更引起去研究马克思主义的艺术理论和社会科学的兴味,而达到对于著者在篇末所说的"只有将艺术科学放在社会与艺术的马克思主义的社会学的基础之上,才能成为精密的科学"的一话的确信。①

(4)马克思的《艺术形成之社会的前提条件》,1930年1月1日《萌芽月刊》第1卷第1期,洛扬(冯雪峰笔名)译。

(5)《法捷耶夫的小说〈毁灭〉》,藏原惟人著,洛扬(冯雪峰的笔名)译,1930年2月1日《萌芽月刊》第1卷第2期。

(6)《现代欧洲无产阶级文学底路》,玛察著,冯雪峰根据藏原惟人的日文译本转译,1930年2月发表于《文艺研究》第1卷第1期。

冯雪峰在《译者附记》里谈道:

以上一篇从《现代欧洲的艺术》日译本底附录中译出,原是原著者底《西欧文学与无产阶级》(一九二七年莫斯科)一书底结论部分,这是日译者藏原惟人所节译的。关于原著者,请参看《现代欧洲的艺术》(大江书铺出版)。

(7)《资本主义与艺术》,梅林著,雪峰译,1930年2月发表于

---

① 《冯雪峰全集》第12卷,人民文学出版社2016年版,第3页。

《文艺与研究》第1卷第1期。

（8）《论新兴文学》即列宁的《党的组织和党的文学》，选取日本冈泽秀虎的译本，成文英译，即冯雪峰，发表于1930年2月10日《拓荒者》月刊第1卷第2期。

（9）《文学及艺术底意义》，普列汉诺夫著，冯雪峰根据藏原惟人的日文译本转译。1930年2月发表于《小说月报》第21卷第2号。冯雪峰在《译者附记》里谈道：

> 这一篇就是普列汉诺夫的大著《车勒芮绥弗斯基》（今译车尔尼雪夫斯基）第一部第三篇《车勒芮绥弗斯基底文学观》的第一章，原题名也叫《文学及艺术的意义》，我是根据藏原惟人的日译重译的。著者普列汉诺夫，想大家也都知道，是被称为俄国底科学的社会主义之父的，他底数多的著作，尼古拉·李宁说是"世界科学的社会主义文献中底精华"；但在中国现在尚还介绍得很少，据我所知，只有《史的一元论》（吴念慈译，南强书局出版），《科学的社会主义之根本问题》（江南书店出版），《艺术论》（鲁迅译，水沫书店出版）及我译的《艺术与社会生活》（水沫书店出版）四本。普列汉诺夫又是第一个以史的唯物观来研究艺术的人。至于车勒芮绥弗斯基，是十九世纪俄国伟大的思想家之一，于哲学、历史、文学、经济、政治等方面，均留下优秀的著作；并且在他底思想底根柢里横着法耶尔巴哈底唯物论的哲学，所以有人说，恰如卡尔·马克思和F.恩格尔（今译恩格斯）从法耶尔巴哈（今译费尔巴哈）底唯物论的哲学，所以有人说，恰如卡尔·马克思和F.恩格尔从法耶尔巴哈底哲学出发的一样，俄国最大的二个科学的社会主义者——普列汉诺夫和尼古拉·李宁——于其出发的当初，是直接间接地从车勒芮绥弗斯基那儿学得了许多东西的。普列汉诺夫底《车勒芮绥弗斯基》，

第一章　俄国马克思主义文论译介活动对冯雪峰文艺理论建构的影响

便是一边涉及各部门地将车勒芮绥弗斯基底思想加以绍介和批判，一边展开他（普列汉诺夫）自己底科学的社会主义的世界观，所以既可知道车勒芮绥弗斯基底思想，也可知道普列汉诺夫底思想。——论文学的部分，也当然如此。①

（10）《关于在文学史上的社会学的方法》，冈泽秀虎著，洛扬（冯雪峰的笔名）译，1930年2月《文艺研究》第1卷第1期。

（11）《巴黎公社的艺术政策》，弗里契著，冯雪峰翻译，1930年3月1日发表于《萌芽月刊》第1卷第3期（三月纪念号）。

（12）《苏联国立出版协会的十年》，洛扬译，1930年3月1日《萌芽月刊》第1卷第3期（三月纪念号）。

（13）《以理论为中心的俄国无产阶级文学发达史》，冈泽秀虎②著，1930年4月10日《文艺讲座》第1册，"科学艺术论丛书"之十三。

（14）《劳动阶级应当养成文化的工作者》，高尔基著，冯雪峰翻译，发表于1930年4月10日《文艺讲座》第1册（神州国光出版）。

（15）《马克思论出版底自由与检阅》，1930年5月1日《萌芽月刊》第1卷第5期，洛扬译。

（16）《论"同路人"与工人通信员》，阿尔弗列特·克莱拉著，何丹仁（冯雪峰的笔名）译，1930年12月《文学月报》第1卷五、六合刊。

5. 1931年冯雪峰所译文论

《创作方法论——A. 法捷耶夫的演说》，法捷耶夫著，何丹仁译，1931年11月20日《北斗》月刊第1卷第3期。

---

①　《冯雪峰全集》第12卷，人民文学出版社2016年版，第251页。
②　冈泽秀虎（1902—1973），日本著名的俄苏文论研究专家，他在向日本译介俄国无产阶级文学理论方面作出过巨大贡献。

6. 1933 年冯雪峰所译文论

（1）《文化的建设之路》，乌拉迭弥尔·伊力支著，丹仁（冯雪峰的笔名）译，1933 年 1 月《世界文化》第 2 期。

（2）《艺术的研究》，李卜克内希著，成文英（冯雪峰的笔名）译，上海光华书局 1933 年 8 月出版，"光华小文库"之一。

通过对冯雪峰所译文论的梳理，我们发现冯雪峰的俄国马克思主义文论译介有以下特点：一是译介内容十分广泛，几乎凡是在国际无产阶级文学运动中有过较大影响的各派学说，都被他译介进来了，其中普列汉诺夫、卢那察尔斯基、弗里契的文论占据着重要地位；二是所译文论的版本主要是以日本藏原惟人的为主，其次是升曙梦的。总之，这些译著倾注了冯雪峰对马克思主义文艺理论的极大热情和向往，也奠定了他作为我国最早译介俄国文论并作出卓越贡献的翻译家的不可替代的地位。国内著名的左翼文艺理论研究专家艾晓明在其《中国左翼文学思潮探源》一书中对此也给予了很高的评价："在翻译介绍新俄文学理论方面做过大量工作的人中还应该提到的是冯雪峰。"[①]

第二节　20 世纪二三十年代俄国马克思主义文论的发展历程梳理

——以藏原惟人为线索

冯雪峰在俄国马克思主义译介的过程中，主要是通过日文转译的，一方面是因为冯雪峰对日语较为熟悉，另一方面也跟当时的时代背景有关。1927 年中国大革命失败后，中苏关系断绝，日本成为当时中国左翼文坛获取苏联文学信息的重要渠道。苏联的许多理论主张

---

① 艾晓明：《中国左翼文学思潮探源》，北京大学出版社 2007 年版，第 24 页。

◇ 第一章 俄国马克思主义文论译介活动对冯雪峰文艺理论建构的影响 ◇

也主要是由日本左翼理论家的翻译与阐发间接传入中国的。可以说，日本是我国在20世纪二三十年代接受无产阶级文艺理论的中转站，中国对无产阶级文艺理论的了解和学习主要依赖于日本这一渠道。正如胡秋原在《日本无产文学之过去与现在》中所说："中国近年汹涌澎湃的革命文学的潮流，那源流不是从北方的俄罗斯来的，而是从'同文'的日本来的。……在中国突然勃兴的革命文学，那模特儿完全是日本，所以实际说起来，可以看做是日本无产文学的一个支流。这固然是因为中国的革命文学大将完全是日本留学生，（这恰和日本的士官学校创造了中国革命的军事领袖是一样的）就是从普罗利特利亚意德沃罗基的口号和理论，以及创作的形式和内容上，也可以看出的。"① 左翼文艺家冯润璋在《我记忆中的左联》（收录在《左联回忆录》）一文里也谈道："苏联一有新书出版，日本很快翻译出来。藏原惟人、升曙梦等人，好像是专门翻译苏联书刊的。"② 文学翻译家夏衍对此也感慨颇深："日本杂志来得也快，苏俄发表什么，一个星期日本就印出来了，上海马上就看到。"③ 可以说，自"革命文学"论争至1932年这段时期，中国左翼文坛通过日本这个媒介接受马克思主义文论远超过苏联这一渠道，其所引进的大量的马克思主义文论方面的著作满足了当时中国左翼文学家迫切的理论需求，推进了新文学构建的过程。换言之，日本在马克思主义文论上的译介内容以及理论阐释，在很大程度上影响着中国左翼理论批评家们的理论素养、知识结构、思维习惯以及文艺理论批评的走向。

冯雪峰与鲁迅等人一道从日语翻译俄国马克思主义文论，他们主要选择了藏原惟人的版本，少部分选择了外村史郎、升曙梦的版本。

---

① 《语丝》，1929年11月第5卷34期。
② 《左联回忆录》（上），中国社会科学出版社1982年版，第86页。
③ 张福贵、靳丛林：《中日近现代文学关系比较研究》，吉林大学出版社1999年版，第237页。

◇ 冯雪峰与俄国马克思主义文学理论关系研究 ◇

鲁迅先生在其《硬译与文学的阶级性》一文曾说:"藏原惟人是从俄文直接译过许多文艺理论和小说的,于我个人就极有裨益。我希望中国也有一两个这样的诚实的俄文翻译者,陆续译出好书来,不仅自骂一声'混蛋'就算尽了革命文学家的责任。"① 受鲁迅的影响,冯雪峰大量采纳了藏原惟人翻译的俄国马克思主义文论著作。从当时的译介情况来说,藏原惟人翻译或选择的俄国马克思主义文论,以及这些文论具有的理论特征,都直接影响到了冯雪峰的马克思主义理论译介和理论构建。换言之,藏原惟人直接影响了冯雪峰俄国马克思主义文论翻译资源的选择,实际上起到了一个信息把关人的作用。同时,由于藏原惟人的翻译活动也与其自身的文艺理论建构活动密不可分,不少翻译著作也包含了藏原惟人自身对俄国马克思主义文论的解读。事实上,通过资料梳理以及理论剖析,我们发现,冯雪峰文艺批评的构建,不仅受着藏原惟人所译俄国理论的影响,同时也打上了藏原惟人文艺理论解读的烙印,他们的部分理论主张具有相似性,尤其体现在现实主义理论上。

藏原惟人出生于东京,是日本共产党员,精通俄语,1925—1926年留学于苏联莫斯科,1926年从苏联学习回国后,即投入日本的无产阶级文艺运动中去。藏原惟人是俄国文论译介与研究的一员大将,是日本无产阶级文艺运动的推动者,同时也是当时日本"纳普"(日本无产阶级艺术联盟)的领导人。藏原惟人在日本无产阶级文艺理论发展史上地位显著,其无产阶级文学的"新写实主义"理论,对于日本无产阶级的理论构建贡献极大,具有开拓性意义。

藏原惟人在1928—1929年期间提出"新写实主义"的理论主张,1930年后,转向推行现实主义的"唯物辩证法的创作方法"。藏原惟人所提出的"新写实主义"(又称普罗塔亚写实主义,无产阶级写实

---

① 《鲁迅全集》第4卷,同心出版社2014年版,第121页。

第一章　俄国马克思主义文论译介活动对冯雪峰文艺理论建构的影响

主义)的创作方法,是其理论活动中最具特色的地方,代表着日本"纳普"时期理论探索的最高水平。藏原惟人的"新写实主义"理论是在日本无产阶级文学运动进入"纳普"时期提出的,不仅对日本左翼文艺运动具有积极的指导意义,而且对中国早期的无产阶级文学运动产生了广泛影响。藏原惟人的"新写实主义"理论一方面继承了日本早期无产阶级文艺运动的一些文学理论主张,同时也对俄国马克思主义理论进行了吸收与借鉴,尤其大量吸收了"拉普"的相关文艺思想。因此,对藏原惟人的"新写实主义"理论的分析,首先需要对这个时期的俄国文坛的理论现实进行梳理。

20世纪二三十年代苏联的无产阶级文艺运动理论翻新,争论不断,其理论整体呈现出以下两个维度:

一、从唯物主义认识论角度,主张文学是对生活的认识和反映的相关理论。沃隆斯基、卢那察尔斯基等人是这方面的代表人物,可以称作沃隆斯基派。

1. 沃隆斯基(鲁迅、冯雪峰译作瓦浪斯基)

沃隆斯基(1884—1943)是苏联20世纪20年代重要的文学理论家和批评家。他以《红色处女地》这份20年代影响很大的刊物为阵地,写下大量文学批评文章,在当时的文学生活中有很大影响。在文艺思想上,沃隆斯基重视文艺的特殊性,坚持现实主义的艺术理论,强调文艺遗产的继承性,支持"同路人"①的创作,并对岗位派理论

---

① "同路人"是指俄国1917年十月革命前后进入文坛的作家,大多同情或拥护苏维埃政权,有的甚至直接参加革命和红军,却不接受马克思主义,对革命的性质和意义认识不清,世界观和组织上都不属于无产阶级。"同路人"的称谓,最早见于苏联的托洛茨基1923年出版的《文学与革命》一书,他认为有这样的一个作家群,他们具有小资产阶级的世界观,处于一种"中间的思想状态",立场尚未或尚未完全转到无产阶级方面来,是处在无产阶级作家与资产阶级作家之间的一个作家阶层,可以称之为同路人作家,托洛茨基对同路人作家报之以同情的态度。同路人作家问题一直在苏联被争论,并成为在1923—1925年苏联岗位派与沃隆斯基派争论的问题焦点之一。岗位派与之后的"拉普"派对同路人作家持严厉的批判态度,在他们看来,同路人作家是反革命的,是颓废、退化和反革命文学的最后残余。

上庸俗社会学倾向进行了坚决的批判。

关于艺术的本质和特性,沃隆斯基认为:"艺术是对生活的认识。""艺术同科学一样认识生活,在艺术和科学中,面对的是同样的客体——生活、现实。不过,科学分析,艺术综合;科学抽象的,艺术具体;科学诉诸人的理智,艺术面向情感领域;科学借助于概念认识生活,艺术则借助于形象,在活生生的直观形式中认识生活。"① 沃隆斯基承认,在阶级社会中,文学艺术具有阶级的倾向性。如他在《论作家的艺术》一文中写道:"人对现实的观念的形成取决于他所生活的那个社会环境。在分裂成了各个阶级的社会中,其环境必然是阶级的环境。因此,艺术家在描写、改变现实的时候,在揭示其覆盖物的时候,是在对他影响最深的那个阶级的思想和感情的一定影响下进行的。然而,为了捍卫自己的利益,阶级是相互进行斗争的。在阶级社会中,艺术家对待现实的态度,是由各种阶级矛盾所决定的。"② 这里,沃隆斯基肯定了文艺的社会性、阶级性和党性,同时也强调了文艺的特殊性。沃隆斯基对艺术规律的清醒,还表现在他十分重视直觉在艺术创作中的作用,反对那种否定艺术创作的特殊性、把创作混同于物质生产的荒谬观点。他曾经指出,一位真正的艺术家应该把直觉与理性和谐地结合起来,只有"把丰富的直觉天赋同细腻的分析能力结合起来的艺术家,才是艺术典型的模范"③。基于此,他对岗位派的庸俗社会学倾向进行了批判。他指出:"非阶级的文学是不存在的。艺术家是自己时代和阶级的儿子,——《在岗位上》的批评家掌握了这个一般原理后,便认为,不可能有任何的客观的态度,一切艺术都是彻头彻尾、彻里彻外地渗透着狭隘阶级和狭隘功利主义的主观

---

① 引自李辉凡《二十世纪初俄苏文学思潮》,社会科学文献出版社1993年版,第143页。
② 同上。
③ 同上书,第154—155页。

第一章 俄国马克思主义文论译介活动对冯雪峰文艺理论建构的影响

主义。"① 沃隆斯基认为,"这种对阶级斗争理论庸俗化是导致荒谬绝伦的相对主义的一种特殊变种"。如果对"极其细腻的"马克思主义文艺批评作这样的理解的话,这种理论就是毫无意义的。②

在如何对待文化遗产问题上,沃隆斯基批评当时的无产阶级文化派、未来派、岗位派之于文化遗产的否定态度,号召向古典作家学习。《红色处女地》与《在岗位上》两个杂志之间最早的交锋,也就是围绕文学遗产问题展开的。岗位派继承了无产阶级文化派的思想,盲目地反对一些古典文学遗产,把全部遗产说成是地主、资产阶级的东西。沃隆斯基回击了这些庸俗化的虚无主义的错误言论。他主张在继承俄罗斯古典文学优秀遗产的基础上,有所创新地建立无产阶级的文学。他援引列宁的理论观点来支持自己的主张。列宁曾指出:"无产阶级文化并不是从天上掉下来的,也不是那些自命为无产阶级文化专家的人杜撰出来的,如果认为是那样,那完全是胡说。无产阶级文化应当是人类在资本主义社会、地主社会和官僚社会压迫下创造出来的全部知识合乎规律的发展。"③ 同时沃隆斯基本人也旗帜鲜明地指出:无论在思想上还是在形式上,古典文学遗产中都有十分优秀的东西,"古典作家——总是站在自己的时代水平上,其中有许多是能够预见未来,具有远见卓识的人;他们是具有深刻思想的人,是符合于时代的人类最高理想的人;他们的创作基调始终是对被压迫者的爱,对一切压迫者和一切堕落的、鄙俗的、僵死的、渺小的东西的憎恨;他们怀有一种对革新和改造生活的念念不忘的忧郁之情"④。像莎士比亚、托尔斯泰、果戈理等伟大作家作品,能把"崇高的教诲与认识

---

① 引自李辉凡《二十世纪初俄苏文学思潮》,社会科学文献出版社1993年版,第144页。
② 同上。
③ 《列宁选集》第4卷,人民出版社1972年版,第345页。
④ 引自李辉凡《二十世纪初俄苏文学思潮》,社会科学文献出版社1993年版,第146页。

生活结合起来"，具有高度的客观性、真实性和准确性，存在着永不消逝的艺术魅力。当然，沃隆斯基也承认古典作家也存在一定的阶级局限性，他也对古典作家作了区分，号召作家"首先是向现实主义而不是自然主义或带地方色彩的文学学习，向那种善于把日常生活同艺术幻想、艺术实践结合起来的具有综合能力的现实主义学习"。因为这些作品创造了巨大的典型，这样的典型具有"垂年千古的艺术生命力"。沃隆斯基的这些见解，有力地驳斥了在如何看待古典文化遗产问题上的极左观点，在20年代的苏联文坛具有力挽狂澜的意义。①

沃隆斯基也是现实主义的提倡者。他说："我认为，最可以接受的而且符合我们时代的基本形式是现实主义。"② 为了纠正无产阶级文化派和岗位派过度强调文艺的工具作用，而忽视文艺的艺术特性，沃隆斯基认为有必要从古典文学传统中继承写实主义的创作方法。不过，沃隆斯基又指出，他所谓的继承不是无条件地全部照搬，而要从马克思主义的立场观点出发，对其进行改造性的利用，从而使无产阶级的"新写实主义"区别于"旧写实主义"。在《论尖锐的语句和古典作家》这篇文章中，沃隆斯基概括地说明了他的主张：

> 我们深信，新艺术的、当代艺术的基本形式依然是现实主义，即资产阶级——地主文学的古典作家们以无与伦比的完美的技巧加以运用的那种形式。这里要指出，现实主义从整体上说是最好不过地符合马克思恩格斯的辩证唯物主义精神的……那么请问，干吗要高谈阔论"彻底"摆脱过去的形式呢？这都是由于头脑发热……新的成就，对旧的风格、旧的形式进行改造和完善，那当然是必不可少的。我想，现代的艺术正在走向写实主义同浪

---

① 引自张杰、汪介之《二十世纪俄罗斯文学批评史》，译林出版社2000年版，第216页。
② 同上书，第214页。

第一章　俄国马克思主义文论译介活动对冯雪峰文艺理论建构的影响

漫主义精神的独特结合，走向新写实主义，但在这种新写实主义中写实主义依然处于主导的地位。①

在对待思想与艺术倾向不同的作家的态度上，沃隆斯基也是和"无产阶级文化派""拉普"截然不同的。沃隆斯基对同路人作家持肯定的态度，认为"同路人"是苏联文学队伍中的一支重要力量，无产阶级应当与"同路人"合作，并指出：同路人作家都是文学上的"现实主义者"，而不是"悲观主义者"，是健康的、良好的现象；他们力求真实地反映生活，而不去迎合生活中的陈规旧俗，他们的作品在量或质上都高出无产阶级作家；他们虽然还不能把自己的作品同共产主义思想结合起来，但"只要描写和反映了真实的生活，有助于认识这一生活，他们就同样能把读者的心理组织到共产主义所需要的方向上来"，因为"我们不仅需要政治常识，也需要有文艺和其他认识上能丰富我们的东西"②。正因如此，当一大批"同路人"作家受到歧视、排挤时，沃隆斯基却向这些人伸出了友谊之手，在自己主持的杂志和出版社里为他们提供方便的园地，热情地肯定他们的文学活动的价值。沃隆斯基的这种友好、关怀的态度也得到了同路人作家的拥戴。可以说，沃隆斯基是20世纪20年代俄罗斯文学中一位有魄力、有胆识、有影响的批评家。③

2. 卢那察尔斯基

卢那察尔斯基（1875—1933）是苏联著名的政治活动家和马克思主义文艺理论家。他曾任苏联第一任教育人民委员（相当于文化部部

---

① ［苏］斯·舍舒科夫：《苏联20年代文学斗争史实》，冯玉律译，上海译文出版社1994年版，第55—56页。
② 引自李辉凡《二十世纪初俄苏文学思潮》，社会科学文献出版社1993年版，第159—160页。
③ 张杰、汪介之：《二十世纪俄罗斯文学批评史》，译林出版社2000年版，第216页。

长),苏联科学院院士,同时也担任过布尔什维克报纸《前进报》《无产者报》和《新生活报》的编辑委员。卢那察尔斯基对俄国文学、苏联文学以及欧洲文学都有深入的研究,写下大量的文学评论,而且在批评理论方面卓有建树。他的文学批评理论不仅对当时的苏联文艺界产生过重要作用,而且也对包括中国在内的世界上许多国家的马克思主义文艺理论工作者产生了重要影响。

早在1929年鲁迅就译介了卢那察尔斯基的《艺术论》《文艺批评》和《文艺政策》,并指出卢那察尔斯基"是革命者,也是艺术家、批评家",他"在现代批评界地位之重要,已可以无须多说了"①。在鲁迅的指导下,冯雪峰也从日文转译了卢那察尔斯基的《艺术之社会的基础》,由上海水沫书店出版。书中收录了《艺术之社会的基础》《关于艺术的对话》和《新倾向艺术论》(即《艺术及其最新形式》)三篇文章。同时在他本人编译的《枳花集》里又收录了卢那察尔斯基的《苏联文化建设十年》一文,其中也谈到艺术问题。卢那察尔斯基的文艺理论批评是当时中国马克思主义批评家从国外最早获得的最为系统的马克思主义文论资源,对推进中国马克思主义批评由幼稚走向成熟起到了重要的作用。

在文艺与政治的关系以及现实主义的认识上,卢那察尔斯基主张文学艺术具有倾向性和阶级性,要求文艺为革命事业服务,反对为艺术而艺术,积极支持现实主义,重视文艺的艺术特性。他认为在阶级社会中,阶级斗争构成历史过程的最主要的占优势的内容,各个阶级不同的生活方式决定了他们不同的美学思想。资产阶级的美学与庸俗、僵化的审美趣味相联系,无产阶级的美学是代表未来的、乐观向上的。在1929年的《艺术中的阶级斗争》一文中,他指出:"艺术

---

① 《鲁迅全集》第7卷,人民文学出版社1973年版,第537页。

◇ **第一章 俄国马克思主义文论译介活动对冯雪峰文艺理论建构的影响** ◇

超阶级性和艺术超理性的理念,也是阶级的理论。实质上说,各个阶级之间的斗争不仅仅是在确定为意识形态的艺术上的——没有思想的艺术也是阶级斗争的武器。"① 卢那察尔斯基也从列宁的党性原则出发,认为艺术是有党性、有阶级性的,无产阶级文学的党性原则,也就是要求创作自觉地反映无产阶级的斗争需要,反映社会主义建设的需要。与此同时,他也主张文学艺术是武器,而且是具有很大价值的武器,艺术应该服务于无产阶级革命的需要。卢那察尔斯基声称:"任何作家都是政治家",艺术创作、艺术工作的根本原则,艺术要为革命的政治服务,在无产阶级专政时期,要为千千万万劳动人民服务,为社会主义事业服务。卢那察尔斯基虽然重视文艺的阶级功利性,但也坚决反对以所谓"纯粹政治"的态度和方式来"领导"文学艺术,强调要尊重文艺的艺术特性。他认为,必须区分艺术与政治这两个不同的领域,"从纯政治的角度看待文艺问题"是错误的,因为"纯粹的政治领域是狭窄的",因为各个部门、各个领域都有自己的特殊性。党在制定文艺政治的决策时"不考虑艺术的特殊规律",终将葬送艺术。② 在 1924 年 5 月俄共(布)中央关于文艺政策问题的讨论会上,卢那察尔斯基就批评了"拉普"的前身"岗位派"的代表人物之一瓦尔金提出的"必须从纯政治的角度来看待文艺问题"的主张。

卢那察尔斯基也反对未来派、无产阶级文化派全盘否定文化遗产的做法,主张对遗产要有分析地继承,将继承与创新结合起来。卢那察尔斯基认为,文化教育工作的基本任务,首先就是"传播全人类的科学和艺术珍品","有些人认为,对'旧科学'和'旧艺术'的任

---

① [苏]卢那察尔斯基:《关于艺术的对话》,吴谷鹰译,生活·读书·新知三联书店 1991 年版,第 189 页。
② 引自程正民等《20 世纪俄国马克思主义文艺理论研究》,北京大学出版社 2012 年版,第 330—331 页。

何传播都是对资产阶级趣味的怂恿,是该死的文化奴役,是用老朽的血液来污染年轻的社会主义机体。……不,我要一千零一次地重复说:无产阶级应当具有全人类的文明,它是历史的阶级,它应当在同全部过去的联系中前进"。①卢那察尔斯基也发出了号召:无产阶级应该获得全人类的科学文化,不懂得他们,就不能称为"有知识的人";不懂他们,无产阶级"就仍然是野蛮人";不获得他们,无产阶级"就不能真正地使用它在斗争中得来的政权和生产工具"。"以资产阶级性为借口,摈弃过去的科学和艺术,就像以同样的借口,抛弃工厂里的机器和铁路一样荒谬。"卢那察尔斯基更不赞同无产阶级文化派闹独立性,而主张他们应在党的领导下进行工作,"在无产阶级掌权条件下,无产阶级文化协会的不适宜性特别明显。这里完全没有必要建立平行的无产阶级机构"②。

在"同路人"问题上,卢那察尔斯基反对文学中的宗派主义和小集团主义,反对对"同路人"作家采取打击、排斥的态度,反对那种"先入为主的",认为"非无产阶级作家在我们这个时代就一定不能创造出有意义的艺术作品"的迂腐观点。卢那察尔斯基指出"同路人"既不同于共产党人,他们许多人心里是"赏识共产党人""厌恶资产阶级的",这就是可以利用的地方,而且"愈是有才能的人,'同路人'就愈可以利用"。他强调,"在任何情况下都不应当把非无产阶级和非共产党员的艺术家从我们身边推开","要以一切手段支持我们寄以最大希望的无产阶级文学,同时又决不排斥'同路人'"③。

---

① 引自李辉凡《二十世纪初俄苏文学思潮》,社会科学文献出版社1993年版,第354—355页。

② 同上书,第355页。

③ 张秋华、彭可巽等选编:《"拉普"资料汇编》,中国社会科学出版社1981年版,第166页。

第一章　俄国马克思主义文论译介活动对冯雪峰文艺理论建构的影响

在文艺批评上，卢那察尔斯基坚持历史的和美学的这一马克思主义批评方法，主张对文学现象进行社会学分析和美学分析。卢那察尔斯基认为，真正的高质量的文学批评，必须是社会批评和美学批评两个因素的融合，这不仅是马克思主义批评的特点，而且也是一般批评所追求的最高境界。在文学现象如何进行社会学的分析上，卢那察尔斯基主张要阐明社会历史因素对文学的制约作用，尤其重视阶级分析，并把它作为科学的社会学批评的重要内容，但他又不把阶级分析简单化，主张坚持艺术反映论的观点，这足以见出他对艺术规律的了解和尊重。故而，在文艺批评上卢那察尔斯基显示出对文艺的艺术性、审美性的重视。他认同普列汉诺夫的观点，即文学是形象的艺术，倡导"马克思主义者不能对艺术作品限于社会学的分析，而且也应当对它作美学的分析"①。卢那察尔斯基本人对艺术有着很高的鉴赏能力，他被列宁称为"唯美主义者"。在具体实践上，他把艺术形式提高到很重要的位置，关注作品的风格、技巧、形式以及艺术感染力等问题，主张创作自由，反对以"绝对政治化"的标准领导文学创作。可以说，卢那察尔斯基的文艺理论批评坚持了社会历史维度和美学维度的统一。正因为如此，"在苏联二三十年代'左'的文艺思想，庸俗社会学和教条主义甚嚣尘上，文艺界把文艺批评完全当成阶级斗争和政治斗争的工具，根本谈不上美学批评。在这种情况下卢那察尔斯基坚持马克思恩格斯所提出的文艺批评美学的和历史的原则，在强调马克思主义文艺批评社会学性质的基础上，坚持了文艺批评科学性与革命性的统一，坚持社会学批评和美学批评的统一，坚持了批评家政治思想素养和艺术素养的统一。他的这些见解在当时文坛上是独树一帜的，给文艺界吹来了

---

①　[苏]卢那察尔斯基：《关于艺术的对话》，吴谷鹰译，生活·读书·新知三联书店1991年版，第396页。

一股清新的空气,同时也表现出一个真正马克思主义文艺批评家的学识和勇气"①。

二、从社会学的角度,主张文艺的阶级功利性,认为艺术是对阶级心理、意识或经验的组织;任何艺术都是组织阶级力量的最强大的武器,直接为政治斗争服务,代表人物是波格丹诺夫、弗里契等,理论派别代表包括最初的无产阶级文化派,之后的岗位派和最后的"拉普"等。

1. 波格丹诺夫

波格丹诺夫(1873—1928),本姓马林诺夫斯基,是苏联无产阶级文化派的主要理论家。1903年参加布尔什维克,曾担任过中央委员和布尔什维克报纸《前进》《无产者》《新生活》的编辑等职务。十月革命后,波格丹诺夫加入无产阶级文化协会,在无产阶级文化协会的中央机关刊物《无产阶级文化》杂志上陆续发表了《科学与工人阶级》《论艺术遗产》和《无产阶级的艺术批评》等一系列文章,集中论述他的"无产阶级文化理论"。波格丹诺夫的理论思想不仅直接影响到了苏俄文坛上的"无产阶级文化派"和"拉普"派,也对中国早期的革命文学批评产生过重要影响。鲁迅在《硬译与文学的阶级性》中曾说:"'什么卢那卡尔斯基,普列汉诺夫'的书我不知道,若夫'婆格达诺夫之类'的三篇论文和托罗兹基的半部《文学与革命》,则确有英文译本的了。"②这里的婆格达诺夫就是波格丹诺夫。

波格丹诺夫的"无产阶级文化"的理论基础是他的"普遍组织科学",其哲学基础是马赫主义的唯心主义哲学。在马赫主义看来,人的意识不是物质世界的反映,而是经验的反映。根据这种理论,波格丹诺夫致力于建立一门无所不包的所谓"普遍组织科学"。他认为

---

① 程正民等:《20世纪俄国马克思主义文艺理论研究》,北京大学出版社2012年版,第343页。
② 《鲁迅全集》,同心出版社2014年版,第114页。

第一章　俄国马克思主义文论译介活动对冯雪峰文艺理论建构的影响

这门科学将"充分而最严整地把一般科学方法集中出来","把人类的组织经验系统化"。在他看来,世界上的一切过程都是组织过程,人类的一切活动都是组织活动。真理不是现实的反映,而是"社会的组织经验"。全部观念形态,不过是全部社会实践的组织形态,科学、文化和艺术,不过是"组织科学"的一些不同门类。艺术不过是"通过生动的形象"而组织起来的"社会经验";艺术与科学的根本区别在于,它不是抽象的概念,而是用活生生的形象来组织经验的。也正如1918年他在《什么是无产阶级诗歌》一文中指出:"艺术是活生生的形象组织,诗歌是在文字形态中的活生生的形象组织。"①

从其"普遍组织科学"理论出发,波格丹诺夫主张,艺术是组织集体力量的强大的武器。波格丹诺夫在《可能有无产阶级艺术吗》一文中写道:"艺术是阶级的意识形态之一,是阶级意识的成分,因而也是阶级生活的组织形式,是联合和团结阶级力量的方法。"1918年波格丹诺夫在为无产阶级文化协会起草的一个宣言《无产阶级和艺术》中,提出了无产阶级文学的四条原则,其中主要的内容是:一、艺术不仅在认识范围,并且也在情感和志向范围通过生动的形象组织社会经验,因此,它是组织集体力量的最强大武器,而在阶级社会中则是组织阶级力量的最强大的武器;二、无产阶级为了在社会工作、斗争和建设中组织自己的力量,必须有本阶级的艺术。这种艺术的精神是劳动的集体主义。②

波格丹诺夫以他的"普遍组织科学"理论为基础,对旧文化和旧文艺进行了批判,认为它们对无产阶级"包含着危险性",无产阶级必须要同过去时代的文化决裂,创造自己的文化和科学。在1918年2月召开的莫斯科无产阶级文化协会代表大会上,波格丹诺夫在报告中

---

① 引自李辉凡《二十世纪初俄苏文学思潮》,社会科学文献出版社1993年版,第56页。
② 同上书,第57页。

公开鼓吹"普遍组织科学",要求无产阶级立即建立自己特殊的"科学","根据无产阶级的愿望和经验来发展艺术",肯定这种"科学"将促进"无产阶级文化"的诞生。他的理论得到了"无产阶级文化派"的赞同。波格丹诺夫断言:每一阶级都有不同的"经验"、不同的"组织形式",无产阶级的"经验"、生活和力量,同资产阶级及历史上的一切阶级的"经验"、生活和力量都不相同,"过去的艺术本身不能组织和教育无产阶级这个有自己的任务和自己的理想的特殊阶级。权威的封建宗教艺术把人们引入权力和服从的世界,教育群众逆来顺受和盲目信仰。资产阶级艺术以为自己和为自己的一切进行斗争的个人作为其永恒不变的英雄,它培养的是个人主义者"。"无产阶级需要集体主义的艺术,用以共同的理想联结在一起的战士和建设者的深刻的团结一致、同志合作、热烈友爱的精神去教育人们。"① 故而,波格丹诺夫在文化遗产上采取了完全否定的虚无主义态度。波格丹诺夫的上述态度,受到列宁的严厉批判。列宁在《政论家的短评》一文中批评了波格丹诺夫的错误:"无产阶级的科学这个说法在这里也是不合适的和不恰当的",而"无产阶级艺术"和"无产阶级文化"的词句"正是用来掩饰同马克思主义的斗争的"。② 但毋庸置疑的是,波格丹诺夫的理论思想对整个左翼文艺运动有着深刻的影响,在中国马克思主义传播史上也有着重要的地位。

2. 无产阶级文化派

无产阶级文化协会成立于1917年10月,是一个广泛性的群众文化组织,在鼎盛时期,各地的组织最多的时候达1831个,会员达40多万,它有自己的刊物《无产阶级文化》《未来》等二十多种和数个出版社,核心人物是波格丹诺夫、普列特涅夫和卡里宁。无产阶级文

---

① 郑异凡编译:《苏联"无产阶级文化派"论争资料》,人民出版社1980年版,第103页。
② 《列宁选集》第4卷,人民出版社1995年版,第287页。

◇ 第一章 俄国马克思主义文论译介活动对冯雪峰文艺理论建构的影响 ◇

化派的兴起在一定程度上反映了俄国工人群众对文化知识的渴望和参与文化事业的热情。但由于它的领导人波格丹诺夫、普列特涅夫等人推行一条反马列主义的文化路线，竭力反对党和苏维埃政权对无产阶级文化协会的领导，否定人类的一切文化遗产，提出在无产阶级文化协会内创造纯粹的"无产阶级的阶级文化"。其庸俗社会学特点与极左倾向，不仅对苏联无产阶级文化派诗人和作家们的创作直接产生了有害的影响，也对中国左翼文坛造成了不良的影响。对此，一些学者主张要把作为群众组织的"无产阶级文化协会"和推行"无产阶级文化"错误路线的"无产阶级文化派"区分开来。①

无产阶级文化派理论家提出了"无产阶级的文化模式"，其理论基础是波格丹诺夫的"组织科学"论。他们宣扬文化和文艺是以"生动的形象"组织人们的集体经验，而无产阶级的"阶级经验"同以往的"阶级经验"截然不同。他们自己的任务就是创造一种独立的、特殊的"纯无产阶级文化"，这是与以往的全部人类文化没有任何联系的，是与过去决裂的，是"无产阶级主要的组织工具"。全俄无产阶级文化协会在1923年《艺术问题提纲》开宗明义地在第一条中说："在阶级社会条件下，艺术是资产阶级统治的强大工具之一。对无产阶级来说，它是无产阶级阶级斗争的工具。"② 与此相联系，无产阶级文化派强调，无产阶级的写作只能写集体，不能写个人，否定一切抒情，排斥任何感情因素，公开提倡把人变成机器，赞美"机械化的集体主义"。如他们认为，如果一个诗人以"我"说话，那么，他们就不是无产阶级的诗人。

---

① 李辉凡先生在《二十世纪初俄苏文学思潮》一书里，主张把"无产阶级文化协会"和"无产阶级文化学派"这两个概念区别开来。"无产阶级文化协会"是苏联早期的一个群众性文化组织。"无产阶级文化派"是指这个组织中一部分鼓吹"无产阶级文化"理论的领导人及其错误倾向（如波格丹诺夫和普列特涅夫等人）。

② 白嗣宏编选：《无产阶级文化派资料选编》，中国社会科学出版社1983年版，第3页。

正是在这样的思想支配下,无产阶级文化派对所有文化遗产采取了虚无主义态度。"烧掉拉斐尔,捣毁博物馆,踏碎艺术之花",就成为"无产阶级文化派"的必然口号。无产阶级文化派的杂志《未来》宣称:"如果有人因为无产阶级作家没有填补把新的创作同旧的创作分隔开来的那个空白,而忐忑不安的话,我就会对他们说:这样会更好些——不需要继承关系。"① 与此相联系,对于这种"纯无产阶级文化"由谁来创造的问题,"无产阶级文化派"的理论家们声称,这种"文化",只有无产阶级本身才能创造出来,"必须为无产者艺术家创造必要的条件,使他可以完全独立地从事自己的创作,不受对他思想上有害的资产阶级作家和农民作家的影响……使无产者艺术家同外界影响隔开"。② 又说,"吸收资产阶级文化是一种不可救药的倒退","旧文化渗透了资产阶级的臭气和毒剂",他们不会"写出什么对共产主义有价值和有教益的东西",只会"毒害无产阶级的心灵"。基于这种思想,他们在组织上竭力排斥社会的其他阶级和阶层,包括农民、知识分子等参加社会主义的文化建设。

为了建立纯粹的无产阶级文化,无产阶级文化派在政治立场上要求完全自治和独立。1919年1月通过的《无产阶级文化协会组织大纲》声称:"无产阶级文化协会是无产阶级创作的阶级组织,正如工人政党是无产阶级的政治组织,工会是无产阶级的经济组织一样。"③ 无产阶级文化派早在成立时即宣布"独立"原则,宣布不接受资产阶级政府的监督,十月革命后无产阶级文化协会继续认为无产阶级文化只有依靠无产阶级自己,需要摆脱党和苏维埃国家的领导和影响。无产阶级文化派的这种反历史唯物主义的态度和宗派主义、文化虚无主义立场,遭到了列宁和布尔什维克党多次的严厉的批评,后来在

---

① 引自吴元迈《列宁同无产阶级文化派的斗争》,《世界文学》1978年第4期。
② 引自李辉凡《20世纪初俄苏文学思潮》,社会科学文献出版社1993年版,第64页。
③ 同上书,第59页。

第一章 俄国马克思主义文论译介活动对冯雪峰文艺理论建构的影响

1932年俄共中央正式解散了该协会。

3. 岗位派

岗位派是继"无产阶级文化派"之后登台的一个极左的文学派别。该派系由文学团体"十月社"所创办的刊物《在岗位上》而得名。在"十月社"的倡议和领导下,1923年3月召开了莫斯科无产阶级作家第一次代表大会,建立了"莫斯科无产阶级作家协会"(简称"莫普")。不久,又创办了文学批评刊物《在岗位上》,从此,就形成了所谓的"岗位派"。因此"十月"派也被称为岗位派。岗位派的全体成员都是党员或者共青团员,其成员中的百分之八十出身于革命前知识分子家庭。岗位派前期的主要代表人物是沃林、罗多夫、列列维奇;1925年阿维尔巴赫、瓦尔金、拉斯科里尼科夫也参加进来。

岗位派继承了"无产阶级文化派"的主张,认为在摧毁旧国家建立新国家的同时,也要摧毁旧的阶级的文化,这样才能建立无产阶级自己的新文化,方能对群众的感性认识施加深刻影响的有力工具。他们断言文学是"特定的阶级意识形态的产物",作为"无产阶级文化"之一部分的"无产阶级文学是同资产阶级文学相对立的"。在他们看来,后者是这样一种文学,"它把工人阶级和广大劳动群众的心理和意识组织起来",并进而"铲除资产阶级文学的最后立足点"。基于此,岗位派也反对颓废文学的各种流派,批评未来派和意象派不问政治倾向和在文学形式上的标新立异。这些认识其实都鲜明地体现着波格丹诺夫的"组织理论"。同时这也表明,"岗位派"的理论家们并不懂得文学反映现实生活的特殊规律性,把文学的阶级性简单化、片面化了。

在古典文学遗产继承方面,岗位派像"无产阶级文化派"一样,对文化遗产和文学遗产采取了否定的态度。如岗位派领导人瓦尔金在《政治常识与文学的任务》一文里公开写道:"以往时代的文学都渗透了剥削阶级的精神。它反映了王公、贵族和富人——一句话,'成千上万上层人物'的习惯和感情,思想和感受。"① 于是他们公开宣称:无产阶级文学必须彻底摆脱这种旧的影响,抵制它的腐蚀,要从工人肩上卸除文化遗产的"思想重负",他们甚至认为,无产阶级文学的基本要素,就是对过去文学的否定与克服,摆脱旧文化的精神熏染。

在对待同路人方面,他们也采取了排斥和否定的态度。1923年"莫普"代表会议上通过的一份文件中公然宣称:同路人作家虽然"接受"革命,但是不理解革命的无产阶级性质,仅仅把它看成是盲目的无政府主义的农民暴动("谢拉皮翁兄弟"等),他们只能歪曲地反映革命,不能把读者的心理和意识组织起来使之适应无产阶级的最终任务。因此他们对工人阶级不可能有正面的教育意义。1925年"瓦普"成立时所作出的一份决议中也断言:同路人作家的多数乃是"歪曲革命、诽谤革命"的作家,"'同路人'文学在根本上是反对无产阶级革命的文学"②。《在岗位上》的多篇文章,对同路人作家大加挞伐,高尔基、阿·托尔斯泰、马雅可夫斯基到爱伦堡、普里什文、沃隆斯基等一批著名作家、诗人和批评家均未能幸免。

与此密切相关的就是1921年岗位派与沃隆斯基一派的文艺论战。他们围绕无产阶级能否建立自己的文化,包括何为无产阶级文学、特征是什么、如何面对文学遗产与传统、如何对待同路人文学、无产阶级文学的领导者及党的角色等问题展开激烈的论辩,直到1925年俄共(布)中央做出《关于党在文学方面的政策》的决议才告一段落。

岗位派与沃隆斯基一派的激烈的论战内容,主要体现在以下几个方面。

(1) 关于过渡时期文学的性质和任务问题。岗位派认为,文学是

---

① 张秋华、彭可巽等编选:《"拉普"资料汇编》,中国社会科学出版社1981年版,第15页。
② 同上书,第175页。

第一章 俄国马克思主义文论译介活动对冯雪峰文艺理论建构的影响

阶级斗争的强大武器，无产阶级文学是无产阶级手中的斗争工具。"在当前条件下，文艺是无产阶级同资产阶级为了争夺对中间分子的领导权而进行的不可调和的资产阶级斗争的最后场所之一。"无产阶级在文学领域中任务是摧毁资产阶级的旧文化和旧艺术，创造新的无产阶级的文化和艺术，"把工人阶级和广大劳动群众的心理和意识组织起来以适应共产主义的最终目的"。沃隆斯基一派则强调艺术的特殊性：艺术就是艺术，他只是"对生活起感性认识作用的特殊手段"，艺术只是"认识生活"。当前文学的任务是吸收、学习旧文化，而不是建立无产阶级的文化。

（2）关于同路人作家问题。岗位派认为，同路人作家绝大多数是反对革命的，他们只会歪曲现实，诽谤革命，不可能写出无产阶级需要的东西。沃隆斯基却认为，过渡时期文学是带有强烈的"同路人"色彩的文学，主要应依靠同路人作家。

（3）文艺党的领导问题。岗位派认为，党应该直接领导文学工作，通过无产阶级作家团体在文艺界实现无产阶级的统治。沃隆斯基一派则主张，要"让艺术自己解决自己的问题"，不应对文艺工作者进行直接的"监督和指导"。①

总体而言，岗位派带有"无产阶级文化派"的深刻烙印，无论在无产阶级的文化本质上，还是对待文化遗产问题上，乃至对待"同路人"问题上都是如此。

4. "拉普"

"拉普"（全称为俄罗斯无产阶级作家联合会）是 20 世纪 20 年代和 30 年代初苏联文学界最重要的文学现象，是苏联无产阶级文学运动的主导力量。"拉普"在苏联的存在，前后不过十年（1922—

---

① 引自李辉凡《二十世纪初俄苏文学思潮》，社会科学文献出版社 1993 年版，第 180—181 页。

1932）。其活动大致可以分为两个阶段。第一个阶段是 1922 年到 1925 年，第二个阶段从 1926 年至 1932 年。"拉普"的前期（第一阶段），以岗位派的活动为主。第二阶段"拉普"新领导的核心成员是阿维尔巴赫、法捷耶夫、叶尔米洛夫等人。"拉普"的十年文学活动不仅对苏联文学的发展影响重大，而且在国际无产阶级文学运动史上留下了极其深刻的印记。在文艺主张方面，"拉普"继承了岗位派时期许多文艺观点。对文化遗产以及同路人作家也持否定的态度。"拉普"甚至提出的一个最极端的口号是"没有同路人，只有同盟者或者敌人"。在文艺的功能价值上，"拉普"也把文学视为政治宣传的工具，强调围绕特定时期的政治任务规范文学创作就是保证文学创作具有"先进内容"的可靠方法。如阿维尔巴赫在《什么是"岗位派运动"？》一文中指出"我们对文学采取功利主义态度"，这表现为"强调艺术作为阶级斗争和文化革命的工具的社会作用"[①]。可以说，强调文学的政治价值是"拉普"理论的落脚点。值得注意的是，"拉普"在后一阶段也进行了理论探索，尤其在创作方法上，主要体现在以下四个方面：

（1）唯物辩证法的创作方法

无产阶级文学的创作问题，也一直是"拉普"的关注中心。"拉普"曾提出过"浪漫主义现实主义""客观现实主义""无产阶级现实主义"，最后这些思想才统一于"唯物辩证法的创作方法"。"拉普"提倡"唯物辩证法的创作方法"，其历史意义在于企图为无产阶级革命文学创作寻找一个最好的创作方法。

"唯物辩证法创作方法"是由"拉普"领导人之一的阿维尔巴赫最先提出的。他指出："无论如何不能回避下面一个事实，即我们岗位派在现代文学论争中，在过去谈论关于某某'现实主义'和'浪

[①] 陈建华：《20 世纪中俄文学关系》，学林出版社 1998 年版，第 110 页。

第一章 俄国马克思主义文论译介活动对冯雪峰文艺理论建构的影响

漫主义'的地方,首先提出了唯物主义和唯心主义艺术方法的问题。我们岗位派同自发的、不可避免地有局限性的资产阶级古典作家的唯物主义相对立,首次提出了辩证唯物主义方法问题。"① 而无产阶级文学的新风格就"应该是辩证唯物的新风格"。

之后,法捷耶夫、佐宁、扎克等"拉普"的许多作家、理论家也都对该理论进行了阐释。在他们看来,既然哲学领域存在着唯心主义和唯物主义两个根本对立的流派,那么在文学领域也必然相应地存在着现实主义作家——唯物主义者,浪漫主义及其他非现实主义作家——唯心主义者;正如在哲学方面"最彻底的"唯物主义是辩证唯物主义一样,无产阶级文学的创作方法也必然是"辩证唯物主义的方法"。法捷耶夫写道:"马克思主义把哲学中的两个基本流派分成唯物主义和唯心主义……当我们提出艺术方法问题、作家对待现实的态度问题时,我们首先也提出这一或那一作家用什么'眼光',通过什么'眼睛'来看待周围世界及他自己本身的问题,作家在作品中如何理解和解决思维与存在的相互关系问题。"② 阿维尔巴赫也谈道:"作家的艺术完全从属于他的思想立场",方法就是"实践的世界观"。"唯物主义和唯心主义,这不仅是一定的处世态度和世界观……它们也是作家的不同方法。"③ 在此,"拉普"的唯物辩证法的创作方法也强调辩证唯物主义世界观对于艺术创作的重要作用。

在"拉普"理论家看来,"唯物辩证法创作方法"是只有无产阶级作家才能掌握的艺术方法和唯一的创作方法,而其他创作方法、文学思潮与流派都在他们的否定之列。法捷耶夫认为,无产阶级的艺术方法"不需要有任何浪漫主义的杂质",而他的《打倒席勒》一文,

---

① 引自李辉凡《二十世纪初俄苏文学思潮》,社会科学文献出版社1993年版,第229页。
② 同上。
③ 同上。

更集中地反映了他对浪漫主义的态度。批评家佐宁写道:"浪漫主义作为艺术家工作的创作方法,在无产阶级文学中没有什么前途。"阿维尔巴赫说:俄国象征主义是唯心主义在文学中的表现之一,它崇拜一种神秘主义的、宗教性的理想艺术。叶尔米洛夫则认为文学中的浪漫主义与科学中的经院哲学、形而上学的思想相对应,它是"抽象的,肤浅的,先验的,矫揉造作的,非辩证的",它忽略了"遗传、社会、道德伦理和心理对人的个性的错综复杂的影响"。

如果把"拉普"的上述荒谬理论仅仅视为一种源于把文学与哲学混为一谈的常识性错误,那也许就把问题简单化了。"拉普"在理论上的全部努力,可以归结为一个基本目标:建立一个所有无产阶级作家都必须遵循的创作方法,制定一个整个无产阶级文学的艺术总纲,而其他所有的创作方法、思潮流派都要打倒。①

(2)活人论

"拉普"认为,无产阶级作家争取文艺领导权的中心任务在于写"活人"。"活人论"这个术语最早出现在岗位派的刊物上。在《在岗位上》1924年第1期上就发表了英古洛夫的一篇文章,题目就是《论活人》。文章主要思想是要求文学中"塑造典型,在运动的环境中,在我们的人们、事件和事迹中表现活人",并且认为,"这就是作家当前的使命"。虽然"拉普"的作家、理论家们关于"活人论"的理解和看法不尽相同,但"活人论"这一主张的提出不乏积极意义,它"旨在认识人的复杂性,它重视人物形象的具体性和个性化特征,力求深入探讨社会生活与人物的生理、心理复杂的相互关系"②,有着一定现实的针对性,但实际上,该创作理论还是贯穿着唯物辩证法创作方法的逻辑,目的是"要在文学领域内实施彻底的辩证唯物主

---

① 张杰、汪介之:《二十世纪俄罗斯文学批评史》,译林出版社2000年版,第281页。
② 艾晓明:《中国左翼文学思潮探源》,北京大学出版社2007年版,第224页。

第一章　俄国马克思主义文论译介活动对冯雪峰文艺理论建构的影响

义方法",亦即根据辩证法的基本范畴反映人的意识斗争、心理运动。他们一再倡导的"心理现实主义",主要在于去挖掘人物的理性和直觉、意识和下意识之间的对立统一。①

(3) 关于"撕下一切假面具"

"撕下一切假面具"是"拉普"围绕"唯物辩证法创作方法"而提出的另一个口号。"拉普"在提出向托尔斯泰等古典作家的"心理描写"学习的同时,也十分欣赏托尔斯泰"撕下一切假面具"的揭露手法,并把这种手法当作无产阶级的创作原则而加以提倡。阿维尔巴赫写道:"……在这个新的深刻、真正伟大的心理变革时刻,像托尔斯泰这样的方法对我们来说是最适合的。列宁说,托尔斯泰的现实主义是撕下一切假面具。"② 后来"拉普"理论家把"撕下一切假面具"定为无产阶级文学创作的一个基本口号。"拉普"在1931年的一篇社论公开写道:"这个口号是无产阶级文学的基本口号之一,因为它包含着'拉普'对现实主义和浪漫主义问题提法的认识。"③ 故而,所谓"撕下一切假面具"这个口号,其本质还是在于否定浪漫主义。

(4) "无产阶级诗歌杰米扬化"

"无产阶级诗歌杰米扬化"这个口号也是"拉普"理论家在探索创作方法的过程中提出来的。杰米扬·别德内是苏联一位重要的无产阶级诗人,写下了大量革命宣传诗、政论诗,很受广大革命群众的欢迎,并且得到了列宁、斯大林等人的好评。他本人曾经宣称:"我是诗人中的政治家,我是政治家中的诗人。"不过,别德内的诗歌虽然贴近现实,通俗易懂,却未免有些简单粗糙,存在着艺术价值不高的

---

① 吴元迈:《拉普文艺思潮简论》,《文学评论》1983年第1期。
② 引自李辉凡《二十世纪初俄苏文学思潮》,社会科学文献出版社1993年版,第223页。
③ 同上书,第224页。

问题。因此列宁虽然肯定了他的诗歌在政治上的重大的宣传"鼓动作用",却同时也指出它"还有点粗俗",指出诗人没有走在读者前面,而是"走在读者的后面"。然而"拉普"却把别德内树立为无产阶级诗歌的旗帜,认为他的诗歌最符合"辩证唯物主义方法",强调一切诗人都必须按照这一模式去创作。从根本上讲,"拉普"企图树立一个诗人为样板,要求大家都按这个模式去写诗,除了一些千篇一律的、刻板的东西之外,是不可能写出真正有价值的艺术作品来的。①

在苏联二十年的思想的和文艺的斗争中,"拉普"发挥过一定的作用,在一些文艺创作问题上做过探索,对于后来的马克思主义文艺理论的发展,是有促助意义的。然而"拉普"把艺术方法与哲学方法混为一谈,乃至把艺术与政治混为一谈,其文艺思想具庸俗社会学、教条主义和宗派主义,不仅给苏联文艺运动带来很大损失,也给整个无产阶级文艺运动带来负面影响。

上述两派的理论冲突与交锋,集中体现在1923—1925年岗位派与沃隆斯基派的激烈论战中。岗位派主要理论观点是:文学是阶级斗争的强大武器,艺术是生活的组织,文学是阶级心理、意识或经验的组织,只有无产阶级的文学才能正确地反映革命。正是基于这些美学原则,岗位派排斥和否定同路人作家,把他们斥为"资产阶级作家"和"反动分子"。沃隆斯基派对同路人作家持同情的态度,并以《红色处女地》和他与布哈林共同编辑的《探照灯》杂志为阵地,对岗位派的一些极端观点以及庸俗社会学倾向进行了严肃的批评,他们捍卫现实主义原则,主张文学是对生活的反映,在对艺术创作的理解上要比岗位派的理论家们站得高。鲁迅在其《苏俄的文艺政策》译本的《后记》中对当时俄国文坛的这种理论情形也作了归纳,并指出:

---

① 引自李辉凡《二十世纪初俄苏文学思潮》,社会科学文献出版社1993年版,第225—227页。

◇ 第一章 俄国马克思主义文论译介活动对冯雪峰文艺理论建构的影响 ◇

"序文上虽说立场有三派的不同,然而约减起来,也不过两派,即对于阶级文艺,一派偏重文艺,如瓦浪斯基(沃隆斯基——笔者注)等,一派偏重阶级,是《那巴斯图》(《那巴斯图》即文学杂志《在岗位上》)的人们;布哈林们自然也主张支持无产阶级作家的,但又以为最要紧的是要有创作。"① 这两派的理论论争长达三年之久,最后以1925年6月俄共(布)中央通过《关于党在文学方面的政策》的决议而告终。该决议拉近了论争双方的观点,对于"偏重阶级"与"偏重文艺"两种对立观点采取了折中态度,显现了俄共(布)中央既反"右"亦反"左"的态度,正是这种政策的折中性,也导致了藏原惟人在俄国马克思主义理论译介和新写实主义理论建构过程中的矛盾性。这次决议也受到了冯雪峰的关注,冯雪峰以日本藏原惟人和外村史郎辑译的本子为底本,将决议内容转译成中文本《新俄的文艺政策》,1928年由光华书局出版。

总之,苏联20世纪二三十年代的这些马克思主义文艺理论家们,依照自己对马克思主义的理解,构建了苏联那个时代背景下的马克思主义文艺理论,这些理论既有精华也有糟粕,尤其是一些庸俗的社会学理论,给整个无产阶级的文学运动带来了很多负面的影响。而这些理论也正是藏原惟人留学苏联期间所经历到的理论现实,也成为藏原惟人译介的理论资源,这些理论不仅被藏原惟人翻译,而且被借鉴运用到其"新写实主义"理论中去,并深深影响了冯雪峰的译介和理论建构活动。

第三节 藏原惟人对俄国马克思主义文论的接受和解读

由于藏原惟人在留学苏联期间深受苏联20世纪二三十年代马克

---

① 《鲁迅全集》第17卷,同心出版社2014年版,第338页。

冯雪峰与俄国马克思主义文学理论关系研究

思主义文艺理论家们的影响,无论是岗位派与沃隆斯基派的激烈论战后形成的《关于党在文学方面的政策》的决议,还是"拉普"的"唯物辩证法创作方法",都对藏原惟人的译介活动和理论接受产生了直接影响,藏原惟人的很多文艺理论主张,都与这一时期的俄国马克思主义文论发展历程密不可分。

一、藏原惟人主张无产阶级的新写实主义文艺,具有阶级功利性,是斗争的武器,同时也主张现实主义是对生活的真实的反映。

其一,藏原惟人认为无产阶级的文艺具有阶级性,功用是宣传,具有提高人们的生活水平并使之趋向一定方向的任务。如其《作为生活组织的艺术和无产阶级》一文认为"艺术在某种意味上是生活的组织","艺术是'感情的社会化'手段","一切的艺术,在那本质上,必然是 Agitation 是 Propagande"。① 藏原惟人这种文艺思想的形成,与普列汉诺夫、布哈林等的理论影响有关,同时也与无产阶级文化派波格丹诺夫的思想影响有关。藏原惟人最早在日本介绍普列汉诺夫,其早期的文艺思想活动深受普列汉诺夫的影响。他和外村史郎合译的普列汉诺夫的相关译本,也是冯雪峰译本的底本。在普列汉诺夫的文艺论著中,通过对文学艺术思想内容的本质深刻分析,揭示了文学艺术的阶级功利性本质,同时也对阶级社会中文学艺术的内在特点给予详细的阐述。藏原惟人在其论著中多次引用普列汉诺夫的相关论著证明文艺的社会阶级性,以及艺术的功利主义,如他在日本文艺界争论作品的政治价值和艺术价值时,其文章《马克思主义文艺批评的标准》,就是根据普列汉诺夫的相关文艺思想立论的,文章认为文艺批评首先是分析作品所反映的思想意识,其次是评论作品的艺术价值。藏原惟人的上述文艺功利观的表述同时也深受着无产阶级文化派即波格丹诺夫的组织生活论的影响,藏原惟人在其《作为生活组织的

---

① [日]藏原惟人:《新写实主义论文集》,之本译,现代书局1930年版,第5页。

第一章　俄国马克思主义文论译介活动对冯雪峰文艺理论建构的影响

阶级艺术和无产阶级》等论著中多次以波格丹诺夫的理论为基础,来论证文艺的宣传和武器作用。

其二,藏原惟人认为,新写实主义主张真实地描写客观生活,以提高人们的认识。

藏原惟人在其《普罗列塔利亚写实主义的路》中谈到,艺术应客观反映生活,忠于现实,"普罗列塔利亚作家的对于现实的态度必须客观底,必须离去一切主观的构成而观察现实,把它描写出来"①,"那是现实作为现实,所谓是没有何等主观的构成,主观的粉饰描写出来的态度"②。其在《作为生活组织的阶级艺术和无产阶级》中区分了艺术与科学的异同,并进一步谈道:"艺术,第一是生活的认识,艺术和科学同样,是认识生活——艺术和科学同一的对象——就是生活——得到现实。不过科学是分析而艺术是综合。科学是抽象地,艺术是具象地。科学诉诸于人们的脑智,艺术诉诸于感情。科学借概念的助力认识生活,艺术借具象的助力于发生感情的直觉的形式中认识生活。"③

藏原惟人的上述认识,其实质来源于苏联沃隆斯基的相关观点,沃隆斯基作为20世纪20年代苏联文艺理论界激烈论战的核心人物,也是当时著名的文学批评家和理论家,其重视文艺创作的特殊性,认为"艺术是对生活的认识",所不同的是前者是分析,后者是综合;前者是抽象的,后者是具体的。沃隆斯基强调艺术家必须认识并掌握这种艺术的特性,并指出自别林斯基和车尔尼雪夫斯基到普列汉诺夫以及卢那察尔斯基都是这样认识艺术特性的。需要指出的是,虽然沃隆斯基强调艺术的独特性,但也不否认文艺的阶级倾向性,反对不过问政治的"为艺术而艺术"的理论,肯定文学的社会性、阶级性和

---

① [日]藏原惟人:《新写实主义论文集》,之本译,现代书局1930年版,第28页。
② 同上书,第33页。
③ 同上书,第11页。

党性，同时也强调艺术与政治、与作家世界观的密切关系。

总的来看，藏原惟人在定调新写实主义的功能时，始终认为现实主义是无产阶级宣传和鼓动的武器，这是一个根本的理论前提，同时他又认为，文艺的本质是对现实生活的认识和反映，以此作为前者的补充。

二、藏原惟人认为，新写实主义作家必须有明确的阶级观点，尤其是要发挥唯物辩证法世界观的指导作用。

藏原惟人认为，无产阶级的写实主义达成，普罗作家必须拥有无产阶级的阶级意识，站在战斗的普罗的立场上才能发现社会中真实的东西、典型的东西，才能成为真正的写实。如他在《无产阶级文学和目的意识》一文中谈道"获得作为无产阶级的目的意识，是无产阶级文学者的最起码，最要紧的资格"，"我们必须接受无产阶级训练"[①]。1930年4月，藏原惟人在《战旗》上发表《纳普艺术家的新任务向确立共产主义文艺迈进》一文，进一步要求作家首先是一个"共产主义者"，用"前卫"的观点来创作，"必须离去一切主观的构成而观察现实，把它描写出来。而在这意味上他必须是写实者，并作为站在正在抬头着的阶级的立场上，惟他能算得是在现在的写实主义的唯一继承者"[②]。布尔乔亚写实主义和小布尔乔亚写实主义都是旧的写实主义，而普罗列塔利亚作家"对于现实的态度，是彻头彻尾地客观的现实的"，并且他们"不可不首先获得明确的阶级的观点"，因此，"普罗列塔利亚"写实主义才是唯一的真正的写实主义。用"拉普"的一句名言来说，就是"作家要用无产阶级前卫的眼光来观察世界，来描写世界"。

藏原惟人尤其强调唯物辩证法世界观的指导作用。藏原惟人认

---

① 刘柏青编：《日本无产阶级文艺运动简史》，时代文艺出版社1985年版，第57页。
② ［日］藏原惟人：《新写实主义论文集》，之本译，现代书局1930年版，第28—29页。

◇ 第一章 俄国马克思主义文论译介活动对冯雪峰文艺理论建构的影响 ◇

为,现实主义是与哲学上的唯物论相一致的。从唯物论出发,新写实主义是与浪漫主义相对立的,浪漫主义是唯心主义的反动的,在其《普罗列塔利亚写实主义的路》一文里,藏原惟人区分了写实主义和理想主义(浪漫主义),认为两者是相对立的,浪漫主义是没落阶级的艺术。藏原惟人认为:"在艺术论上所谓写实主义是和理想主义对立的东西,理想主义的艺术是主观底,空想底,观念底,抽象底,写实主义的艺术是客观底,现实底,实在底,具体底而且一般地讲,那末可以说理想主义是在没落下去的阶级的艺术态度,反之,写实主义是正在勃兴着的阶级的艺术态度。"① 以此为基础,藏原惟人对以现代主义为代表的资产阶级文艺也持否定态度,在他看来,"现代主义是服务于反动的资产阶级的","现代主义问题有首先作为历史的政治问题而提出的必要",这在一定程度上否定了现实主义创作中个性存在的空间和价值,也为其理论建构的矛盾性埋下了隐患。

藏原惟人将无产阶级的唯物辩证法等同于创作方法,要求作家"揭示出现实发展的内在规律","描写生活要摒弃一些烦细、偶然的东西","揭开失误的'本质'的帷幕"。如在其关于无产阶级写实主义的论文《再论新写实主义》中,藏原惟人就普罗列塔利亚写实主义的特征讲道:"但从这事出发的普罗列塔利亚写实主义,以为是照样地蹈袭没有何等观点地罗列着现实的琐屑的细事的某时代的过去的写实主义的那样想,那末这是极大的谬误。普罗列塔利亚写实主义和像这样表面底的琐屑底的写实主义根本底地不同着。它是拿着观察现实的方法。所谓这方法是唯物辩证法。""唯物辩证法是把这社会向怎样的方向前进,认识在这社会上什么是本质的,什么是偶然的这事教导我们。普罗列塔利亚写实主义依据这方法,看出从这复杂无穷的

---

① [日]藏原惟人:《新写实主义论文集》,之本译,现代书局1930年版,第17—18页。

社会现象中本质的东西,而从它必然地进行着的那个方向的观点来描写着它。换句话说,普罗列塔利亚写实主义是握着在进行中的这社会,把它必然地向普罗列塔利亚脱的胜利方面前进的这事,用艺术的地,就是形象的话描写出来以外没有别的。在这意味上假使把过去的写实主义说是静的写实主义,那么我们可以称这是动的或力学的现实主义。"①

藏原惟人这种对作家世界观的强调,一方面是其继承了日本无产阶级文艺运动的目的意识论的结果,同时也是苏联"拉普"文艺思想影响的结果。"目的意识论"是日本无产阶级文学运动前期最重要的理论家青野季吉、林房雄等提出的。1926年9月青野季吉发表了《自然生长和目的意识》《再论自然生长和目的意识》等文章,指出:"无产阶级文学运动,是给自然发生的无产阶级文学,植入目的意识的运动,并由此参加无产阶级全阶级的运动。"② 所谓"植入目的意识",就是灌输社会主义的(真正无产阶级的)目的意识。承袭着日本左翼革命文学这种"目的意识论",藏原惟人也要求作家把握无产阶级的阶级意识性、具有前卫眼光。同时,藏原惟人的唯物辩证法的强调也与当时俄国文坛的现状有关。当时"拉普"总书记阿维尔巴赫认为:"谁要不懂得马克思主义世界观就是掌握现实的方法,那他就什么都不懂。"他又说:"作为认识生活的艺术的最重要的职能之一的艺术方法(及其发展道路),毫无疑义同科学方法是相近的……艺术家和学者是同样地认识生活。"③ 阿维尔巴赫甚至提出,方法就是"作家的艺术方法完全从属于他的思想立场"④。1930年11月,国

---

① [日]藏原惟人:《新写实主义论文集》,之本译,现代书局1930年版,第42页。
② 刘柏青编:《日本无产阶级文艺运动简史》,时代文艺出版社1985年版,第41页。
③ 吴元迈:《苏联三十年代"写真实"口号提出的前前后后》,《苏联文学》1981年第1期。
④ 张秋华等编:《"拉普"资料汇编》(上),中国社会科学出版社1981年版,第382页。

◇ **第一章　俄国马克思主义文论译介活动对冯雪峰文艺理论建构的影响**　◇

际革命作家联盟在苏联哈尔科夫召开代表大会，赞同并推行"拉普"提出的"唯物辩证法的创作方法"。藏原惟人也参加了这次会议，从苏联参加哈尔科夫回国后，藏原惟人转而提倡苏联"拉普"的"唯物辩证法的创作方法"。

三、在文艺批评标准上，藏原惟人主张政治价值与艺术价值的统一，但更加强调作品的政治价值。

藏原惟人反对将艺术价值与政治价值分开来理解，强调作品的思想意义和社会价值。如其在《普罗列塔利亚艺术的内容与形式》一文中谈道："我们常常听到某作品有着艺术底价值的，或没有这样说。而在某场合，没有社会底，道德底，教育底等等价值但有着艺术底价值，这样的讲法，恰像被说这'艺术底价值'是能和其他的价值对立着似的了。这是不正确的，而谬误的。更认为艺术作品所具有的价值是社会底价值，然后是其艺术性作为基础。"[①] 这里，藏原惟人虽然强调了艺术特性对于革命文艺的重要作用，但其理论落脚点还是文艺的政治价值。如他进一步谈道：凡是对无产阶级发展和胜利有利有益的，就是有价值的。作品的宣传鼓动效果即决定文艺作品的艺术价值，"艺术作品具有的价值，通常就是社会的价值，不可能有抽象的艺术价值"[②]。可以说，藏原惟人的这些认识，在一定程度上肯定着政治价值的优先地位，强化着文学是阶级斗争的工具、思想宣传的武器。

藏原惟人的这种文艺政治观在一定程度上也受到了他所译介的俄国文论思想的影响，如他在其所译介的俄国的《文艺政策》序言里谈道：

---

① [日]藏原惟人：《新写实主义论文集》，之本译，现代书局 1930 年版，第 73—75 页。

② 叶渭渠、唐月梅：《20 世纪日本文学史》，青岛出版社 1998 年版，第 194 页。

◇ **冯雪峰与俄国马克思主义文学理论关系研究** ◇

  我们将这和速记录一同阅读，便可以明白俄国共产党的文艺政策。是正在向着怎样的方向进行。而且对于我国的无产阶级文艺运动的阵营内。正在兴起的以政治和文艺这一个问题为中心的论争的解决。也相信可以给与或一种的启发。①

四、关于"同路人"问题。

日本左翼文坛纷争不断，也出现了所谓"同路人"的问题。受俄国沃隆斯基一派"同路人"主张的影响，藏原惟人也反对日本左翼文坛上的无休止争斗，主张建立文艺的广泛统一战线。

藏原惟人认为，的确需要对资产阶级文学进行毫不妥协的斗争，在理论上克服资产阶级的"反社会的艺术至上主义"，但同时也提醒要认识到资产阶级文学存在的"多种分化"②：

  我们一概而论而称作资产阶级艺术的文学其实存在许多分化。我们应该看到存在动摇的小资产阶级分子。对于后者我们的态度应该区别于已经顽固不化的反动艺术家。动摇的小资产阶级艺术家因其社会地位的不稳固有时会倾向于革命。我们要努力促进、利用这种倾向，渐渐地使他们成为无产阶级解放运动的"同路人"。有时我们必须利用像已经死去的芥川龙之介这样典型的小资产阶级作家的作品。

为此，他主张建立广泛的统一战线，并提出了具体的联合条件：
1. 以现存的无产阶级艺术团体为中心包括所有农民艺术家团体、

---

  ① ［日］藏原惟人：《文艺政策》（《苏俄的文艺政策》）的序言，鲁迅译，《鲁迅全集》第 17 卷，人民文学出版社 1973 年版，第 453 页。
  ② 王志松：《20 世纪日本马克思主义文艺理论研究》，北京大学出版社 2012 年版，第 180 页。

第一章　俄国马克思主义文论译介活动对冯雪峰文艺理论建构的影响

左翼小资产阶级艺术家团体。

2. 加盟同一联合的各团体保持各自的组织上和意识形态上的独立。

可以说，藏原惟人之于"同路人"的宽容态度是利于日本左翼文坛的团结与合作的，为日本无产阶级文学的繁荣创造了条件。同时，藏原惟人的这种理论示范在一定程度上也启示了冯雪峰对于该理论的运用。

五、藏原惟人文艺思想所呈现出的矛盾性。

藏原惟人作为早期的马克思主义文艺理论家，其文艺思想也呈现出某种局限性，有着无法克服的内在矛盾，即现实主义文艺的宣传鼓动与客观写实之间的矛盾。

在艺术的本质和功能上，藏原惟人认为艺术是对生活的组织，宣传鼓动是其本质。但同时又认为艺术是对生活的认识，"是把这现实正确地、客观地、而且具体地描写出来的艺术"，是"现代生活之客观的'叙事诗的'展开"①。而实际上这两个观点是存在内在矛盾的。在一定条件下，现实主义确实能够客观真实地反映社会生活，能够达到一定的宣传鼓动效果。然而二者是不能完全画等号的。如果作家把艺术的阶级功利性或宣传性放在第一位，为完成现实的政治宣传任务，作家很可能为实现某种预设的功利效果，直接或间接地歪曲现实，无法反映生活的真实，从而使得现实主义文艺失去了根基。另外，真实地反映现实生活，努力达到客观写实目的的艺术，很可能就不能成为很好的阶级宣传的武器。藏原惟人这种左右兼顾的努力，想把二者调和在一起，却回避了二者可能存在的矛盾。同时藏原惟人指出：无产阶级作家对现实生活的态度，必须站在无产阶级的立场上，用社会学的观点来看待现实。在这种论述中其实也存在着一定的矛盾

---

① 引自艾晓明《中国左翼文学思潮探源》，北京大学出版社2007年版，第107页。

性，有了正确的世界观或无产阶级的世界观也未必能够真实地反映现实生活，这是显而易见的文学事实。如果强行将无产阶级的世界观或唯物辩证法等同于真实地反映现实生活或现实主义的创作方法，又可能导致从观念出发来要求文学，作家被这种观念所预设、所规定，从现实中去发现和主观相符合的内容，对现实进行筛选过滤。这必然导致艺术创作上的概念化、公式化，偏离了现实主义艺术的基本追求，即真实和客观地反映现实生活。

总的来看，藏原惟人对俄国马克思主义文艺理论的各种观念进行接收时，主要以"拉普"的观点为理论框架，在这个框架内，吸收了沃隆斯基的观点，这就导致他的现实主义理论不可能彻底克服"拉普"文艺观的缺陷，理论本身存在着不可克服的矛盾性。

第四节　藏原惟人的翻译及理论阐释对冯雪峰文艺思想建构的影响

虽然藏原惟人的文艺思想尤其是其现实主义理论呈现出不可避免的局限性。然而就当时来看，无产阶级文学处于草创时期，无产阶级文学所运用的现实主义原则尚未能在理论上加以挖掘和明确化。在苏联，社会主义现实主义的口号，也是后来才提出来的。藏原惟人在当时提出的无产阶级现实主义，在整个无产阶级文艺理论史上是具有开拓意义的。正因如此，藏原惟人的文艺理论也深刻影响着当时中国左翼文艺理论的形成和发展，这在冯雪峰的译介活动和文艺理论建构上有着鲜明的体现。

一　文艺功利观的构建

通过藏原惟人的译本，冯雪峰译介了波格丹诺夫、普列汉诺夫等人的理论，这些理论也影响着冯雪峰文艺功利观的构建，即认为文学

第一章　俄国马克思主义文论译介活动对冯雪峰文艺理论建构的影响

是意识形态的，是阶级意识的表达，也是阶级的武器或工具。

左翼文艺初期，文艺的阶级武器论等无产阶级理论传入中国。波格丹诺夫的"文艺组织生活说"当数其中比较重要的一个，对众多左翼文艺理论家有着较大的影响。如蒋光慈、李初梨、茅盾、谷荫、冯乃超、克兴等人在文艺论争中，多次引用的波格丹诺夫的相关理论，确立了自己的革命文艺观。如谷荫在《检讨〈检讨马克思主义阶级艺术论〉》中谈道："一切的艺术，脱不了将自己阶级的思想感情及意欲具象地织入作品中的一途，因此称它为宣传的艺术，所以由这个意义讲，无论它是资产阶级的，或者是无产阶级的艺术，都可称之谓宣传的艺术。"[①] 冯乃超在《冷静的头脑——评驳梁实秋的〈文学与革命〉》中认为："艺术——文学亦然——是生活的组织，感情及思想的'感染'，所以，一切的艺术本质的必然是'煽动''宣传'。（这不拘艺术家自身是有意还是无意。）"[②] 克兴的《小资产阶级文艺理论之谬误——评茅盾的〈从牯岭到东京〉》中也谈道："文艺本来是宣传阶级意识的武器，所谓本质仅限于文字本身，除此之外，更没有什么形而上学的本质。我们知道一切过去的作品在于生活的描写，而现在最要紧的，在于如何应用文字的武器，组织大众的艺术和生活推进社会的潮流。"[③] 这些论述都印证着波格丹诺夫的文艺思想在当时中国的盛行。事实上，与藏原惟人一样，冯雪峰也对波格丹诺夫有着浓厚的兴趣，他本人就从日文翻译过波格丹诺夫的论著，日本学者芦田肇在其考证过程中也证实了这一点。[④] 受波格丹诺夫的文艺

[①] 中国社会科学院文学研究所文学研究室编：《"革命文学"论争资料选编》（上），人民文学出版社1981年版，第503—504页。

[②] 同上书，第566页。

[③] 中国社会科学院文学研究所文学研究室编：《"革命文学"论争资料选编》（下），人民文学出版社1981年版，第755页。

[④] ［日］芦田肇：《鲁迅、冯雪峰对马克思主义文艺理论的接受（一）：水沫版、光华版〈科学的艺术论丛书〉版本、材源考》，《中国现代文学研究丛刊》1993年第2期。

冯雪峰与俄国马克思主义文学理论关系研究

宣传论或工具论的思想的浸染，冯雪峰也比较强调文艺的政治功利性。在冯雪峰的理论建构中，始终重视文艺的宣传功能以及阶级意识的表达。但对于波格丹诺夫的过于极端的文艺组织生活论，冯雪峰并非全盘接收，还是保留了一些独立的思考，他认同波格丹诺夫的文艺武器论或工具论，但同时也强调文艺是对生活的反映，这一观点与普列汉诺夫的既强调文艺政治功利性又重视文艺特性的理论主张类似。冯雪峰在其《关于"第三种文学"的倾向与理论》中谈道："文艺自然只能够或一程度（相当程度）地影响生活，影响现实，帮助生活或现实的变革。如此，已够是伟大的武器了。（易嘉提出了文艺作用的'影响生活'的定义，但还需要具体的说明，例如文艺组织群众［并非'组织生活'］是具体的强大作用之一。）"① 同时在该篇文章中冯雪峰以普列汉诺夫的相关理论对苏汶等的"文艺自由论"来进行批驳，主张文艺的阶级功利和现实主义文艺的思想性。总体来说，波格丹诺夫、普列汉诺夫乃至弗里契等人对文艺阶级功利性的强调，都影响着冯雪峰对文艺价值意识的思考，强化着冯雪峰对文艺阶级功利观的认同，从而塑造了他的革命文艺功利观，这些也都与藏原惟人的观点类似。

当然冯雪峰的革命文艺观，并非通过简单的译介就能形成，同时也是时代风气推动或影响的结果。大革命失败后，一些无产阶级文学理论家把马克思主义理论引入中国，并进行宣传和阐释，随着当时革命文学论争的兴起，马克思主义的文艺思想在论争过程中得到了广泛的传播，并与中国的现实相互激荡，形成了中国波澜壮阔的左翼文艺思潮。冯雪峰作为一名马克思主义翻译家，置身于这种潮流之中，不可避免地受到了这些思想的影响。这也正如他在1946年的《论民主革命的文艺运动》一文里谈道：

---

① 冯雪峰：《雪峰文集》第2卷，人民文学出版社1983年版，第198页。

◇ **第一章 俄国马克思主义文论译介活动对冯雪峰文艺理论建构的影响** ◇

1921—1924 年这个时期，思想革命一般地所依据的是一般进步的科学观点和资产阶级的进步民主思想，但唯物史观学说和无产阶级的社会革命理论已经深浸入知识分子和学生的头脑中。

这以后就是一九二八年开始至一九三六年之间的左翼的无产阶级文学运动的时期。这时期把在这以前在青年和先进的工农群众中激荡着的，对于革命理论，对于生活和现实社会及历史的理解等等的思想问题和要求，正式作为主要的课题提到文化和文艺运动的日程上来了。一九二八年由创造社发轫，在科学和艺术领域提出了史的唯物论和唯物辩证法作为新文化运动的主题，在文学上提出了革命文学的口号；到一九三〇年，左翼作家联盟和社会科学家联盟等团体相继成立，以这些团体作为主要领导者，这思想运动便有了非常巨大的展开；在文学上，笼统的革命文学口号也改成了鲜明的无产阶级革命文学运动，把革命作家的阶级的立场明确起来了。①

二 现实主义文艺思想

藏原惟人的新写实主义理论传入中国后被左翼文坛大力提倡，得到许多人的呼应。1928—1930 年，藏原惟人的理论不断被翻译到中国，最早是林伯修（杜国庠）选译的《到新写实主义之路》，发表于《太阳月刊》1928 年 7 月号上，这算是"新写实主义"理论的正式传入，1929 年他又翻译了《普罗列塔利亚艺术底内容与形式》刊于《海风周报》第 10—11 期。1930 年太阳社的"拓荒丛书"出版了之本译、藏原惟人著的《新写实主义论文集》，该著作收录了藏原惟人关于新写实主义的系列文章，较为完整地呈现出藏原惟人的现实主义

---

① 冯雪峰：《雪峰文集》第 2 卷，人民文学出版社 1983 年版，第 95—96 页。

◇ 冯雪峰与俄国马克思主义文学理论关系研究 ◇

理论主张。藏原惟人的新写实主义理论,深刻影响着左翼文坛,如当时的钱杏邨、勺水等人就是以藏原惟人的理论为依据,积极参与革命文学论争的。

冯雪峰所起草的《中国无产阶级革命文学的任务——一九三一年十一月中国左翼作家联盟执行委员会的决议》基本上吸收了藏原惟人在新现实主义的一些主张。在其这份决议中,冯雪峰提到,"在方法上,作家必须从无产阶级的观点,从无产阶级的世界观,来观察,来描写。作家必须成为一个唯物辩证法论者……同时要和到现在为止的那些观念论,机械论,主观论,浪漫主义,粉饰主义,假的客观主义,标语口号主义的方法及文学批评斗争(特别要和观念论及浪漫主义)"①。这些主张也是藏原惟人在文论中提到过的。据参加过左联筹备工作的老人回忆,这份纲领是冯雪峰参照苏联"拉普"和日本"纳普"的几个纲领、宣言起草的②。有关"左联"与"纳普"的关系,从夏衍的回忆文章中也可以得到佐证:"由于筹备会的成员,多半只懂日文而不懂其他外文,参考的主要是日本'纳普'的纲领。"③梳理冯雪峰现实主义理论,我们发现,"拉普"的"唯物辩证法的创作方法"就是冯雪峰现实主义理论的前身,冯雪峰将现实主义等同于唯物主义的反映论,即是"拉普"唯物辩证法的论点。同时,冯雪峰又融入了普列汉诺夫、沃隆斯基的理论,主张文学是现实生活的反映。这一理论特征与藏原惟人的现实主义理论相似,也反映了冯雪峰与藏原惟人理论渊源的一致性。

首先,冯雪峰的现实主义强调唯物辩证法的世界观的指导作用。

冯雪峰时刻强调唯物辩证法对于反映生活的重要性,如其在《第

---

① 冯雪峰:《雪峰文集》第2卷,人民文学出版社1983年版,第330页。
② 张大明等:《中国现代文学思潮史》(下),北京十月文艺出版社1995年版,第563页。
③ 《左联回忆录》(上),中国社会科学出版社1982年版,第41页。

第一章 俄国马克思主义文论译介活动对冯雪峰文艺理论建构的影响

三种文学倾向》里,冯雪峰不止一次谈道,"只有无产阶级的世界观——辩证法的唯物论,才能够最接近客观的真理"①。对世界观的强调既是"拉普"所主张的,同时也是藏原惟人的现实主义理论所强调的,冯雪峰就是受着以藏原惟人为媒介的这种理论观的影响。如冯雪峰谈道:"无产阶级的文艺批评要指出一切过去的和现在的作品的价值;也要说明作者所生活的时代与其阶级的限制是否障碍着客观真理在艺术上的反映,以及障碍了多少,作者的意识形态或世界观是否使他歪曲现实,以及歪曲了多少(借用古川庄一郎)。"②古川庄一郎是藏原惟人的化名,这里引用的是藏原惟人《为了艺术理论上的列宁主义而斗争》中的一段话。

藏原惟人认为,现实主义是唯物主义的,是先进的,理想主义(浪漫主义)是唯心主义的,是反动的。同样,冯雪峰在作家的世界观的主张上,始终强调作家的无产阶级意识,时刻提防作家的个性意识,要求作家以无产阶级立场去从事现实主义创作,同时也对理想主义(浪漫主义)给予否定,并大加批判,认为浪漫主义是属于资产阶级和小资产阶级的,现实主义的创作不应当表现个人的感情心理,而应当是表现集体的"阶级意识"和大众的伟大力量,如其在《理想主义》一文中谈道"理想主义当然是所谓苍白的,而拥抱它的人也自然是苍白无力的人","理想主义始终为所谓'小有产者',所谓知识分子的产物"③。同时,冯雪峰也对西方现代主义文艺进行了否定,从其《关于"第三种文学"的倾向与理论》《论两个诗人及诗的精神和形式》等文章中可以看到,他对现代派等非现实主义文艺的排斥。冯雪峰认为,无产阶级世界观是真实反映客观现实的前提,只有无产阶级作家,才可能真实反映客观现实。

---

① 冯雪峰:《雪峰文集》第2卷,人民文学出版社1983年版,第196页。
② 同上书,第201页。
③ 冯雪峰:《雪峰文集》第3卷,人民文学出版社1983年版,第89页。

冯雪峰与俄国马克思主义文学理论关系研究

虽然冯雪峰在1946年的《民主革命的文艺运动》和《中国文学中从古典现实主义到社会主义现实主义的发展的一个轮廓》中反思过现实主义创作方法中的世界观问题,但他并未放弃唯物辩证法的世界观对于现实主义创作的重要作用。如其在《民主革命的文艺运动》一文里谈道:"一九二九年和三〇年之间提出的新现实主义,虽然提到了现实主义,但因为一则我们对于现实主义在文学史上怎样发展过来,它与各时代各民族的历史条件与社会生活的具体关系的分析和理解,是很不够的,二则只以为在旧现实主义的写实方法上加上现在的无产阶级的世界观就是新现实主义了,这当然没有触到现实主义的真实核心,而是一种机械的结合。这世界观的提出,一方面在当时有积极的意义,另一方面是表示了我们对于世界观的理解就是抽象的,教条式的,好像它对于文艺方法的关系是外在的,同时文艺方法也可以抽去世界观而独立的了。"① 在这段引文中,冯雪峰似乎认识到了,世界观不等同于创作方法本身,但冯雪峰并未放弃这种世界观对于现实主义的重要作用,同时在这篇文章中,冯雪峰又进一步谈道:"这世界观对我们的指导是决定着我们实践的方向,同时也为我们实践的任务所决定。我们的人生态度及历史观和宇宙观之现实性,是与人民的进步性与革命性相一致,这一致就带来我们文艺创作之求真的要求和战斗的要求的一致。"② 在这里,冯雪峰对世界观的作用又给予了新的阐释,他反对将作家的世界观与作家的实践机械分开,认为作家只有经过革命生活的实践,才能拥有真正意义上的世界观即主观力,同时也获得了艺术上的力量即战斗力。冯雪峰把作家的世界观问题,用主观力给予新的界定,虽然此概念富有辩证性的内涵,但它还是强调了作家世界观的重要作用。

---

① 冯雪峰:《雪峰文集》第2卷,人民文学出版社1983年版,第131页。
② 同上书,第171页。

第一章　俄国马克思主义文论译介活动对冯雪峰文艺理论建构的影响

其次，在现实主义的真实观上，冯雪峰也深受藏原惟人的影响，一方面认同普列汉诺夫、沃隆斯基等人提出的文艺是对现实生活的认识，同时又把这种真实观与"拉普"的"唯物辩证法的创作方法"相联系，形成了现实主义真实观的理论构建。

冯雪峰认为文艺是对现实生活的认识和反映，同时这种反映具有特殊性，是以形象方式进行反映，如其在《论形象》这篇论文中着重指出："艺术和科学的任务都是客观现实的认识，在把握客观现实的真实这一项巨大的实践工作上，科学艺术是分工合作的；艺术不同于科学，是在于艺术进行着诗的创造去把握客观现实的真实，而科学则进行着发见和发明的创造工作，以把握客观现实的真实。"① 而这种论点正是普列汉诺夫、沃隆斯基以及卢那察尔斯基等人所强调的，即艺术区别于科学，是对现实生活的形象反映，具有其自身的特殊性，在这个层面上冯雪峰的认识与沃隆斯基相同，但冯雪峰的真实观的论述并没有停留在该层面，而是吸收了"拉普"的唯物辩证法和弗里契的相关理论。冯雪峰把现实主义对生活真实中的历史真实或社会本质的反映概括成人民力的反映，这里的人民力，不仅有唯物辩证法的痕迹，同时也是冯雪峰现实主义真实观理论上的一种创造。

冯雪峰基于唯物辩证法对作家的要求"应该掌握社会的本质，懂得历史发展的规律"而做出了理论上的创新发展，马克思的历史唯物主义坚持人民是历史的创造者，冯雪峰进行了阐发，认为人民是推动社会发展的历史力量，同时把历史的真实转换成了人民力，认为现实主义必须反映"历史的真实"和"人民力"，而这些用语都是社会本质或历史发展规律的体现，甚至可以说这里的人民力就是"拉普"的唯物辩证法中"集体主义"的置换。当然这种人民力也包含着时代之力和社会之力的意思。冯雪峰在其《什么一种力》这篇文章里

---

① 冯雪峰：《雪峰文集》第 2 卷，人民文学出版社 1983 年版，第 50—51 页。

◇ 冯雪峰与俄国马克思主义文学理论关系研究 ◇

谈道:"从历史看来,这当然都是社会力,无论如何离不开新起的社会层的反抗传统的社会力。人民是关键,个人也是关键。"① 可见,冯雪峰把历史真实的本质转化为了人民力这一马克思主义历史唯物主义的论断,这也见出冯雪峰对肤浅的生活真实或标语口号作品的一种反感,但其把艺术反映等同于反映历史真理,这也是对艺术真实的误解,也使得作家在一定程度上无法真实地反映现实生活。因为人民力这一概念本身意味着人民的主体性、伟大性,这就导致只能写光明的可能,而不是黑暗的,因为人民代表着社会历史的发展方向。这也正如雷蒙·阿隆所指出的:"所谓的社会历史的辩证法,是'现实'变形'观念'的结果。"② 正因如此,冯雪峰的现实主义反映也无法达到生活的真实反映,排斥作家的主体情感性就等于排斥了浪漫主义的存在,要求作家站在无产阶级立场,克服自我情感意识,去反映生活的真实,也使得作家无法真正在作品中表现自我情感。

总的来看,冯雪峰在一定程度上把哲学领域中属于认识论范畴的方法等同于艺术领域中反映艺术规律的方法,我们在细读冯雪峰论著的时候,会发现其总是强调"艺术与生活""主观与客观""人民与历史"等理论关键词,似乎缺少对艺术创作上的技巧与心理上的论述,尤其是对作家内在情感意识的论述更少。可见,冯雪峰将哲学认识论的原理套用到文学上,认为文艺的本质就是反映生活,但却忽略了作品是客观性和主观性的统一,没有注重发挥艺术创造过程中创作主体的作用,这是一种机械的反映论,还不是真正意义上的马克思所提出的辩证唯物论的能动的反映。哲学地科学地认识与把握社会生活,绝不能与艺术地反映和描写社会生活画等号。艺术地反映生活更能见出作家的自由创造性,否定作家的主体性在一定程度上就是取消

---

① 冯雪峰:《雪峰文集》第3卷,人民文学出版社1983年版,第112页。
② [法]雷蒙·阿隆:《知识分子的鸦片》,吕一民等译,译林出版社2005年版,第197页。

◇ 第一章 俄国马克思主义文论译介活动对冯雪峰文艺理论建构的影响 ◇

了文艺的存在价值。

可以看到,冯雪峰之所以对现实主义理论进行理性化的阐释,是与"唯物辩证法的创作方法"的影响分不开的。冯雪峰的现实主义的真实观,是以"拉普"的"唯物辩证法的创作方法"为框架,同时又与沃隆斯基的形象认识论相交织与融合。但从文艺实践来看,这样的真实观既不可能实现现实主义,也不可能达到浪漫主义,呈现出理论的内在矛盾性,这也是藏原惟人的矛盾性所在。需要注意的是,冯雪峰的现实主义理论虽然与藏原惟人的根本特征是一致的,但也有自己的理论创新,如他对生活真实的强调,人民力、主观力等理论概念的提出,都凸显了冯雪峰在现实主义道路上的积极探索。

三 文艺批评观

受俄国马克思主义文论家的影响,冯雪峰建立了社会学的批评方法体系,在评价具体的作品时,主张作品政治价值与艺术价值统一,但更为强调作品的思想政治价值。

冯雪峰翻译了卢那察尔斯基《艺术之社会的基础》、普列汉诺夫《艺术与社会生活》、梅林《文学评论》、伏洛夫斯基《社会的作家论》、弗里契《艺术社会学之任务及诸问题》、马克思《艺术形成之社会的前提条件》、冈泽秀虎《关于文学史上的社会学方法》、玛察(查)《现代欧洲的艺术》等。这些理论著作往往从社会学的观点解释文学艺术的现象,共同构建了20世纪二三十年代的马克思主义的文艺社会学的批评方法。

冯雪峰在翻译这些作品的过程中,逐渐吸收并发展了这种文艺社会学的批评方法,他在《论民主革命的文艺运动》提到"具体的文艺批评首先就是生活的批评,社会的批评,思想的批评",细读冯雪峰文艺论著会发现,冯雪峰总是在社会历史背景下分析文学现象,如

◇ 冯雪峰与俄国马克思主义文学理论关系研究 ◇

其在《讽刺文学与社会改革》《论民主革命的文艺运动》《民族文化》《他化力》等文章中总是把文艺现象放置到一个社会历史背景下分析，批评视野较为开阔，具有马克思文艺批评方法的独特性。同时冯雪峰的这些文论翻译也使当时的左翼文艺工作者提高了掌握理论的自觉性。正是在这些文艺著作的熏陶下，学习运用马克思主义文艺理论的观点，贯穿于30年代左翼文艺运动的始终。据学者考证：我国"在1928年以后出版的文学论中大部分都承认'唯物史观'是理解文学现象的基础理论"①。

然而值得注意的是，这个时期的社会学的文艺批评也还存在一些简单化、庸俗化的现象，尤其是将文学与社会生活等同起来，甚至认为生活就是阶级政治的实践，文学与生活、阶级政治同一。这一现象也可以从俄国马克思主义文论的发展中找到原因。从波格丹诺夫到弗里契，庸俗社会学在苏联文艺学中形成一整套观念体系。在文学研究中，它企求通过文学形象直接揭示普遍的政治经济范畴和抽象的"阶级心理的特点"。冯雪峰翻译了这些文艺家的著作，如弗里契的《艺术社会学之任务及诸问题》。在书中，弗里契也强调了，艺术是组织生活的特别手段，阶级斗争会"由种种形式反映到艺术上来"等观点。冯雪峰所认为的文艺与生活、政治的同一，其实就是一种庸俗社会学反映。

冯雪峰在采用社会学的批评过程中，并没有简单地否定作品的艺术价值的重要作用。其在《关于"第三种文学"的倾向与理论》中写道："艺术的价值也就不能分为'内容的价值'和'形式的价值'来说。因为艺术作品的形式和内容是不可分离的一体，而且两者的阶级性也不能不统一着的。如果为研究便利而把形式和内容分开来说，

---

① 程凯：《1920年代末文学知识分子的思想困境与唯物史观文学论的兴起》，《文史哲》2007年第3期。

第一章 俄国马克思主义文论译介活动对冯雪峰文艺理论建构的影响

则在任何具体的作品上都会发现作者的思想感情创造着形式——即在内容的形成时就已经形成了形式的基础的部分,而形式的修饰和加工的部分同时也就是对于内容的修饰和加工的这事实。"① 对比藏原惟人对于形式与内容的看法,两者的立场是基本一致的。然而在文学批评实践中评价具体作品的艺术价值与社会价值的问题时,冯雪峰虽然强调着文艺的政治性与艺术性的统一,但更强调作品的社会价值,落脚点仍然在作品的政治意义上。

四 关于"同路人"问题

如何定位与评价小资产阶级作家在革命中的身份与地位问题,既是苏联无产阶级文化运动中所遇到的问题,也是中国左翼文艺家无法回避的问题。作为中国左翼文艺运动的领导人之一的冯雪峰接受了苏联的对于小资产阶级作家的身份的相关理论政策,即"同路人"理论,并运演于对鲁迅以及"第三种文学"的分析之中。

1928年冯雪峰翻译了《新俄的文艺政策》(藏原惟人版本)②。该书客观地介绍了苏联文学界高层领导在"同路人"问题上的各种意见和观点。冯雪峰认同沃隆斯基等人提出的"同路人"理论,并将其运演于中国左翼文坛,他的批评实践对象最初是鲁迅,之后是"自由人"胡秋原、"第三种人"苏汶等。冯雪峰曾有一段文字摘录了卢那察尔斯基和布哈林对"同路人"的看法:"布哈林与卢那察尔斯基都认为下面的结论是唯一的最正当的结论——即以所有的方法扶持无产阶级文学的成长,同时也决不可排斥'同路人'。扶持无产阶级文学,他们却不主张应从党方面加以人工的干涉或直接给以支配权,因为那是最有害于无产阶级文学。卢那察尔斯基说,不应该在他

---

① 冯雪峰:《雪峰文集》第2卷,人民文学出版社1983年版,第201页。
② 鲁迅也以藏原惟人所辑译的本子为底本进行了翻译,书名为《苏俄的文艺政策》。

◇ 冯雪峰与俄国马克思主义文学理论关系研究 ◇

们的艺术作品中课以狭隘的党的纲领的目的。布哈林说，最好的方法是使他们自由竞争，由自由竞争获得文学的支配权……卢那察尔斯基并且说，有以自己为中心在自己的周围组织小资产阶级文学的必要，因为倘若不这样做，那些有才能的人们是要离开自己走入敌人的势力中去的。"①

冯雪峰也积极将"同路人"理论运用于文学论争中。1928年初，"革命文学论争"开始，创造社、太阳社一些成员，如李初梨等人深受日本福本主义的理论影响，以文化批判开始，对鲁迅、叶圣陶等人大加批评。福本主义是藏原惟人新写实主义理论之前日本无产阶级文化运动的一股左倾思潮，它的代表人物是福田和夫。福本主义强调理论斗争、净化意识，分离结合，追求纯粹的阶级艺术，强调"宁左勿右"的意识斗争，主张将资产阶级、小资产阶级从无产阶级的作家队伍中清理出去，可以说，福本主义破坏了文艺界的统一战线，助长了极左的机械论文艺思潮。后期创造社成员李初梨、冯乃超等深受福本主义的影响，主张"以一种严烈的内部清算的态度""对当前的文化作普遍的批判"并把鲁迅贬斥为"封建余孽""落伍者""有产者的代言人"等。看到创造社、太阳社对鲁迅如此激烈的攻击，冯雪峰化名画室发表了《革命与知识阶级》一文为鲁迅辩护。文章运用了苏联"同路人"的相关理论，将鲁迅划入第二类知识分子，即革命的同路人作家范畴。在《革命与知识阶级》一文开始，冯雪峰也分析了中国知识阶级的存在，认为这些知识阶级呈现出两个类别角色。"其一，他决然毅然的反过来，毫无痛惜地弃去个人主义的立场，投入社会主义，以同样的坚信和断然的勇猛去毁弃旧的文化与其所依赖的社会。其二，他也承受革命，向往革命，但他同时又反顾旧的，依恋旧的；而他又怀疑自己的反顾和依恋，也怀疑自己的承受与向往，

---

① 《冯雪峰全集》第10卷，人民文学出版社2016年版，第304页。

第一章　俄国马克思主义文论译介活动对冯雪峰文艺理论建构的影响

结局是他徘徊着，苦痛着——这种人感受性比较锐敏，尊重自己的内心生活也比别人深些。""知识阶级虽不属于革命的主要力量，但革命没有特别看轻知识阶级的必要。革命有时也可利用他们。"① 同时，冯雪峰也对创造社的做法提出了批评："创造社改变了方向，倾向到革命来，这是十分好的事；但他们没有改变原来的狭小的团体主义的精神，这却是十分要不得的。一本大杂志有半本是攻击鲁迅的文章，在别的许多的地方是大书着'创造社'的字样，而这只是为要抬出创造社来。对于鲁迅的攻击，在革命的现阶段的态度上既是可不必，而创造社诸人及其他等的攻击方法，还含有别的危险性。"②

最后，冯雪峰认为："实际上，鲁迅看见革命是比一般的知识阶级早一二年，不过他也常以'不胜辽远'似的眼光对无产阶级的，但无论如何，我们找不出空隙，可以断言鲁迅是诋谤过革命的。鲁迅自己，在艺术上是一个冷酷的感伤主义者，在文化批评上是一个理性主义者，因此，在艺术批评方面，鲁迅不遗余力地攻击传统的思想——在"五四""五卅"期间，知识阶级中，以个人论，做工做得最好的是鲁迅；但他没有在创作中暗示"国民性""人间黑暗"是和经济制度有关的，在批评上，对于无产阶级只是一个在旁边的说话者。所以鲁迅是理性主义者。到了现在，鲁迅做的工作是继续与封建势力斗争，仍立在向来的立场上，同时他常常反顾人道主义。"③

冯雪峰对鲁迅的这种定位，无疑就是受了苏联的"同路人"理论的影响，他本人也坦言："我翻译过苏联的《文艺政策》，我很受这本书的影响。举例说，其中有对于宗派主义的正确的批评，因此我就有了根据，敢于指出那时创造社的相类似的宗派主义的存在，这是我受的好的影响。但其中也收录了讨论文艺政策的会议的发言记录，在

---

① 冯雪峰：《雪峰文集》第 2 卷，人民文学出版社 1983 年版，第 288 页。
② 同上书，第 292 页。
③ 同上书，第 291—292 页。

冯雪峰与俄国马克思主义文学理论关系研究

发言记录中就有几个机械论者和机会主义者的不少言论,我也同样受了影响了,例如我也机械地把鲁迅先生派定为所谓'同路人',就是受的当时苏联几个机械论者的理论的影响。这几个机械论者后来在苏联是被批判和清算,可是他们就曾经对高尔基有过轻率和错误的认识,也曾经把高尔基看成为'同路人'的。"① 冯雪峰的这种见识也被中国现代文学史家李何林先生给予了高度评价。李何林在1929年编写《中国文艺论战》时就在序言中表示:"我觉得画室的《革命与知识阶级》,对于这一次中国文艺界所起的波动以及知识阶级在中国革命的现阶段上所处的地位,都下一个持平而中肯的论判,实在是一篇这一次论战的很公正的结语。"②

在此后不久开展的"文艺自由"论争中,"同路人"问题自然而然地被再次提了出来。冯雪峰同样依据"同路人"的思路,做出了颇有见地的分析,在其《关于"第三种文学"的倾向与理论》一文中谈道:"我们不把苏汶先生等认为我们的敌人,而是看作应当与之同盟战斗的自己的帮手,我们就应当建立起友人的关系来。""关于'同路人'的问题,和苏汶的'第三种人'及其倾向斗争的问题,实际上是一个我们的领导的问题!同时,就要从这个问题开始,纠正我们的一贯的历史的关门主义的错误。""写实主义的作家作品,虽是小资产阶级的立场和意识,但能暴露社会的现象,尤其地主资产阶级的腐败的崩坏的真相,小资产阶级的动摇分化及没落的现象的作品,我们都要利用,这种作家,我们要领导。就使对于革命并没有什么利益,然而他并不帮助反动势力,至少不危害我们,我们仍旧不放弃领导。"③ 这种论调可以说正是沿袭了苏联"同路人"理论的相关主张。

总的来看,冯雪峰在俄国马克思主义文论接受上具有以下明显的

---

① 冯雪峰:《雪峰文集》第4卷,人民文学出版社1983年版,第131页。
② 李何林编:《中国文艺论战》,北新书局1930年版,序言。
③ 冯雪峰:《雪峰文集》第4卷,人民文学出版社1983年版,第585—586页。

第一章 俄国马克思主义文论译介活动对冯雪峰文艺理论建构的影响

特征:一是冯雪峰翻译的俄国马克思主义文论的版本主要来自日本的藏原惟人;二是藏原惟人对俄国马克思主义文论的解读,深深地影响到了冯雪峰文艺理论的建构;三是冯雪峰主要接受了"拉普"的"唯物辩证法创作方法",并以此为理论框架,融入了普列汉诺夫、沃隆斯基等的理论观点,形成了既强调文艺的政治功能,又强调艺术特性的现实主义文艺批评体系;四是对冯雪峰影响较为显著的理论有普列汉诺夫、"拉普"的"唯物辩证法的创作方法"以及弗里契等,对此,我们将在下一章节进行专题探讨和具体研究。

本章小结

本章主要以藏原惟人为线索,对20世纪二三十年代俄国马克思主义理论发展进行梳理,探讨藏原惟人对马克思主义文论的解读特点,最后概括藏原惟人的解读对冯雪峰理论建构存在哪些影响。整体来看,冯雪峰与藏原惟人都深受"拉普"文学观念的影响,重视文艺的政治功能,尤其是"拉普"的"唯物辩证法的创作方法"对他们的现实主义理论构建有着显著影响,同时两人也积极借鉴了普列汉诺夫、沃隆斯基等的理论,形成了二人既强调文艺的政治宣传作用,又不放弃艺术特性的现实主义理论批评体系。冯雪峰所译介的俄国文论中的"同路人"理论也影响了他的一些批评实践。

第二章　冯雪峰与俄国马克思主义文学理论关系的个案研究

在俄国马克思主义文论的接受过程中，普列汉诺夫、弗里契以及"拉普"的"唯物辩证法的创作方法"对冯雪峰的影响最为显著。本章我们主要以微观的视角，通过个案式研究，深入剖析冯雪峰与这些理论的内在关联。整体来看，普列汉诺夫对于冯雪峰的影响，主要体现在对冯雪峰的革命文艺观的构建上，同时也对冯雪峰的现实主义理论有一定的影响。"拉普"的"唯物辩证法创作方法"作为当时现实主义的创作方法被提出，冯雪峰对其进行了翻译和倡导，他的现实主义理论构建与该理论有着密切的联系。弗里契对于冯雪峰文艺思想的影响，主要体现在冯雪峰对社会学的批评方法的运用上，同时也影响着冯雪峰的文艺与政治关系的认识，一定程度上，冯雪峰的文艺理论批评也有着弗里契庸俗社会学的理论痕迹。

第一节　文艺功利观的构建
——冯雪峰与普列汉诺夫

普列汉诺夫（1856—1918）是俄国第一个将马克思主义观点运用于美学和文艺理论领域的人，他一生写下了众多相当富有影响力的文艺理论著作。在20世纪20年代，普列汉诺夫在苏联被公认为马克思主义文艺学无可争议的权威。事实上，在20世纪20年代末30年

◇ 第二章　冯雪峰与俄国马克思主义文学理论关系的个案研究 ◇

代初，普列汉诺夫在中国的影响也是巨大的，当时"我国早期进步的革命文艺家对马克思主义文艺理论的了解，也主要是通过普列汉诺夫而获得的"①。鲁迅称誉普列汉诺夫为"用马克思主义的锄锹，掘通了文艺领域的第一个"②。鲁迅亲自翻译了普列汉诺夫的《艺术论》，并在《〈艺术论〉译本序》中说："普列汉诺夫也给马克思主义艺术理论放下了基础。他的艺术论虽然还未能俨然成一个体系，但所遗留的含有方法和成果的著作，却不只作为后人研究的对象，也不愧称为建立马克思主义艺术理论，社会学底美学底古典底文献的了。"同时，鲁迅也在《上海文艺之一瞥》中对普列汉诺夫理论传入中国的价值意义给予了肯定："去年左翼作家联盟在上海的成立，是一件重要的事实。因为这时已经输入了普列汉诺夫、卢那察尔斯基的理论，给大家能够互相切磋，更加坚实而有力。"③这些足以见出鲁迅对于普列汉诺夫文艺思想的肯定和认同。鲁迅本人也深受普列汉诺夫"唯物史观"等相关理论的影响，并以此分析中国文学的现实和历史。

普列汉诺夫之所以能够在当时产生广泛的影响，也与当时马克思主义创始人的文艺论著极度匮乏有关，因为马恩著作的发现与整理是在 30 年代，所以，20 年代末 30 年代初的人们要想学习和掌握马克思主义文艺理论不得不更多求助于普列汉诺夫。而冯雪峰却为当时国内输入普列汉诺夫文艺理论作出了重要的贡献，成为我国当时最早且系统地译介普列汉诺夫文艺理论的主要翻译家之一（鲁迅、瞿秋白等也进行了普列汉诺夫文艺理论的译介），他具体翻译了普列汉诺夫的《艺术与社会生活》《论法兰西的悲剧与演剧》和《文学及艺术底意义——车尔尼雪夫斯基的文学观》等著作和文章。这些译介是我国当时较早的版本，对马克思主义文艺学说在我国的传播起到了积极的作

---

① 王秀芳：《美学·艺术·社会》，河北人民出版社 1987 年版，第 38 页。
② 《鲁迅译文集》第 6 卷，人民文学出版社 1958 年版，第 610 页。
③ 《鲁迅全集》第 4 卷，同心出版社 2014 年版，第 157 页。

用，产生过深远的影响。

对于普列汉诺夫的文艺论著，冯雪峰是非常推崇和偏爱的，普列汉诺夫的文艺论著在冯雪峰的译介中所占比例是最大的，对此日本学者芦田肇在对鲁迅、冯雪峰的马克思文艺理论接受的版本、材源考证中也证明了这一点，认为："占较大比重的是蒲列汗诺夫、卢那卡尔斯基的艺术论，蒲列汗诺夫的比重尤其大。"① 而且，对普列汉诺夫本人，冯雪峰有着很高的评价："我们不妨说，现在俄国及世界的许多马克思主义文艺理论家，差不多都是从他那儿出来的。"② 事实上，这种译介上的偏爱也直接影响到了冯雪峰对普列汉诺夫文艺思想的接受，我们可以从以下几个方面看出。

一 普列汉诺夫影响了冯雪峰的文艺革命功利观

在冯雪峰的时代，救亡图存是最大的主题，其最大的政治就是争取民族革命的胜利和将人民的民主解放斗争进行到底。这种大的时代氛围制约着每一位富有社会责任感和历史使命感的文学批评家们，文艺为革命服务是他们的必然选择。从而20年代的"革命文学"的勃兴也就成为必然，这也意味着需要寻求一种新的理论来证明、支持革命文学存在的合法性，更重要的是能够指导和规范当时的"革命文学"的创作。然而，在当时无产阶级文艺理论的译介和建设工作中还没有专人专职去从事，有的只是只言片语的提及。1928年的"革命文学"论争提出并涉及了一系列重大的具有划时代意义的无产阶级文学理论课题，同时在论争中也暴露出了许多问题，这使得许多革命作家认识到了马克思主义文艺理论的重要性，正像鲁迅所认识到的革命文学"缺乏能操马克思主义批评的枪法的人"。寻求一种新的文艺理

---

① ［日］芦田肇等：《鲁迅、冯雪峰对马克思主义文艺理论的接受（一）：水沫版、光华版〈科学的艺术论丛书〉版本、材源考》，《中国现代文学研究丛刊》1993年第2期。

② 《冯雪峰全集》第11卷，人民文学出版社2016年版，第205页。

第二章　冯雪峰与俄国马克思主义文学理论关系的个案研究

论,用以指导建设新兴的无产阶级革命文学,成为当时理论建设的一项十分必要而艰巨的历史使命。当时冯雪峰阅读了革命文学论争双方的大量文章后深切地感受到了倡导者在理论修养方面的欠缺,他像鲁迅一样深感理论建设的重要性。然而建设"革命文学"的关键,首先乃是从理论上阐明文学具有阶级功利性和为当时的无产阶级的利益服务的必要性的重要特点。虽说中国古已有之的"文以载道"的思想传统能够给冯雪峰以某些启迪,但是却不能提供给他以系统性和革命性的批判理论。而这些恰恰是普列汉诺夫文艺思想所蕴含的,冯雪峰在普列汉诺夫那里找到了他所需要的理论根源,那就是普列汉诺夫对文艺功利观的深刻阐述,它深深地启迪着冯雪峰。

在普列汉诺夫的文艺论著中,普列汉诺夫通过对文学艺术思想内容的本质深刻分析,揭示了文学艺术的阶级功利性,同时也对阶级社会中文学艺术的内在特点给予详细的阐述,这些思想也都包含在冯雪峰所翻译的译著中。在《艺术与社会生活》一文中,普列汉诺夫以大量事实说明:"文艺的功利性是普遍恒久地存在着的,任何一个政权,只要注意到艺术,自然就总是偏重于采取功利主义的艺术观。"① 艺术的功利目的,主要靠作品的思想内容去实现。然而,"纯艺术"论者则竭力宣扬艺术作品不应当具有思想内容,如戈底叶宣称:"诗不但并不证明什么,而且甚至也不叙述什么;诗的美取决于它的音乐和它的韵律。"② 对此,普列汉诺夫则予以反驳:"事实上完全相反:诗和一般艺术作品总是叙述着什么东西。当然,它是用它自己所特有的方式来'叙述'的。"③ 普列汉诺夫指出,文艺作品中所描绘的社会生活,乃是通过作家、艺术家的头脑这一三棱镜折射出来的生活。其中必不可免地含有作家、艺术家对这部分生活的主观评价,这样才形

---

① 《普列汉诺夫美学论文集》,人民出版社1983年版,第830页。
② 同上书,第856页。
③ 同上书,第836页。

成了作品的思想内容。所以,他认为艺术作品无不具有思想内容,"甚至连那些只重视形式而不关心内容的作家的作品,也还是运用这种或那种方式来表达某种思想的","没有思想内容的艺术作品,是不可能有的"①。普列汉诺夫还认为,在阶级社会里,文艺作品的思想内容主要是由阶级斗争的形式所决定的。他在《从社会学观点论法国戏剧文学和法国绘画》(冯雪峰译为《论法兰西的悲剧与演剧》)一文中,具体地考察了18世纪法国戏剧文学、绘画和社会生活的关系,得出结论:"说艺术像文学一样是生活的反映,这虽然讲出了正确的意见,可是究竟还不十分明确。为了理解艺术是怎样地反映生活的,就必须了解生活的机制。在文明民族里,阶级斗争是生活机构中最重要的原动力,唯有注意了阶级斗争和研究了阶级斗争的种种不同的变化,我们才能多多少少令人满意地弄清楚文明社会的'精神'历史:'社会思想的行程'本身反映着社会各阶级及其相互关系的历史。"② 所以,文艺作品的思想内容主要是各个阶级,特别是占统治地位的阶级的意志和愿望的反映,阶级不同,就必然会产生不同的审美趣味和审美观念。总之,在普列汉诺夫看来,艺术是一种社会现象,"没有一种文学艺术不是出于它的社会的某个阶级或阶层的自觉表现",超阶级社会的艺术"在任何时候,任何地方都不曾有过"③。

  普列汉诺夫这种对文艺的阶级功利的独到分析,无疑正是冯雪峰所共感、共鸣的,他所需要的就是为文学的革命功利性寻找理论根据,普列汉诺夫的这种文艺阶级功利观的阐述给了他理论上的根据,使他充分相信文学的存在不是超阶级的,都是一定阶级利益的体现,由此"革命文学"也应该是为无产阶级利益服务,也应该

---

① 《普列汉诺夫美学论文集》,人民出版社1983年版,第821页。
② 同上书,第496页。
③ 同上书,第839页。

第二章　冯雪峰与俄国马克思主义文学理论关系的个案研究

是"作为改造社会、人民，争取解放之广阔的武器"① 服务于现实的。而当时的"自由人"和"第三种人"所倡导的"文艺自由"，虽说也具有一定的正确性，但他们所主张的文艺超阶级立场却是不合时宜的。在1932年，冯雪峰在《关于"第三种文学"的倾向与理论》一文中，就以普列汉诺夫在《艺术与社会生活》中的相关理论对苏汶的"文艺自由论"进行批驳，从而证明文学的革命功利性。我们可援引原文中的一段话佐以明证，如冯雪峰认为"一般所说的'一切的文艺都不是超阶级同时都不是超利害的，有都是直接间接地做阶级的武器'的理论，是文艺的历史所证明了的。……然而就是作者们主观上要超利害的，反对利害观点的如艺术至上派的文学——例如骂人生派为流俗、为愚人、为患瘰疬病的法兰西的戈谛野一派，实际上也依然一则并不能超阶级的，二则仍是利害的、功利的党派的"。② 从中我们明显可以看出这些话是普列汉诺夫在《艺术与社会生活》中拿来批驳"纯艺术者"、证明文艺的功利性是普遍恒久存在的相关的观点和论证，这正说明了冯雪峰对文艺的看法和认识已经受到了普列汉诺夫的影响。也可以说，普列汉诺夫帮助冯雪峰树立了文艺的革命功利观，使他确立并终身服膺于这种文艺观，以至这种政治功利意识渗透于他所有的文艺理论见解中。

二　普列汉诺夫影响了冯雪峰的现实主义理论

作为20世纪中国现实主义的重要阐释者，冯雪峰以其特有的理论体系，为新文学史上现实主义理论的形成与发展作出了自己应有的贡献。他同胡风、周扬一道被誉为"革命现实主义理论的三驾

---

① 冯雪峰：《雪峰文集》第2卷，人民文学出版社1983年版，第61页。
② 同上书，第195页。

冯雪峰与俄国马克思主义文学理论关系研究

马车"①。在对现实主义的思考上,冯雪峰有着自己的理论探求,构建了富有特色的现实主义理论批评体系。如果说胡风的现实主义理论批评受文艺家厨川白村的影响,而冯雪峰现实主义理论批评的一些观点则深受普列汉诺夫的影响,两者对于现实主义理论批评的认识存在着相似性。

作为现实主义的诗学家,冯雪峰与普列汉诺夫对于现实主义艺术的一个根本特点——真实性问题,都作过大量而详尽的论述。普列汉诺夫非常重视艺术的真实性,他认为真实地反映现实生活是现实主义创作的根本原则,评价作品的第一个要求就应该是真实性,他曾指出:"现实的批评并不强迫艺术家接受什么东西,它对艺术家提出的唯一要求,可以用两个字来表示,那就是真实。"② 同时,普列汉诺夫认为作品应该真实地反映生活,要把作品放到生活的流程中来考察,并认为现实主义第一位的要求是真实,但真实又不是现实主义的同义语,不能仅停留在"现象外壳的真实",真实必须深入"现象外壳"内部。也就是说,要通过对现实关系的真实描写,深刻地描写思想内容和社会意义,从而反映生活的本质。所以,普列汉诺夫也强调了思想内容对艺术品的决定作用,认为"艺术作品的价值归根结蒂取决于他的内容的比重""因为没有思想性,艺术就不能存在"③,为此他赞赏卡尔·拉尔森的水彩画"在思想性方面是杰出的"。普列汉诺夫也进一步强调了真实进步的思想对艺术的有益作用和错误思想对艺术的危害,指出:"当虚伪荒谬的思想成为艺术作品的基础的时候,它就给这部作品带来内在的矛盾,因而必然使作品的美学价值受到

---

① 盛夏:《革命现实主义理论的三驾马车:周扬胡风冯雪峰》,《理论与创作》2003年第4期。
② 《普列汉诺夫美学论文集》,人民出版社1983年版,第794页。
③ 同上书,第836页。

第二章 冯雪峰与俄国马克思主义文学理论关系的个案研究

损害。"①

和普列汉诺夫一样，冯雪峰也十分强调文艺对生活的真实反映，他认为：作家的创作必须从生活出发，反对写政策，"因为政策不能代替生活，正如有地图不能代替地球"，"如果要作家在作品中反映政策，仍是要他写生活写斗争"②。他深刻地认识到作家"必须了解实际生活，深刻的了解生活，才能写出现实的作品，才能感动人"，"因此，从根本上说，概念化的作品，是首先失败于对生活的认识，其次这才失败于艺术的表现"。所以他始终强调作家应该描写生活的真实，因为真实是最重要的，是文艺的基础。"描写生活的真实，是我们的责任和权利"，但并非一切生活反映的都是艺术，如新闻记事式的和照相式的反映是不能成为艺术形象的。可以说，"在雪峰的全部文艺论著中，'真实'是出现频度最高的词汇之一，'真实'不仅是他的现实主义理论的核心，而且也是他全部文艺理论的核心"③。

冯雪峰的现实主义批评视角也侧重于作品的思想意义，认为思想性是文艺作品存在的前提，"伟大的典型艺术都有伟大的思想性和明确的历史性，而且思想力越大，历史性越明确，则这艺术的价值越高越久"④。如他在《论民主革命的文艺运动》中认为"具体的文艺批评首先就是生活的批评，社会的批评，思想的批评。一般社会斗争上和思想斗争上的战斗的批判工作，在我们新文化史上原是最为辉煌的一个传统，这当然不就是文艺批评，但却与文艺批评相通"⑤。在此，冯雪峰强调了思想性对现实主义文艺批评的重要性。

可见，两者对现实主义的文艺批评观的根本原则是一致的，同时

---

① 《普列汉诺夫美学论文集》，人民出版社1983年版，第852页。
② 冯雪峰：《雪峰文集》第2卷，人民文学出版社1983年版，第506—507页。
③ 庄锡华：《二十世纪的中国文艺理论》，上海三联书店2000年版，第13—14页。
④ 冯雪峰：《雪峰文集》第2卷，人民文学出版社1983年版，第45页。
⑤ 同上书，第180页。

对于普列汉诺夫的现实主义批评观,冯雪峰也给予了很高的评价。在《论形象》这篇文章中,冯雪峰认为"普列汉诺夫以为虚伪的思想是和艺术的形象不相宜,这一点是非常正确的,因为艺术所追求的正是现实的客观的真实"①。当然,我们也要看到冯雪峰虽然从普列汉诺夫那里吸取了现实主义批评的重要原则,从而与普列汉诺夫保持某种一致性。但我们也要看到这一点,冯雪峰的现实主义批评的生活真实的内容是当时中国革命现实生活,他所针砭的对象也不同于普列汉诺夫。如果说,普列汉诺夫是在直接批判俄国一些民粹主义作家的创作和19世纪中后期西方流行的自然主义、现代主义文艺思潮的过程中形成了自己的文艺批评观。而冯雪峰则是在针砭当时革命现实主义创作上的"主观主义"和"教条主义"的过程中形成了自己的革命现实主义文艺理论批评。

总之,作为一位普列汉诺夫文艺观的接受者,冯雪峰的现实主义理论批评鲜明地体现了普列汉诺夫现实主义批评的特色,普列汉诺夫文艺思想中对生活真实的强调和思想性的重视都在冯雪峰文艺批评中留下了烙印。

三 冯雪峰对普列汉诺夫理论接受的意义与局限性

普列汉诺夫的文艺理论对于冯雪峰文艺思想建构的影响巨大,普列汉诺夫的文艺理论在革命文学理论的草创时期传入中国,成为包括冯雪峰在内的中国左翼文艺工作者重要的思想理论资源。在冯雪峰理论创建的时代,正是中国民众在中国共产党领导下进入新民主主义革命与民族救亡的自觉时代,救亡图存是当时最大的主题,而普列汉诺夫理论中的战斗性、倾向性、革命性等因素正适应了这一现实需要,给冯雪峰同时代的革命文艺工作者提供了重要的思想武器。受其影

---

① 冯雪峰:《雪峰文集》第2卷,人民文学出版社1983年版,第50页。

◇ 第二章 冯雪峰与俄国马克思主义文学理论关系的个案研究 ◇

响,冯雪峰的马列文艺理论水平和对文艺现象的评价能力不断提高,文艺批评成为其对敌的有力武器。

当然,在冯雪峰对普列汉诺夫理论的接受和选择中也存在明显的不足。在冯雪峰的理论构建过程中,受当时时代形势的影响,他吸收的理论资源主要是与当时革命现实相契合的部分,其目的在于证明革命文学存在的合法性,同时也为解决革命现实主义文学发展上的一些问题。所以,冯雪峰在普列汉诺夫的理论理解与运用上呈现出实用性的特点。另外,紧张多变的政治环境也使冯雪峰根本没有闲暇沉浸于普列汉诺夫文论中进行纯学理性的消化吸收,这也就无法完全掌握其理论精髓。从20世纪30年代开始,苏联哲学界和文学艺术领域广泛开展了对"普列汉诺夫正统论"的批判,他们以政治代替学术,把他在政治立场上的孟什维克夸大为学术问题,贬低甚至完全否定普列汉诺夫的文艺思想,这一批判运动也影响到中国对普列汉诺夫的评价。此时,冯雪峰总体表现出较为客观的态度,对普列汉诺夫总体给予了肯定,认为:"朴列汗诺夫在艺术理论以及哲学理论上,有着很宝贵的成绩,我们必须去研究,去学习它。"①

总的来说,普列汉诺夫的文艺思想对冯雪峰的影响和指导具有积极性意义。普列汉诺夫不仅影响了冯雪峰革命文艺观的形成,也为他提供了现实主义理论建设上的思路和方法,对于加强中国革命文艺理论的建设,促进中国无产阶级革命文艺的繁荣都起到了重大的历史作用。

第二节 现实主义理论的阐释
——冯雪峰与"拉普"的"唯物辩证法创作方法"

"拉普"(苏联无产阶级作家联合会)是20世纪二三十年代苏

---

① 冯雪峰:《雪峰文集》第2卷,人民文学出版社1983年版,第355页。

冯雪峰与俄国马克思主义文学理论关系研究

联文学界最重要的文学现象,也是苏联无产阶级文学运动的主导力量,在国际无产阶级文学运动史上留下了极其深刻的印记。中国左联所理解的苏联"普罗"文学,都是以"拉普"为典范的。作为中国左联重要领导成员之一的冯雪峰,很早就翻译了"拉普"的部分文论著作,其文艺思想也深受"拉普"影响,尤其是他的现实主义文艺理论,与"拉普"所倡导的"唯物辩证法创作"方法有着千丝万缕的联系。系统剖析二者间的关联,有利于分析冯雪峰现实主义文艺理论的形成特征。

一 冯雪峰唯物辩证法创作方法的接受背景考察

"唯物辩证法创作方法"是"拉普"后期所倡导的一种创作理论,被誉为"无产阶级文学学派的旗帜"。该方法最早见于1928年,时任"拉普"书记的阿维尔巴赫在《文化革命和当代文学》这一决议中宣称:"只有受辩证唯物主义方法指导的无产阶级作家能够创造一个具有特殊风格的无产阶级文学流派。"[①] 之后,法捷耶夫、叶尔米洛夫等人进一步发展了该理论。纵观"拉普"成员对该理论的阐述,整体呈现出三方面的理论视点:一是把现实主义与哲学上的唯物论相等同,反对浪漫主义,认为浪漫主义是唯心主义的、反动的,提出了"打倒席勒"的口号。二是强调现实主义必须接受唯物辩证法世界观的指导,认为"作家的艺术方法完全从属于他的思想立场",并公开宣称创作方法就是"实践的世界观"。三是要求无产阶级作家写出社会发展的本质以及表现"活人"等。

"拉普"的唯物辩证法创作方法相关理论最早是伴随着太阳社介绍藏原惟人的"新写实主义"理论而传播到中国的。当时中苏关系

---

① 张秋华等编选:《"拉普"资料汇编》(上),中国社会科学出版社1981年版,第376页。

第二章　冯雪峰与俄国马克思主义文学理论关系的个案研究

断绝，日本成为中国左翼文坛获取苏联文学信息的重要渠道，日本的藏原惟人就是其中一个重要因素。藏原惟人是当时日本"纳普"（日本无产阶级艺术联盟）的领导人，其留学苏联期间，正是"唯物辩证法创作方法"盛行之时，他接触到该理论后，即把这些理论吸收到他的"新写实主义"理论中去。1928—1930年期间，藏原惟人的理论不断被译介到中国，最早是林伯修（杜国庠）选译的《到新写实主义之路》，其后是之本译的《再论新写实主义》和《新写实主义论文集》。藏原惟人的新写实主义理论的引入过程，也是"唯物辩证法创作方法"在中国的初步传播过程。在1928—1929年的中国革命文学论争中，深受藏原惟人"新写实主义"理论影响的李初梨、蒋光慈、克兴、钱杏邨等左翼理论家纷纷拿起了唯物辩证法创作方法的理论武器。在他们看来，该方法是写实主义的根本创作方法，只要掌握它，就能实现作家世界观和创作的无产阶级化。如李初梨在《怎样地建设革命文学》中谈道："为革命而文学的作家，就应该'牢牢地把握着无产阶级的世界观——战斗的唯物论，唯物的辩证法'。"[①] 克兴《评茅盾的〈从牯岭到东京〉》革命文艺家应该用辩证法的唯物论的眼光，来分析客观现实，把这客观的现实再现于他的作品。即是讲革命文艺不可不立足于客观的具体的美学上。如果革命文艺真正站在客观的具体的美学上，才能真正同旧文学根本对立，才能真正化为无产阶级文学。[②] 此时，冯雪峰虽未直接参与革命文学论争，但也表现出对"唯物辩证法创作方法"的极大兴趣，如其在《革命与智识阶级》一文里谈道："无产阶级文学之提倡和'辩证法的唯物论之确立'，

[①] 中国社会科学院文学研究所文学研究室编：《"革命文学"论争资料选编》（上），人民文学出版社1981年版，第166页。

[②] 中国社会科学院文学研究所文学研究室编：《"革命文学"论争资料选编》（下），人民文学出版社1981年版，第761页。

冯雪峰与俄国马克思主义文学理论关系研究

于智识阶级自己的任务上,这是十分正当的,对于革命也是很迫切的。"①

  值得注意的是,1928—1930年期间,"唯物辩证法创作方法"只是作为藏原惟人的新写实主义理论的一个组成部分被了解和传播,并未得到整个左翼文坛的认可,也尚未落实于文学活动中。"左联"成立之后,1931年11月,左联执委会通过了冯雪峰等人起草的决议《中国无产阶级革命文学的新任务》,正式提出将唯物辩证法作为中国左翼作家的创作方法。这一决定主要由国际和国内两个因素促成。国际方面,这是执行国际革命作家联盟决议。1930年11月,国际革命作家联盟在苏联哈尔科夫召开代表大会,赞同并推行"拉普"提出的"唯物辩证法创作方法",并将其作为国际革命作家联盟的纲领和方法,左联的决定即是落实"拉普"领导的国际革命作家联盟的指示。国内方面,是为了克服当时无产阶级文学创作中存在的"革命浪漫谛克"弊病。1928—1930年革命文学初期,无产阶级文学创作刚刚起步,作品幼稚化倾向不可避免,如把残酷的革命斗争理想化或浪漫蒂克化,呈现出创作上标语口号化和公式化,即瞿秋白所称作的"革命的浪漫蒂克"倾向,左联希望通过引入"唯物辩证法创作方法",增强文艺工作者的社会科学的理性力量,从而克服创作上的小资产阶级浪漫主义倾向。

  正是在这一背景下,作为左联重要领导成员之一的冯雪峰于1931年11月,从日文翻译了法捷耶夫的《创作方法论》,发表于《北斗》第1卷第3期,这是一篇单独系统介绍"拉普"的"唯物辩证法创作方法"的理论文章,基本体现了该理论的核心主张。法捷耶夫写道:无产阶级文学的创作方法不是席勒式的浪漫主义方法,因为任何浪漫主义都属于唯心主义艺术方法的范畴,而"最彻底的方法——辩证唯

---

① 冯雪峰:《雪峰文集》第2卷,人民文学出版社1983年版,第290页。

第二章 冯雪峰与俄国马克思主义文学理论关系的个案研究

物主义的方法是最先进的、主导的艺术方法"。进步的无产阶级作家必须"为了艺术文学上的辩证法的唯物论的斗争",应该反对浪漫主义,"只有前卫的革命的世界观,才能最彻底地从现实上'剥去所有假面'而解明现实的本质的这可能性"。"普罗艺术家非站在普罗列塔利亚的前卫的世界观之高处不可,非懂得把握着唯物辩证法的创作方法,并且将它应用到自己的创作中不可","无产阶级作家应该掌握社会的本质,懂得历史发展的规律,并辩证地反映它、表现它"。"和过去的伟大的写实主义者不同,普罗艺术家要看见社会发展的过程,及推动这过程和决定这发展的那各种根本的力,就是,他要表现在旧的东西中的新的东西的诞生,在今日之中的明日的诞生,以及新的对于旧的斗争和胜利。这又是说:普罗艺术家是比过去的任何艺术家,都更其不但只说明世界,而且有意识地服务世界的变革的工作的"[1]。

法捷耶夫在当时的左翼文坛享有盛名,通过他的阐述,"唯物辩证创作方法"在左翼作家中产生了重大影响。之后,该理论在左翼文坛持续盛行,并集中体现在"左联"所举行的两次关于革命文学创作问题的讨论上,经过两次讨论,左翼重要成员如瞿秋白、郑伯奇、穆木天、茅盾、钱杏邨等,都认定"唯物辩证法创作方法"能够使左翼文艺走上最正确最健全的道路。如易嘉(瞿秋白)在《革命的浪漫蒂克——〈地泉〉序》中指出:"浪漫主义是新兴文学的障碍","我们应当走上唯物辩证法的现实主义的路线,应当深刻的认识客观的现实,应当抛弃一切自欺欺人的浪漫谛克"[2]。郑伯奇谈道:"建立普罗写实主义,要以唯物辩证法为基础,提倡大众化的文学,也要以唯物辩证法为前提。所以把握唯物辩证法应该是普罗作家的实践的第

---

[1] 《冯雪峰全集》第12卷,人民文学出版社2016年版,第340—342页。
[2] 《瞿秋白文集》第1卷,文学编,人民文学出版社1985年版,第459—460页。

一步。"① 穆木天认为："辩证法地把这些现象再现出来，就是很伟大的创作了。"② 这些主张切实地反映了"拉普""唯物辩证法创作方法"理论对中国左翼文坛的强烈冲击。可以说，通过"左联"的推行和左翼论坛的讨论、论争，"唯物辩证法创作方法"在当时已经深入人心，众多左翼文坛健将一致认为该理论是克服革命文学"革命浪漫谛克"倾向的法宝，是现实主义的最好创作方法，形成了当时的接受高潮。

二 冯雪峰对唯物辩证法创作方法的接受和阐释

理论的接受也必然影响着理论的构建。冯雪峰在现实主义理论的构建中，将"唯物辩证法创作方法"作为重要的理论资源，不断吸收和借鉴其核心观念。其现实主义理论，体现着鲜明的阶级政治性，是一种政治阐释型的现实主义。

首先，冯雪峰的现实主义理论，排斥浪漫主义，独尊现实主义。冯雪峰多次把现实主义称为"最正确最优秀的创作方法""文学的根本方法""艺术发展的最为客观的科学的法则"。在冯雪峰看来，现实主义代表着马克思主义哲学唯物论，是最先进、最完美的，而浪漫主义是主观唯心论，是反动的，是与现实主义水火不相容的。这一主张也表现在他对胡风的"主观战斗精神"这一概念的态度上。胡风作为新文学现实主义理论构建者之一，关注创作者的情感、想象、体验等因素在创作过程中的重要作用，创造性地提出了"主观战斗精神"这一概念，但在当时却不被理解和接受，并遭受多次批判。冯雪峰虽同情胡风的遭遇，但对此概念也给予了质疑和纠偏。冯雪峰谈道："单是热情，单是'向精神的突击'，在我们，是还万万不够的，

---

① 《北斗》第 2 卷第 1 期，1932 年 1 月 20 日。
② 同上。

第二章　冯雪峰与俄国马克思主义文学理论关系的个案研究

还不能成为真实战斗的文艺。并且那里面也自然会夹杂着非常不纯的东西，例如个人主义的残余及其他的小资产阶级性的东西。我们就不能在热情和精神的名义之下，被那些离开人民斗争，或实质上反人民斗争的个人主义的兴奋、自夸狂的'热情'或什么'理想'之类所混淆。"① 个人主体性是浪漫主义的灵魂，冯雪峰排斥和批判胡风"主观战斗精神"中的理想、热情、个性等内容，注意防范创作过程中作家自我个性的渗透，使现实主义成为纯粹阶级意识的表达，以便实现文艺为政治服务的目的。冯雪峰对浪漫主义的否定态度，一方面反映着革命文学的现实要求，是当时的社会文化现实对文学的规定性选择。另一方面，也反映出"拉普""唯物辩证法创作方法"之于浪漫主义否定性态度对冯雪峰的影响。

其次，冯雪峰的现实主义理论，重视作家世界观的作用。冯雪峰多次强调错误或落后的世界观和阶级立场对作品反映客观真实的限制。如其在《关于"第三种文学"的倾向与理论》一文里多次谈道："只有无产阶级的世界观——辩证法的唯物论，才能够最接近客观的真理。""无产阶级的文艺批评要指出一切过去的和现在的作品的价值；也要说明作者所生活的时代与其阶级的限制是否障碍着客观真理在艺术上的反映，以及障碍了多少，作者的意识形态或世界观是否使他歪曲现实，以及歪曲了多少。"② 在冯雪峰看来，资产阶级受其世界观的限制，其文艺是"蒙蔽现实，歪曲真理"，只有无产阶级处在特殊的历史地位，才能够发现社会中真实的东西。到了 40 年代，他更进一步地强调"社会主义现实主义的最根本问题是作家的世界观问题"，而"科学的唯物的历史观及唯物辩证法的宇宙观决定着我们实践的方向；它将带来我们文艺创作之求真的要求和战斗的要求的一

---

① 冯雪峰：《雪峰文集》第 2 卷，人民文学出版社 1983 年版，第 152—153 页。
② 同上书，第 196—201 页。

致"①。冯雪峰还提出了"主观力"这一重要概念,这一概念虽然肯定了创作主体对于实践的能动作用,并强调了创作主体在文艺创作中的重要性,但其核心还是在强调现实主义创作中革命世界观的重要作用。他认为作家只有经过革命生活的实践,才会拥有真正意义上的世界观即主观力,同时也将获得艺术上的力量即战斗力。"作家追寻自己的主观,在现在就特别地明白:首先是深入客观的现实的矛盾斗争中,和人民一起作战——只有这人民及和人民一起作战,才是我们的主观。这样,文艺与现实及人民的关系,就成为战斗的关系;而作家的个人的主观,也能够真正与人民的革命和进步的要求相一致。"②总之,冯雪峰在现实主义理论的阐释中,始终重视作家世界观在反映现实生活中的重要作用,强调阶级立场对文学创作的规范指导作用,把文学的阶级性提高到最重要的位置,呈现出强烈的政治化色彩,这与"拉普""唯物辩证法创作方法"强调作家的世界观以及思想立场的做法是一致的。

再次,在创作思维的认识上,冯雪峰也显得过于理性化,在一定程度上把哲学思维当作艺术思维,否定了创作主体情感形象的重要作用。

冯雪峰在创作思维的探讨上,多集中于探讨作家理性思维的作用,忽略作家的感性思维,尤其是情感和想象力的作用。如其在《论形象》一文里谈道:"在艺术形象的创造上,相当于科学推理的那种思想是需要的;而且,在科学上的抽象的法则,在艺术上则是普遍化的法则,典型化的法则,这种思维过程是形象创造所必需的,因为普遍化的形象,形式上虽然和事实及个别形象不同,而在本质上却反映了更大的真实。"③在其《创作随感》一文中同样透露出他的这种理

---

① 冯雪峰:《雪峰文集》第 2 卷,人民文学出版社 1983 年版,第 171 页。
② 同上书,第 167 页。
③ 同上书,第 190 页。

第二章　冯雪峰与俄国马克思主义文学理论关系的个案研究

性化思维,他谈道:"构思的功夫所产生的实际效果,是作者能够因此深入对于现实的各方面的思索,提高自己对现实的把握与概括能力,即提高思想能力。"① "创作的主要意义,就是概括,就是综合。而概括或综合,就是思想,就是全面与深入的感觉与思想。综合性带来了思想性。没有思想和思想力不强的人不能进行综合。综合而没有达到思想性,不是真的综合。达到综合的过程是逐步深入的过程,是一层一层思想的过程。综合不但不排斥分析,而且需要分析。分析是达到综合的,而且必须达到综合。"② 文艺创作当然离不开作家的理性思维,概括和综合的作用,但冯雪峰却把其作为根本,认为只有如此,方能提高作品的思想性,可见冯雪峰还是出于文艺的政治教化功能的考量,排除作家的情感作用。甚至对一些主体情感性强的诗歌,冯雪峰也认为是综合的结果,目的是让人们去认识现实。如他谈道:"诗,就是给人启示,教人思想。就是说,诗和一切文艺作品,从事着现实之集中性的反映,使人们读它的时候能够叫自己的脑子进行一种重要的深入的感觉和思想运动。这就是文艺的任务。因为这样的感觉和思想运动,是人用来帮助自己去认识现实,并且引导自己的热情到实践中去的。总之,综合性的形象,思想性的形象,诗的形象,本质上是归结在一个意思上的。"③ 这些都充分证明着冯雪峰在文艺创作规律的认识上,僵化和机械,在一定程度上把艺术等同于哲学唯物主义,见不出情感的价值和意义。

最后,冯雪峰的文艺批评实践也践行着唯物辩证法创作方法,强化着文艺的政治工具作用。以冯雪峰对丁玲小说《水》的评价为例。《水》是丁玲写于1931年的一篇中篇小说,以速写的方式,描绘了南方某地发生水灾后的农民与剥削者及腐朽统治者进行的种种斗争,凸

---

① 冯雪峰:《雪峰文集》第 2 卷,人民文学出版社 1983 年版,第 399 页。
② 同上书,第 395 页。
③ 同上书,第 398 页。

冯雪峰与俄国马克思主义文学理论关系研究

显着农民大众的反抗与觉醒。从艺术水平和质量来看，这篇小说略显粗糙，低于丁玲的前期作品，但是从题材内容、创作方法以及价值理念来看，确是丁玲小说创作历程上的一次"方向转换"，因此这部作品对于整个左翼文学创作都具有重要意义。《水》一经发表，冯雪峰即以"唯物辩证法"的相关理论视点，对作品给予了集中评价。他将法捷耶夫《创作方法论》中"不是个人，而是集团""不是一个人，而是阶级"的"写群像"理论加以照搬运演，指出："在《水》里面，不是一个或二个的主人公，而是一大群的大众，不是个人的心理分析，而是集体的行动的开展。"① 并对作家拥有"唯物辩证法创作方法"的重要性给予了肯定："新的小说家，是一个能够正确理解阶级斗争，站在工农劳苦大众的利益上，特别是看到工农劳苦大众的力量及其出路，具有唯物辩证法的方法的作家这样的作家所写的小说，才算是新的小说。"② 冯雪峰将丁玲的《水》作为典型，对当时作家提出了创作上的要求："从观念论走到唯物辩证法，从阶级观点的朦胧走到阶级斗争的正确理解，特别是从蔑视大众的、个人英雄的捏造走到大众的伟大的力量的把握，从浪漫蒂克走到现实主义，从旧的写实主义走到新的写实主义，从静死的心理解剖走到全体中的活的个性的描写。"③ 与对《水》的褒扬形成强烈对比的是，冯雪峰在该篇文章中对丁玲前期作品《莎菲女士的日记》《阿毛姑娘》大加批判，认为其所表现出的浪漫主义的"坏的倾向"，其本质"是个人主义的无政府主义加流浪汉的知识阶级加资产阶级的颓废和享乐而成的混合物"。可以看到，冯雪峰对丁玲《水》的评析，不仅仅是为了批评而批评，更是带有引导左翼文坛的动机，他称《水》的创作是

---

① 冯雪峰：《雪峰文集》第 2 卷，人民文学出版社 1983 年版，第 334 页。
② 同上书，第 335—336 页。
③ 同上书，第 338 页。

◇ 第二章 冯雪峰与俄国马克思主义文学理论关系的个案研究 ◇

"唯物辩证法创作方法"的"小小的现兑"①,目的是让体现着"唯物辩证法创作方法"的《水》成为左翼文坛的创作标杆,呼吁作家克服个人主义的浪漫谛克倾向,转换到唯物辩证法创作方法的道路上,以使文艺更好地做革命宣传的工具。

可以说,在冯雪峰现实主义理论的构建之路上,"唯物辩证法创作方法"已深深影响着冯雪峰对文艺的看法和主张,它已成为一种思维习惯,制约着冯雪峰的现实主义理论构建。不管是冯雪峰对现实主义的独尊,还是对作家革命世界观的强调,乃至具体的文艺批评实践,都深深地打下了"拉普""唯物辩证法创作方法"的烙印。

三 冯雪峰唯物辩证法创作方法接受的意义反思

20世纪二三十年代"左联"作家们都是刚刚开始接触马克思主义,其时马克思恩格斯的现实主义文艺思想尚未得到系统开掘,而"拉普"率先提出了现实主义创作的"唯物辩证法创作方法",并将其作为根本创作方法来提倡,这就决定了它在当时具有的不可替代性、权威性以及影响的广泛性。对当时理论极度匮乏的中国左翼文坛来说,"拉普""唯物辩证法创作方法"的译入,有着非常积极的价值和意义,它促进了作家学习马克思主义理论的自觉性,引导作家关注现实主义创作问题,推动作家注重从阶级分析的眼光观察和表现生活,为克服革命文学创作中的浪漫谛克和主观论等左倾弊病提供了理论武器。就冯雪峰而言,"拉普""唯物辩证法创作方法"为冯雪峰现实主义理论的构建提供了理论依据,并成为冯雪峰开展文艺批评的有力武器。然而,"拉普"的"唯物辩证法创作方法"虽然对现实主义相关问题进行了探讨,但它混淆了文艺创作的方法和哲学思维的方法的区别,用世界观和哲学方法论掩盖并取代了艺术思维本身的规

---

① 冯雪峰:《雪峰文集》第2卷,人民文学出版社1983年版,第334页。

律，强化了文学的政治功利意识，忽视了艺术创作方法的特殊性。这一局限性不可避免地给冯雪峰的现实主义理论构建带来一定的负面影响。

冯雪峰的现实主义理论偏执于文学的阶级功利意识表达，力图将文艺创作过程纳入理性化的轨道。但是，哲学认识生活与艺术反映生活毕竟不同，艺术地反映生活更能见出作家自由创造性，只强调作家的革命世界观，否定作家的主体情感因素在创作过程中的作用，这就在一定程度上取消了文艺的存在价值，只能使现实主义文学创作沦为哲学认识论。在冯雪峰的论著中，"艺术与生活""主观与客观""人民与历史"等抽象的理论词语频繁出现，而对艺术创作技巧与心理上的论述、对作家内在情感意识的论述却极为少见，这就导致其文艺批评理论无法深刻揭示作家在创作过程中的真正作用，无法充分认识文学的审美意义。"浪漫主义和现实主义本来是一对既存在着差异和对立，又互相渗透和补充的'孪生姊妹'，斩断了浪漫主义与现实主义之间的'血缘关系'，把浪漫主义完全推到了与现实主义相敌对的位置上而加以全盘否定。"① 这也不可避免地使得冯雪峰的现实主义理论构建呈现出一定的封闭性和机械性。

1933年苏联解散了"拉普"，并着手批判"唯物辩证法创作方法"，提出了社会主义现实主义的创作口号。中国左翼文坛继续跟进，也对"拉普"的"唯物辩证法创作方法"的弊端进行了清算。率先进行全面批判的当数周扬，他在1933年发表的《关于"社会主义与革命的浪漫主义"——"唯物辩证法创作方法"之否定》可以看作是一标志。冯雪峰在1946年发表的《论民主革命的文艺运动》一文中也对此作出了反思和总结，他谈道："从国际上接受了机械唯物论及庸俗唯物论的影响，而对于马克思主义等人，和一切真实马克思主

---

① 杜运通：《三十年代浪漫主义失落的多维考察》，《中州学刊》1994年第6期。

第二章　冯雪峰与俄国马克思主义文学理论关系的个案研究

义者的思想原则及其古典著作,缺少深刻的研究与理解。那时在哲学和革命理论上,我们所受的影响也很杂……最多则来自苏联'拉普'阿卫巴赫等人的理论。"① 尽管两位文艺界领军人物都对"拉普"文艺思想进行了一定程度的反思,但由于"拉普""唯物辩证法创作方法"的理论主张已成为当时的一种理论范式,深深地影响着那个时代左翼理论家的思维意识,它既是左翼文艺理论发展的驱动力,又构成了左翼文艺理论发展的限制。"拉普""唯物辩证法创作方法"对当时左翼文坛的影响也是全面的,与冯雪峰同时代的瞿秋白、胡风、周扬、茅盾等的文艺理论都与该理论有着千丝万缕的联系;"唯物辩证法创作方法"的影响也是持续的,并未因为之后苏联的批判和中国左翼文坛的清算而停止。1933年从苏联传入中国的社会主义现实主义理论中依然强调作家世界观的作用,也证明了"唯物辩证法创作方法"的理论影响依旧存在。其根本原因在于"拉普"的"唯物辩证法创作方法"的创作理念,适应了中国革命现实的需要,因此获得广阔的生存空间。

"马克思主义现实主义文论是马克思主义文学理论的核心,对20世纪中国现实主义文学理论的发展产生了重大影响,构成了20世纪中国现实主义文学理论的基本范畴,成为20世纪中国现实主义论争的重要主题,影响了20世纪中国现实主义文学批评模式的形成。"② 对冯雪峰与"拉普""唯物辩证法创作方法"关系的探讨,正是透视20世纪二三十年代马克思主义现实主义理论在中国传播特点的一扇窗口,"拉普""唯物辩证法创作方法"在现实主义理论方面的探索,虽有诸多局限性,但它却是马克思主义现实主义文论的一个重要组成部分,影响着中国新文学现实主义理论的发展与形成,其意义和价值是不能完全抹杀的。

---

①　冯雪峰:《雪峰文集》第2卷,人民文学出版社1983年版,第127页。
②　季水河:《论马克思主义现实主义文论对中国现实主义文学理论发展的影响》,《山东社会科学》2018年第1期。

第三节　社会学的批评方法的运用
——冯雪峰与弗里契

弗里契（1870—1929）是苏联"拉普"早期的主要理论家，虽然其文艺思想存在着庸俗社会学的理论特征，曾在一段时间里也对"拉普"进行过激烈的批判，但客观和历史地评价，他在马克思主义文艺理论发展史上的贡献和影响是不可完全抹杀的。弗里契对20世纪20年代的马克思主义艺术社会学做出了重要开拓，这集中体现于他的著作《艺术社会学》，该理论成果得到了当时苏联文艺界领导人卢那察尔斯基的高度评价，认为该著作是"艺术科学领域最近所拥有的最高系统的著作"，同时"以巨大的力量存在和发展着"①。弗里契文艺社会学思想不仅在当时苏联产生着影响，而且也对世界无产阶级文艺运动产生了影响，尤其在中国20世纪二三十年代里形成了一股接受高潮，当时瞿秋白、冯雪峰、胡秋原、刘呐鸥、周扬、茅盾、冯乃超、蒋光慈等人或翻译原著，或写评价，使弗里契的艺术社会学理论在当时得以广泛传播，并获得了非常高的赞誉，被誉为"纪念碑性的""解决艺术发展这一难题的基础著作""马克思主义艺术理论史上划时代的"著作等。瞿秋白《论弗里契》一文可以看作中国左翼文化思想领域里"弗里契热"的一个总结。瞿秋白在该文里虽然分析了弗里契文艺思想的错误，认为弗里契受着波格丹诺夫和普列汉诺夫的错误影响，表现出抽象的"社会学主义"和"机械主义"。但整篇文章还是肯定了弗里契的功绩，认为"弗里契在文艺方面的功绩，当然是非常之伟大的"。其文艺社会学"是20世纪的伟大的工作。开

---

① ［苏］卢那察尔斯基：《关于艺术的对话》，吴谷鹰译，生活·读书·新知三联书店1991年版，第298页。

◇ **第二章　冯雪峰与俄国马克思主义文学理论关系的个案研究** ◇

始这个伟大的工作的,就是弗里契。弗里契是专门研究文艺科学的第一人"并说"这是马克思主义的艺术理论的基础"①。

中国最早译介弗里契文艺理论著作的当推冯雪峰,他于1930年从藏原惟人的日译本转译的弗里契的《艺术社会学之任务及诸问题》《巴黎公社的艺术政策》等文,1930年先在《萌芽月刊》第1卷第1、2期发表,同年8月由上海大江书铺出版。冯雪峰所翻译的弗里契的《艺术社会学的任务及问题》,是弗里契《艺术社会学》的概要,较详细地论述了关于艺术社会学的方法论。之后,刘呐鸥和胡秋原也从日译本翻译了弗里契的力作《艺术社会学》。冯雪峰非常推崇弗里契,在其翻译的藏原惟人的《艺术学者弗里契之死》中对弗里契的论述也可以看作是冯雪峰对弗里契的态度。藏原惟人在该篇文章里认为弗里契是"最优秀的马克思主义艺术学者,马克思主义艺术批评家","是在世界上的差不多唯一的系统的马克思主义的艺术学者",是"马克思主义艺术学之指导者""最有权威的艺术理论家",同时也对弗里契的《艺术社会学》给予高度评价,认为其"第一次将艺术发达底方法弄成分明,而且将那最初的系统,给与马克思主义艺术学了"②。冯雪峰本人在其《艺术社会学的任务及问题》的译者序志里也高度称赞弗里契是"以严正的马克思主义的方法"第一次揭示艺术规律的著作。"著者是走着马克思主义的科学的美学之创始者普力汉诺夫所奠的基础加以深掘发展,在现在是世界上第一个马克思主义的艺术学者。……译者的意思是在使读者读了这篇,引起去读《艺术社会学》的兴味。"③ 冯雪峰还在《萌芽月刊》编者附记中谈道:"V. 弗理契底论文,我们很希望研究艺术的人,加以注意。著者,在中国是很生疏的,我们所知道,只在画室译底《作家论》中

---

① 《瞿秋白散文》(下),中央广播电视大学出版社1997年版,第441—450页。
② 《冯雪峰全集》第12卷,人民文学出版社1983年版,第218—220页。
③ 《冯雪峰全集》第12卷,人民文学出版社2016年版,第3页。

冯雪峰与俄国马克思主义文学理论关系研究

有他底一篇跋,及在《创造月刊》某号上,译过一篇他底《关于绘画的马克思主义考观》;但在世界上,他却是现在差不多唯一的社会的艺术学者。他底死,不但苏联失去一个理论的强有力的斗争者,就是世界的学术界也受很大损失的。"① 冯雪峰在《社会的作家论》题引中评价伏洛夫斯基的同时,也给予了弗里契较高的评价。如他引用弗里契的话评价伏洛夫斯基"将党的组织,苏维埃外交官,马克思主义批评家这三者结合为一身的"② "我们读了刊在这里的二篇及弗里契教授的文章,可以明白吧。不以向来玄妙的术语在狭小的艺术范围内工于所谓批评的不知所以然的文章,而依据社会潮流阐明作者思想与其作品底构成,并批判这社会潮流与作品倾向之真实否,等等这才是马克思主义批评家的特质"③。这些论述中,冯雪峰表现出了对弗里契本人及其文艺思想的极大兴趣,在其具体的理论构建中,冯雪峰也将弗里契文艺社会学的一些思想作为理论建构的资源,具体表现在其社会学的批评方法的运用和文艺政治观的构建上。

一 弗里契的文艺社会学的主要观点

弗里契涉猎广泛,知识渊博,致力于用马克思主义的立场观点与方法认真研究文学艺术。他一生著述甚丰,其主要著作有《西欧文学简史》《普列汉诺夫和科学的美学》《文学史纲》《艺术史纲》《弗洛伊德主义和艺术》《20世纪西欧文学及其主要表现》《艺术社会学》等,然而最能体现其文艺社会学思想的,还是他的《艺术社会学》。整体上看,弗里契的文艺社会学思想主要体现在以下几个方面:

1. 关于艺术社会学的定义和任务

关于艺术社会学的定义,弗里契认为,所谓艺术社会学就是依据

---

① 冯雪峰:《雪峰文集》第2卷,人民文学出版社1983年版,第761页。
② 同上书,第752页。
③ 同上书,第753页。

◇ 第二章 冯雪峰与俄国马克思主义文学理论关系的个案研究 ◇

社会和经济的发展来说明艺术之发展的学问，亦即"究明在艺术底生活和发展的领域上的法则"①。在其论著中，弗里契也进一步展开说明，认为艺术社会学就是对艺术及艺术家的"社会学研究"，即"说明"艺术或艺术家之社会的及阶级的根源或基础。它所遵循的原则是"说明"而不是"记述"，是究明二者关系中的"一般法则"，而不是描述其具体的历史过程。这便构成了艺术社会学与艺术史的根本区别。艺术社会学要求以"社会的、经济的发展，来说明艺术之发展"，因此，它"并非内在的法则，而是社会的地被豫定的法则"。因此，艺术社会学的研究，首先不是艺术的研究而是社会的研究。正是基于这一性质与特点，决定了"只有在社会怎样地发展的事弄明白了的时候"，艺术社会学才可能是真正的科学，决定了"艺术社会学之建设，只有在马克思主义社会学底光之下，才是可能的"。关于艺术社会学的任务，弗里契认为，就在于弄明白艺术与社会之间作用与反作用的关系，"究明一定的艺术底型对于一定的社会形态（在阶级社会——就是阶级形态）的合法则的适应"②。

2. 艺术生产的根本法则

弗里契以普列汉诺夫文艺思想为基础，同时结合大量的艺术史，认为艺术生产决定于阶级和经济状况。在其代表作《艺术社会学》的第一章里，弗里契指出建立艺术社会学，就是建立一定社会形态与一定艺术典型之间合理的关系的科学，为此，他建构了自己的社会学的公式"经济—阶级—阶级心理—艺术"，根据这一公式弗里契认为艺术作品是用艺术形象的语言来翻译社会经济生活，艺术作品的生产与物质价值的生产隶属于同一个法则。同时，弗里契认为在社会发展的各个阶段上占支配地位的经济制度必然决定艺术家的生产劳动，同

---

① 冯雪峰：《冯雪峰全集》第12卷，人民文学出版社2016年版，第5页。
② 同上书，第5—6页。

样也决定艺术家的地位,艺术家只能是"阶级的等价物"和"阶级心理的代表者",艺术家的艺术形式的类型、风格、样式、线条、色彩都受到此阶段经济结构和政治制度的制约,而且它们之间是一种对应关系,可以进行还原。基于此,弗里契认为"文艺批评家的任务,就是从复杂缤纷的文艺现象中寻求相应的'社会学等价物':无论是艺术的内容还是形式,是类型与风格还是艺术史的演变,都可归结为一定的经济、政治、阶级的社会原因"①。从根本上讲弗里契的理论过于强调了经济和政治因素,而忽略艺术本身的运动和发展,是对马克思主义文艺思想的背离。马克思主义认为经济基础决定上层建筑,但是上层建筑中的社会意识形态,特别是其中的宗教、哲学、文学艺术比起政治及法律制度来说,是属于"更高地悬浮于空中的意识形态领域",经济基础虽是文艺发展的最终制衡力量,但对文艺起直接影响的是政治、道德、宗教和哲学等其他因素。

3. 艺术的社会功能

关于艺术的社会功能,弗里契认为艺术是组织社会生活的特别的手段,这里明显有着无产阶级文化派代表人物波格丹诺夫的"组织理论"的理论痕迹,即艺术就是"通过生动的形象组织社会经验。因此,它是组织集体力量的最强大的武器"。弗里契认为"诗歌的本源无非是支持社会集团的手段,以及减轻或组织某些劳动的手段"。同时弗里契认为:"尽管艺术的社会功能本质上常常是一致的(艺术是组织社会生活的特殊手段),但是,这种基本的功能在社会发展的不同阶段是以不同的面貌在类似的阶段常常同样地出现。"在阶级社会,弗里契则指出,艺术变为阶级统治的手段,"在文化的更高阶段,在划分为阶级——统治阶级与被统治阶级的社会中,艺术是作为阶级的

---

① 张怀久、蒋国忠:《弗里契和他的〈艺术社会学〉》,《上海社会科学院学术季刊》1995年第4期。

第二章　冯雪峰与俄国马克思主义文学理论关系的个案研究

自我维护、阶级斗争以及阶级统治的一种手段出现的"①。这就是他对阶级社会艺术社会意义所下的定义。可以说，弗里契的艺术功能论贯彻着强烈的阶级意识。弗里契还把这种阶级分析学说运用于艺术史的研究，论述了艺术上的阶级斗争与阶级同化问题。他认为社会上所发生的阶级斗争，都会"由种种的形式反映到艺术上来"。不但统治阶级的艺术家要按照他们的美学思想来创造作品，其他被统治的阶级的艺术家也会打破原先遵从的美学原则，创造符合统治阶级意识形态的作品。在弗里契看来，艺术理所当然地属于"意识形态上层建筑"，简单地说，就是艺术是意识形态。正是基于艺术的阶级功利性的论断，弗里契反对资产阶级的唯美主义、形式主义，批评了文艺的超阶级性。

4. 弗里契文艺学中的庸俗社会学问题

弗里契自称是普列汉诺夫的学生和代表了"普列汉诺夫的正统"的马克思主义者，实际上，他并没有真正地全面把握普列汉诺夫的文艺思想。普列汉诺夫把马克思主义关于意识形态取决于社会存在这一原理广泛运用于文艺研究领域，主张艺术是一种社会现象，注重从社会心理的角度研究文艺现象，尤其是其所提出的"五项因素公式"：生产力—生产关系—政治制度—社会心理—思想体系（如宗教、哲学、文学、艺术等）具有开创性意义，对丰富和发展唯物史观具有重要的理论价值。"五项因素公式"把社会心理作为一个独立要素或重要范畴，较为正确地说明了社会存在是通过什么样的中间环节决定社会意识形态的，能够较好地理解社会心理和文学艺术之间的辩证关系。② 然而弗里契在接触到普列汉诺夫的理论后，对这一公式进行了

---

① 《冯雪峰全集》第 12 卷，人民文学出版社 2016 年版，第 7 页。
② 也有学者认为："普列汉诺夫在阐释该问题时，缺乏足够的辩证法和缜密的论证，从而给庸俗社会学的公式主义敞开了大门。尤其他在文艺批评实践上，常常强调作品的社会意义，不去揭示作品内在的审美思想规律，这实际上就把艺术从属于生活这一马克思主义原理简单化了，对它作了直线式的解释。"（李辉凡：《20 世纪初俄苏文学思潮》，第 318 页。）

◇ 冯雪峰与俄国马克思主义文学理论关系研究 ◇

改造，提出了自己的"四项因素公式"说，即"经济—阶级—阶级心理—艺术"。弗里契的这些原则性修改，不仅极大地歪曲了普列汉诺夫的公式，也为他自己追求的绝对化的阶级性概念打开了方便之门，最后在经济和艺术之间只留下孤零零的"阶级及阶级心理"这一个中介。① 这就使得弗里契无法充分估计到艺术发展的历史具体性，机械地用经济学的观点来解释文学现象，在艺术与经济、阶级意识形态之间寻找等价物与对应物，"把艺术学等同于社会学，用社会决定论取代艺术论，完全抹煞了艺术的能动性，审美的特殊性，完全否定了对艺术主体创作个性的研究，完全否认了吸收生物学、心理学、语言学研究成果的必要性"②。这些都是庸俗社会学的表现。同时弗里契也把文艺的阶级性绝对化了，认为在阶级社会里只有阶级的艺术，将文艺与生活的生动而广泛的联系仅仅归结为阶级联系，认为作家的创作直接依从于经济关系和作家的阶级属性，这首先就是不科学的，是片面化、简单化了的阶级性。值得注意的是，弗里契这种机械的艺术观点，也对"拉普"派的理论家和批评家产生过重要的影响，为当时极"左"文化路线提供了理论根据。如"拉普"后期所主张的"唯物辩证法创作方法"就体现庸俗社会学的理论痕迹。

弗里契作为一个真诚拥护马克思主义的学者，力图把马克思主义运用于文学理论和文学批评领域，其《文艺社会学》在当时产生了很大的影响，一些立论主张，直到今天仍具有其合理性价值，我们应该给予肯定。如他谈到的时代、阶级、经济等因素相对于文学的本体论意义，以及艺术的功能在社会发展的不同阶段具有不同的表现，是符合唯物史观的。但弗里契的学说也存在较大的谬误，如当时的胡秋

---

① 吴元迈：《弗里契与文艺学中的庸俗社会学问题》，《中文学术前沿》2012 年第 1 期。
② 张怀久、蒋国忠：《弗里契和他的〈艺术社会学〉》，《上海社会科学院学术季刊》1995 年第 4 期。

◇ 第二章 冯雪峰与俄国马克思主义文学理论关系的个案研究 ◇

原等[①]左翼理论家就对其进行了质疑和批判。但因弗里契的学说以马克思主义的名义出现,强调以阶级和阶级斗争学说为核心,传入中国后,对左翼批评家们的影响较大,可以说已经内化为他们的自觉意识。对艺术审美探讨的缺失,对创作主体内在情感心理分析的忽视,都是这一时期文艺批评家的理论特征,这一特征在一定程度上也在冯雪峰文艺理论中得以体现。

二 弗里契对冯雪峰文艺思想的影响

冯雪峰有着强烈的"普列汉诺夫情结",而弗里契又自称普列汉诺夫的学生,这都使得冯雪峰一直把弗里契作为一位正统的马克思主义文艺理论家来看待。同时在冯雪峰广泛接触的藏原惟人的理论中,也多以弗里契的许多理论作为例证,这都在一定程度上增强了冯雪峰对于弗里契的认同。总的来看,弗里契对于冯雪峰文艺思想的影响,主要体现在冯雪峰文艺政治观及社会学批评方法的构建上,冯雪峰文艺思想中的庸俗社会学也与弗里契的庸俗社会学思想有着一定的联系。

1. 文艺政治观

弗里契认为在有阶级的社会里,只存在阶级的艺术,文艺是作家阶级心理的表现,也是维护阶级统治的武器或工具,这里既强调了文艺的阶级功利性,同时,也在一定程度上存在着庸俗社会学的识见,即把文艺与生活之间的联系直线化和绝对化了,忽视了创作主体的作

---

① 胡秋原虽强调弗里契是普列汉诺夫的"正统"传人,其艺术社会学"放异彩于今日,垂良范于后来"。但胡秋原也对弗里契庸俗社会学进行了批判,认为弗里契理论存在着如下的弊端"著者对于直接影响艺术的社会心理状态及心理之辩证法地发展和其他文化形态——政治、哲学、宗教等等(而社会阶级和经济组织还不过是间接而又间接的)对于艺术决定其主导方向给以浓厚的要素作用于艺术之上的法则,都没有很普遍地深入,甚至没有留意,并且对于各种艺术相互间的影响也没有加以解剖"。胡氏所言:弗氏所设立的法则"往往不免有多少'图式化'的毛病"。并强调指出:艺术现象过于复杂,"难以一个太简单原则律之"。引自弗里契《艺术社会学》,胡秋原译,神州国光社1931年版,序言。

◇ 冯雪峰与俄国马克思主义文学理论关系研究 ◇

用,是一种机械唯物论。冯雪峰在文艺与政治关系的论述中,认为文艺、政治、生活三者本质同一。这一认识显然受到了弗里契文艺思想的影响。

其一,在文学的功能上,冯雪峰强调文艺是政治宣传的工具,其文艺政治观中透露出强烈的阶级功利色彩,这与弗里契的影响是分不开的。虽然文艺"武器论"的根子在苏联"无产阶级文化派"的波格丹诺夫,但是这一理论也在弗里契的文艺社会学中得以系统化展开,影响着冯雪峰文艺功利观的形成。其二,冯雪峰的文艺政治观,强调文艺、政治、生活三者本质同一,把政治看作文艺与生活的根本,认为生活中的一切都是阶级政治的表现,存在着阶级泛化思想,这正是弗里契庸俗社会学所强调的,即把文艺的阶级性绝对化。如在其《关于"第三种文学"的倾向与理论》也谈道:"文学的阶级性,以及对于阶级的利益,首先是因为文学是阶级的意识形态的反映。"[①] 冯雪峰在《常识与阶级性》一文里谈道:"事实上,在阶级社会里,几乎一切事物都有阶级性","常识的阶级性,是明明白白的;然而文学,倘加以研究,它的阶级性也就同样的明白"[②]。可见,冯雪峰虽然强调了现实生活对于现实文学的源泉作用,但生活的本质被他单一化为阶级政治。其三,在现实主义文学的论述中,冯雪峰多次强调作家的阶级立场或无产阶级世界观的重要作用,认为文学是阶级意识的体现,其在主观力和人民力的理论思考中,也把主观力归结为人民力,缺乏对创作主体内在情感心理的关注以及艺术创作过程的探讨。同时冯雪峰典型理论的探讨,也是多集中于人物阶级性的探讨。可以说,弗里契对于文艺的阶级性的看法深深地影响了冯雪峰。它塑造了冯雪峰的革命文艺功利观,但也同时导致了冯雪峰对文艺与政治关系

---

① 冯雪峰:《雪峰文集》第2卷,人民文学出版社1983年版,第196页。
② 同上书,第294页。

◇ 第二章　冯雪峰与俄国马克思主义文学理论关系的个案研究　◇

认识的简单化。

2. 社会学的批评方法

弗里契的艺术社会学思想，主张从社会和经济的角度来分析文艺现象，尤其是强调从阶级关系来分析文艺与生活的联系。这种批评方法往往具有视野的开阔性和现实的针对性，彰显文艺的社会认识功用和历史意义。冯雪峰采用的也是这种社会学的批评方法，在其批评实践上，往往从作品产生的时代背景出发，考察这一时代的政治环境和文艺思潮，在此前提下分析作品的思想意义，重视文艺作品与现实生活之间的联系，具有社会学批评的特色。如他对茅盾的《子夜》、丁玲的《太阳照在桑干河上》等具有"英雄史诗"特色作品的社会学分析，就充满了时代发展趋向的宏观描述和社会本质的深度揭示，尤其是其中对苦难现实的阶级根源和经济根源的剖析，无不气势宏阔，鞭辟入里，使其文艺批判有着较强的现实意义。同时与弗里契相似，冯雪峰特别注重从阶级观点和经济角度来评价文学，只不过冯雪峰较为看重文艺的阶级性，从经济的角度论述或展开不是那么充分。如冯雪峰评价鲁迅的作品，认为"在文化批评方面，鲁迅不遗余力地攻击传统思想——在'五四''五卅'期间，知识阶级中，以个人论，做工作做得最好是鲁迅"，但他又认为鲁迅未能在创作中"暗示出'国民性'与'人间黑暗'是和经济制度有关"[①]。冯雪峰评价丁玲的《莎菲女士的日记》，认为丁玲没有像鲁迅《伤逝》那样"从依然留存的封建势力与现实的经济压力来宣告"[②]。可以说这些批评实践彰显了弗里契社会学所主张的从阶级经济角度来分析文学现象的批评理路。当然，弗里契文艺社会学中的所谓寻找艺术形象与"社会阶级的等价物"的主张，也在冯雪峰的文艺批评实践中得以体现。冯

---

① 冯雪峰：《雪峰文集》第 2 卷，人民文学出版社 1983 年版，第 287 页。
② 同上书，第 208 页。

◇ 冯雪峰与俄国马克思主义文学理论关系研究 ◇

雪峰在批评实践中往往把作品与现实生活相比照，以此确定二者的等价物的关系，对作品的审美评析缺失，其实也是庸俗社会学的一种体现。

通过梳理冯雪峰与弗里契文艺思想的关联，可以看到，弗里契文艺社会学思想给冯雪峰提供了认识文艺现象的根本方法和工具，冯雪峰的文艺与政治观，以及社会学批评方法的运用，都体现着弗里契文艺社会学的理论视点。可以说冯雪峰文艺理论批评中强调文艺的阶级政治这一面，是与弗里契的文艺思想的影响分不开的。换言之，弗里契一方面对于冯雪峰革命文艺功利观的形成有着积极作用，同时也使得冯雪峰文艺思想呈现出庸俗社会学的一面。需要注意的是，分析冯雪峰文艺思想与弗里契文艺社会学之间的联系，尤其是二者庸俗社会学之间的关联，不能完全排除时代的影响。当然我们也能看到冯雪峰文艺思想中还有对现实生活的坚持，以及文艺审美特性的诉求，这在一定程度上显示出冯雪峰也在努力与庸俗社会学思想相抗衡，但就冯雪峰文艺思想中的政治泛化思想而言，与弗里契的影响是密不可分的。

"文学科学中庸俗社会学的产生同文艺学中马克思主义的开始确立在时间上恰好一致。庸俗社会学是在反对美学和文艺学中形形色色的唯心主义流派、颓废派、资产阶级社会学，其中包括历史文化学派的艰苦斗争中为自己开辟了道路。庸俗社会学是对资产阶级社会学极端主观主义的一种反动，资产阶级社会学不仅拒不接受用阶级观点来看待艺术，而且有时还拒不承认艺术创作的任何社会意义以及艺术创作对社会现实的依赖性。一个极端产生了另一个极端。在复杂而又富有戏剧性冲突的激烈斗争中，尚不具备理论经验，缺乏思想锻炼的马克思主义的拥护者们对马克思列宁主义理论的一些原理作了表面的、粗浅的、教条主义的解释。这是一种日渐加重并给我国文化发展带来严重危害的特殊的'左派'幼稚病。庸俗社会学是在马克思主义旗

◇ 第二章 冯雪峰与俄国马克思主义文学理论关系的个案研究 ◇

帜下产生的,正因为如此,它影响了如此众多的研究者。"① 这也证明着冯雪峰文艺思想受弗里契庸俗社会学影响的历史必然性,而且不止冯雪峰一人,在整个革命文艺理论建构过程中,以弗里契为代表的庸俗社会学思想在很长时间里,都对中国革命文艺理论的构建产生着影响。其主要原因在于:一是"救亡图存"的时代背景,"文以载道"的文化传统,对革命文艺赋予了过多的历史使命,文艺工具论成为时代的必然。因此,当强调阶级意识和阶级斗争的"武器"的弗里契庸俗社会学传入中国时,正好适应了中国社会文化现实的需要,在当时的中国获得了广泛的认同和广阔的发展空间。其二,紧张激烈的革命环境,使得许多理论家缺乏严肃冷静的学理态度去分析和批判弗里契庸俗社会学的弊病,尽管当时胡秋原等人对弗里契的庸俗社会学有所抵制、批判,但这些都未能从根本上遏制庸俗社会学的泛滥与扩张。总之,冯雪峰与弗里契关系的探讨一方面让我们更加深切地明白冯雪峰文艺思想的形成特征,同时也让我们窥见当时弗里契庸俗社会学思想在中国文坛传播和影响的一些情况,也让我们更加懂得只有尊重文艺自身发展的规律,才能真正让文艺发挥其应有的价值。

本章小结

在俄国马克思主义理论中,冯雪峰较为看重普列汉诺夫的理论。普列汉诺夫的文学观是功利性的,他认为文学不是超阶级性的,文学要为政治服务。同时强调艺术作为一种社会现象是社会生活的反映,主张通过文艺和生活相互关系的探讨实现对文艺规律的尊重。普列汉诺夫文艺思想中对文艺功利性的强调和对文艺特性的尊重都在冯雪峰文艺批评中留下了烙印。在具体的批评实践中,我们也会看到二者批

---

① 郑雪来等主编:《世界艺术与美学》第8辑,文化艺术出版社1987年版,第2页。

评方法的相似性，即都强调作品对生活的依存以及侧重于作品思想内容的分析。"拉普"的"唯物辩证法的创作方法"作为现实主义的主要创作方法在当时被提倡，影响着冯雪峰现实主义理论的构建。在冯雪峰的现实主义理论中，对世界观的强调，排斥浪漫主义以及具体的文艺批评实践都与"唯物辩证法的创作方法"有着密切的联系。弗里契作为早期的马克思主义文艺学和美学的代表，其文艺社会学思想在当时有着显著地位，为冯雪峰所肯定和看重。冯雪峰的文艺政治观以及具体社会学的批评方法都有弗里契文艺思想的理论痕迹，不可避免的是，弗里契的庸俗社会学思想也对冯雪峰造成了一定的负面影响。

第三章　冯雪峰与同时期其他马克思主义文艺理论家的比较

冯雪峰、周扬、胡风被誉为"革命现实主义理论的三驾马车",他们都以各自的理论方式促进了马克思主义文论在中国的传播与发展,为马克思主义文论中国化作出了重要贡献。通过对冯雪峰与周扬、胡风的文艺思想的比较,既能够准确地把握他们各自的理论特征,同时也能深入理解他们在接受和继承马克思主义理论遗产上的差异。

第一节　周扬与冯雪峰文艺思想比较（1928—1949）

周扬与冯雪峰都是我国著名的马克思主义文艺理论家,两人在从事文艺理论的道路上有着许多相似的地方：在同一时期开展革命文艺活动,都从事过党在文艺上的领导工作,理论构建都受到俄国马克思主义文论的影响,在新文学现实主义理论构建上都作出了重要的贡献,两人在工作和生活中也有很多交集,这些问题自然引起了学者比较研究的兴趣。本节试从两人一些具体的理论视点入手,剖析两人文艺思想的异同,探寻理论分歧的根本原因,在比较中更好地把握两人的理论个性以及马克思主义文论在中国化过程中的一些特点。

◇ 冯雪峰与俄国马克思主义文学理论关系研究 ◇

一 基本相似的理论观点

作为同时期的马克思主义文艺理论家，周扬与冯雪峰都面临着共同的时代主题和革命任务，在一些理论命题的思考上呈现出一定的相似性，这些理论也进一步丰富和发展了马克思主义文艺理论。

1. 文艺是生活之反映的文艺本质论

从文艺与生活的关系角度界定文艺的本质，既是现实主义文学理论的基本原则，也是马克思主义文艺美学的重要特点。在马克思主义看来，"物质生活的生产方式制约着整个社会生活、政治生活与精神生活的过程。不是人们的意识决定人们的存在，相反，是人们的社会存在决定人们的意识"。① 所以，文艺作为一种精神产品和意识形式，毫无疑问是社会生活的反映，社会生活是文学艺术的真正源泉。周扬与冯雪峰都是坚定的马克思主义者，都倾向于从文艺是社会生活的反映来分析和评价文艺现象，阐述他们的现实主义文学理论。周扬认为文学是生活的反映，在与"第三种人"论争中，周扬就明确表示："文学，和科学、哲学一样，是客观现实的反映和认识，所不同的，只是文学通过具体的形象去达到客观真实的。"② 周扬还认为现实主义文学应当忠于生活真实，将生活真实作为文学的基础和源泉。在《现实主义试论》一文中，他就指出："文学的认识是通过感性的形象的，艺术家必须从现实，从生活的本身中汲取活生生的形象。所以文学和现实之间的关联就格外直接和紧密。""从来文学上的巨人，都是两脚坚牢地踏在现实的土壤上的，文学和现实的紧紧的粘和是文学力量的源泉。"③ 与周扬相似，冯雪峰也始终围绕"生活"这个轴心来阐发文艺本质。在其《论形象》一文里，他谈道："如果以形象

---

① 《马克思恩格斯选集》第 2 卷，人民出版社 1995 年版，第 32 页。
② 《周扬文集》第 1 卷，人民文学出版社 1984 年版，第 58 页。
③ 同上书，第 152—156 页。

第三章　冯雪峰与同时期其他马克思主义文艺理论家的比较

性为艺术的根本特性,就必须从'艺术是客观的现实的反映'这真理出发。""艺术和科学的任务都是科学的任务都是客观现实的认识,在把握客观现实的真实这一项巨大的实践工作上,科学和艺术是分工合作的。"① 冯雪峰"艺术是生活的反映"的论断,也体现在其现实主义的论述上,冯雪峰认为:"也正惟这一层,才是现实主义最根本的精神,它不同于别的艺术态度和方法的地方也就在此;它首先的态度就是使艺术及其方法不离现实及现实的发展。"② 正因如此,冯雪峰也时刻强调作家"必须了解实际生活,深刻的了解生活,才能写出现实的作品,才能感动人"③。可见,在周扬和冯雪峰文艺思想的构建中,都一致地将现实生活置于文艺创作的基础地位。

2. 大众性为主导的文艺方向论

文艺人民性,是马克思主义文艺理论区别于其他学派文艺理论的一个显著特征。周扬与冯雪峰两人继承和发展了马克思主义文艺方向论,都认为文艺是为人民大众服务的。"左联"时期,周扬就参与了当时的文学大众化的讨论,在《关于文学大众化》一文中发表了自己的看法,认为"文学大众化首先就是要创造大众看得懂的作品"④,可以利用旧形式,目的就是要迅速地组织和鼓动大众,能够提高大众的教育和文化水准。1942 年毛泽东发表《讲话》提出文艺为工农兵服务的问题,作为毛泽东思想宣传者、阐述者的周扬,结合唯物史论,对毛泽东的这一文艺大众化问题进行了系统阐述,认为毛泽东的《讲话》"最正确、最深刻、最完全地从根本上解决了文艺为群众与如何为群众的问题。他把列宁的原则具体化了,丰富了它的内容,使

---

① 冯雪峰:《雪峰文集》第 2 卷,人民文学出版社 1983 年版,第 50—57 页。
② 同上书,第 162 页。
③ 同上书,第 649 页。
④ 《周扬文集》第 1 卷,人民文学出版社 1984 年版,第 26 页。

冯雪峰与俄国马克思主义文学理论关系研究

它得到了辉煌的发展"①。对于文艺为人民服务的问题,周扬认为:"新文学在其基本趋向上是向着大众的"②,但同时也指出,文艺工作者需要进一步的思想改造,走进群众,"使得我们的思想情感真正地做到与工农兵大众的思想感情打成一片,这样才能完成文艺大众化的任务"③。"左联"时期的冯雪峰也曾参与当时文艺大众化问题的讨论,他在《中国无产阶级革命文学的新任务》一文里指出:"为完成当前迫切的任务,中国无产阶级革命文学必须确定新的路线。首先第一个重大的问题,就是文学的大众化。"而文学大众化的原则是"属于大众,为大众所理解,所爱好"④。他还在《关于"艺术大众化"》一文中进一步阐述了艺术大众化的两个根本任务:"(一)用'大众可能理解或经过解释而能理解的抗战的艺术作品的创造';(二)在大众中文化生活和艺术生活的组织——并包括大众的文化启发及文化水平的提高。"⑤ 这些主张的基本意旨与周扬是一致的,就是主张多创作大众能理解的作品,并以此为基础对大众进行宣传教育。1942年毛泽东《讲话》发表之后,冯雪峰于1946年发表的《论民主革命的文艺运动》一文中也对毛泽东所提出的文艺大众化问题进行了阐释。冯雪峰指出:"我们的十多年来的民主主义的革命文艺,是来自人民的,接近人民大众的。"⑥ 这种主张,既与毛泽东《讲话》精神相一致,也与周扬思想相近,都坚持了文艺的大众本位。

3. 工具化的文艺属性论

受俄国马克思主义文论的影响以及中国革命现实的需要,周扬与冯雪峰都非常重视文艺的工具属性,强调其现实功用。作为一名革命

---

① 《周扬文集》第1卷,人民文学出版社1984年版,第460页。
② 同上书,第320页。
③ 同上书,第465页。
④ 冯雪峰:《雪峰文集》第2卷,人民文学出版社1983年版,第328页。
⑤ 同上书,第35页。
⑥ 同上书,第174页。

第三章　冯雪峰与同时期其他马克思主义文艺理论家的比较

文艺的领导者和管理者，周扬始终重视文艺的宣传教化功能，将文学作为斗争的武器。左翼文艺运动初期，周扬便显现出这种革命文艺功利观，他赞赏美国左翼作家辛克莱的名言："一切的艺术是宣传，普遍地不可避免地是宣传；有时是无意的，而大抵是故意的宣传。"他大声呼吁："每个无产阶级作家都应该是煽动家，他应该把文学当作 Agit—Prop（宣传鼓动）的武器。"① 同时他也对自由主义者苏汶进行了深入的批判，鲜明地指出："无产阶级文学是无产阶级斗争中的有力的武器，无产阶级作家就是用这个武器来服务于革命的目的的战士。"② 抗战时期，周扬强调，文学必须成为在抗战中教育群众的武器，而文艺家最大的任务就是要对民族革命进行反映和宣传，影响并教育群众，"现实主义和文学的功利性常常连结在一起。为艺术而艺术的思想在中国新文学史上不曾占有过地位"③。周扬的这种工具化的文艺功能观，还体现在他重视作家世界观和阶级立场的作用，认为正确的世界观，可以保证把艺术创作的思想的力量大大地提高，故而文艺家要"把世界观放在第一等重要位置上"④。文学应该成为革命的武器，这同样是冯雪峰的重要观点。在《关于"第三种文学"的倾向与理论》这篇文章中，冯雪峰也对苏汶的"文艺自由论"进行了批驳，从而树立了坚定的革命功利观。冯雪峰认为："阶级性，主要地却反映在文艺作品（文艺批评亦如此）之阶级的任务、之做阶级斗争的武器的意义。一般所说的'一切的文艺都不是超阶级同时都不是超利害的，又都是直接间接地做阶级的武器'的理论，是文艺的历史所证明了的。"⑤ 抗战时期，冯雪峰在《民族革命战争的五月》

---

① 《周扬文集》第 1 卷，人民文学出版社 1984 年版，第 36 页。
② 同上书，第 34 页。
③ 同上书，第 236 页。
④ 同上书，第 159 页。
⑤ 冯雪峰：《雪峰文集》第 2 卷，人民文学出版社 1983 年版，第 195 页。

中号召"革命文学者应当携带文学的武器加入民族的革命战争"①。40年代,他仍然强调文艺是"作为改造社会、人民,争取解放之广阔的武器"② 服务于现实的。对于作家世界观的强调,也是冯雪峰文艺思想所着重强调的,他始终认为:"作家必须从无产阶级的观点,从无产阶级的世界观,来观察,来描写。"③

二 不尽相同的理论观点

尽管同属马克思主义文艺理论家,在一些重要理论观点上具有一致性,但由于多方面原因,周扬与冯雪峰在一些具体的理论命题阐释上呈现出迥异的理论风格和鲜明的个人特色。整体上看,周扬比较强调文艺的政治功能,政治意识强于艺术意识,而冯雪峰既有对文艺政治功能的强调,又有对文艺特性的尊重,文艺主张相对比较"持中"。

1. 文艺与政治关系的解读不同

周扬认为,文学是从属于政治的,政治始终处于对文学的主导地位。周扬构建了政治—艺术模式,政治意识明显强于艺术意识,政治思维明显强于艺术思维。④ 左翼文艺运动初期,周扬认为文学之所以具有一定的存在价值,不是决定于它的自身意义,而是决定于它是否参与了政治运动,"在广泛的意义上讲,文学自身就是政治的一定的形式",因此,"作为理论斗争之一部的文学斗争,就非从属于政治斗争的目的,服务于政治斗争的任务之解决不可"⑤。他同时主张创作者"要在无产阶级的阶级斗争的实践中看出文学和政治之辩证法的

---

① 冯雪峰:《雪峰文集》第2卷,人民文学出版社1983年版,第342页。
② 同上书,第61页。
③ 同上书,第330页。
④ 刘锋杰:《中国现代六大批评家》,安徽文艺出版社1995年版,第275页。
⑤ 《周扬文集》第1卷,人民文学出版社1984年版,第67页。

◇ 第三章　冯雪峰与同时期其他马克思主义文艺理论家的比较 ◇

统一，并在这统一中看出差别，和现阶段的政治的指导地位"①。进入到 20 世纪 40 年代，毛泽东在其《讲话》中提出，文艺是从属于一定的政治的，文艺应当为政治服务。周扬结合《讲话》的精神，强调"我们的艺术教育，文艺运动如果没有和新民主主义政权，和人民的军队，和工农大众密切而且直接地联系，艺术服务政治，就是一句空话"②。文艺应服从政治，为政治服务，这些重要观点完全契合毛泽东文艺思想，也是周扬前期文艺政治观的逻辑延伸。

冯雪峰在左翼运动初期，同样认为文艺的价值就在于其政治价值，否定着文艺自身规律。但进入到 40 年代，随着革命文学的实践，冯雪峰对马克思主义文论的理解也进入到一个新水平，提出了文艺与政治的双向决定论，认识到政治和文艺必须经由生活实践和艺术实践而达到统一。冯雪峰认为"政治的宣传教育之需要文艺，自然是运用文艺的特殊地有效的条件和方法"③，因此不能脱离作品的艺术内在规律性而去空谈政治性，而应将文学作品的政治性与艺术性统一起来。主张作家"对于作品不仅不要将艺术的价值和它的社会的政治的意义分开，并且更不能从艺术的体现之外去求社会的政治的价值"④。冯雪峰明确反对"文艺与政治之战斗的结合变成了机械的结合，文艺服务政治的原则变成了被动的简单的服从"，认为这就"取消了文艺之对于人民的丰盛的现实生活的具体掘发和反映，也取消了文艺的反映和调动群众的意识斗争的更为根本的任务，取消了从具体生活和斗争的反映中文艺的教育、战斗和创造的机能"⑤，结果将导致文艺成了"政治原则或口号的复述或演绎"⑥。冯雪峰的这种文艺与政治关

---

① 《周扬文集》第 1 卷，人民文学出版社 1984 年版，第 67 页。
② 同上书，第 391 页。
③ 冯雪峰：《雪峰文集》第 2 卷，人民文学出版社 1983 年版，第 61 页。
④ 同上书，第 366 页。
⑤ 同上书，第 128 页。
⑥ 同上书，第 129 页。

系上的双向决定论,将文学的政治性和艺术性加以平衡,试图保护文学应有的特质。

2. 文艺真实观的内涵阐释不同

周扬在论述文学真实性的内涵时,把文学真实与文艺的阶级性、党派性甚至党的政策画上了等号。在他看来,文学的"真实"与政治的"正确"是紧密联系在一起的。在1933年与苏汶的论争中,周扬以《文学的真实性》一文阐释了其文艺真实观。周扬认为"愈是贯彻着无产阶级的阶级性、党派性的文学,就愈是有客观真实性的文学","文学的真理和政治的真理是一个,其差别,只是前者是通过形象去反映真理的。所以,政治的正确就是文学的正确。不能代表政治的正确的作品,也就不会有完全的文学的真实"①。周扬同时期的《关于"社会主义的现实主义与革命的浪漫主义"》也谈道:"真实性——是一切大艺术作品所不能缺少的前提。真实使文学变成了反对资本主义拥护社会主义的武器。""把为人类的更好的将来而斗争的精神,灌输给读者,这才是社会主义的现实主义道路。"② 40年代,周扬虽在文艺真实论的认识上有所发展和突破,但其根本主张并未改变。如在1942年对王实味的批判中,周扬就鲜明地指出"要求艺术服从政治,就是要艺术表现无产阶级的政治方向和利害,要求艺术表现党性"③。1949年周扬发表《新的人民的文艺》,更认为"只有站在正确的政策观点上,才能从反映各个人物相互关系、他们的生活行为和思想动态、他们的命运中,反映出整个社会各阶级的关系和斗争、各个阶级的生活行为和思想动态、各个阶级的命运"④。

冯雪峰在阐述其文艺真实观时,把文学真实等同于历史真实中的

---

① 《周扬文集》第1卷,人民文学出版社1984年版,第65—67页。
② 同上书,第110—111页。
③ 同上书,第386页。
④ 同上书,第530—531页。

第三章　冯雪峰与同时期其他马克思主义文艺理论家的比较

人民力。他认为,对客观真理的探求是实现艺术真实的第一步,而这个真理,就是揭示社会历史的本质真实:"只有现实的历史的真实,才是艺术和艺术形象的生命和生气的基础。"① 冯雪峰认为:"文艺所追求的是现实的、历史的真实,文艺的政治意义就建立在艺术的真实和现实的真实的相互关系上。"② 同时冯雪峰对历史真实的内涵也作了进一步阐释,认为历史的真实就是指"人民力","人民的力量,对历史的社会的客观本身及其变动上的其它客观条件说,是人民的主观力量,但对作家或文艺的主观说,他是客观,人民的力量又是怎样来的呢?来自历史的现实的矛盾斗争中。正惟这客观的人民的斗争和力量,才是文艺的思想力,艺术力,作品或作者的一切主观战斗力的源泉"③。冯雪峰认为历史真实是与"人民力"完全同一的,作家只有努力深入人民的生活和斗争,才能获得这种"人民力"。因此冯雪峰大声呼吁:"描写生活的真实,是我们的责任和权利。""因为政策不能代替生活,正如有地图不能代替地球。"④ 这些观点有力地批判了当时文艺创作上的教条主义、公式主义等弊病。不可否认,冯雪峰强调历史真实的"人民力"包含着一定的政治意蕴,但相较周扬把文艺真实等同于政策和党性,冯雪峰的观点更具思想深度,对当时的文艺创作更具现实指导性。

3. 文艺批评实践的标准和目标不同

周扬有着良好艺术感受力,一些文艺批评实践不乏对艺术特性的尊重,但整体而言,周扬文艺批评最根本的基点和归宿,就是从政治视角出发,强调作品的教育意义,以"'政治优位性'作为唯一的评判根据,将思想性—政治性的评判放到至高无上地位,批评的目标始

---

① 冯雪峰:《雪峰文集》第2卷,人民文学出版社1983年版,第55页。
② 同上书,第60页。
③ 同上书,第166页。
④ 同上书,第506页。

冯雪峰与俄国马克思主义文学理论关系研究

终不脱离对大众的宣传引导教育"①，视角显得窄狭。20世纪30年代，周扬评《雷雨》就是从政治视角剖析该部作品的，认为"反封建制度是这剧本的主题"②，繁漪和周冲"他们的死亡一方面暴露了封建家庭制度的残酷和罪恶。同时也呈现了这个制度自身的破绽和危机"③。1942年毛泽东《讲话》提出了"政治标准第一，艺术标准第二"，受此鼓励，周扬进一步强化了这种政治化的文艺批评模式，认为文艺就是"教育工农兵群众，提高他们政治觉悟、战斗意志和生产热情"④。如他在《论赵树理的创作》中，就评价赵树理是"一位具有新颖独创的大众风格的人民艺术家"⑤，并认为其作品"是毛泽东文艺思想在创作上实践的一个胜利"⑥。在评价孔厥的小说时，他肯定了孔厥小说中"写实的和讽刺的手腕"，但批评其小说《苦人儿》没有从阶级剥削的关系上挖掘造成悲剧的社会原因，只把悲剧归咎于"作为生理原因的男主人公偶然的残废"，因而这篇小说只是"一个生理的悲剧，命运的悲剧了"，"削弱了这作品之思想的教育意义"⑦，不符合当时解放区文学所要求的价值标准。

冯雪峰在1929年主张"依据社会潮流阐明作者思想与其作品的构成，并批判这社会潮流与作品倾向之真实否，等等，这才是马克思主义批评家的特质"⑧。在1946年《论民主革命的文艺运动》中，他又提到"具体的文艺批评首先就是生活的批评，社会的批评，思想的批评"⑨。冯雪峰总是把具体的文艺现象放置到一个大的社会背景下

---

① 温儒敏：《中国现代文学批评史》，北京大学出版社1993年版，第183页。
② 《周扬文集》第1卷，人民文学出版社1984年版，第204页。
③ 同上书，第203页。
④ 同上书，第526页。
⑤ 同上书，第487页。
⑥ 同上书，第498页。
⑦ 同上书，第426页。
⑧ 冯雪峰：《雪峰文集》第2卷，人民文学出版社1983年版，第753页。
⑨ 同上书，第180页。

第三章　冯雪峰与同时期其他马克思主义文艺理论家的比较

观察,着重分析文艺与现实社会生活之间的联系,强调作品的思想和社会意义。如他评价柔石《为奴隶的母亲》认为"作为农村社会研究资料,有着大的社会意义,请读者们不要忽视此点"①。在其《〈七封书信的自传〉序》一文里,冯雪峰分析了魏金枝的几篇短篇小说对中国旧社会农村破产和农民悲苦生活的描写,同时指出:"但我不希望读者会因此而减少艺术味,这几篇是真实的纯粹的艺术品,它的价值也还是在'这是真实的艺术'的一点上。我不过表明金枝的小说是在什么样的时代和环境里产生的。"②冯雪峰批评丁玲的《莎菲女士的日记》没有像鲁迅《伤逝》那样"从依然留存着的封建势力与现实的经济压力来宣告"③。同时冯雪峰的文艺批评还偏重于作品思想政治意义的估价。丁玲的《水》一发表,冯雪峰就评论到"作者取用了重要的巨大的现实的题材""显示作者对于阶级斗争的正确的坚定的理解",《水》的价值在于突出了"农民大众的组织斗争力量和思想转变"的社会内容,"看到了工农劳动大众的力量及其出路"④。可以说,冯雪峰在文艺批评实践上,始终重视作品与现实生活之间的关联,强调作品的思想政治意义。

三　理论异同的原因剖析

任何理论体系的形成,都有其形成的基础与条件。周扬与冯雪峰文艺思想的相似主要基于相同的时代主题、同为文艺领导人的身份以及相似的理论渊源等。而两人文艺思想的差异主要是因为两人对自身身份的定位不同、具体理论接受各有偏重、两人生活与工作的空间环境存在差异等。

---

① 冯雪峰:《雪峰文集》第2卷,人民文学出版社1983年版,第764页。
② 同上书,第751页。
③ 同上书,第208页。
④ 同上书,第334—335页。

◇ **冯雪峰与俄国马克思主义文学理论关系研究** ◇

1. 理论相似的形成基础

共同的时代主题。当时中国人民正经受着帝国主义与封建主义的双重压迫,民族处于生死存亡的当口,任何有责任感的文艺家们都无法置身事外,他们迫切希望文艺成为革命斗争的工具,强调着文艺的政治实用功能。冯雪峰从"湖畔诗人"转向革命文艺,周扬从日本留学归来,马上投入到革命文艺当中,这都证明着两人的革命情怀。随后两人无论是在革命现实主义理论的构建中,还是从事具体的文艺批评实践,都不断适应政治形势发展的需求,努力发挥文艺的政治功用,以文艺的武器促助革命的胜利。

革命文艺的领导人身份也决定着两人相似的理论视野。周扬与冯雪峰在整个革命文艺运动中都担任了重要的领导职务。1933年,周扬担任"左联"党团书记,1935年担任中共上海局文委书记。1937年周扬到延安后,负责延安文化工作和教育工作,新中国成立后,担任文化部副部长和中宣部副部长,负责文化艺术和思想宣传工作,可以说,在很长的一段时间内,周扬都担负着党在文艺工作上的领导重任。冯雪峰也是党在文艺工作上的重要领导人之一,1931年任"左联"党团书记,1932年担任中共中央宣传部文化工作委员会书记。新中国成立以后,冯雪峰任中国作协副主席、《文艺报》主编、中国作协党组书记、人民文学出版社社长兼总编辑。同为文艺领导人的身份决定了两人在文学场中的位置,理论思考也不得不从党的大政方针出发,围绕文艺为革命和政治服务这条主线来建构理论。

就宏观理论渊源的接受来看,两人的理论渊源都是俄国马克思主义文论。周扬与冯雪峰都是俄国马克思主义文论的译介者。周扬不仅翻译了苏联的文艺政策,而且系统介绍了高尔基、别林斯基、车尔尼雪夫斯基等文艺思想,尤其对车尔尼雪夫斯基的理论情有独钟。冯雪峰早在1926年便开始翻译、传播马克思主义理论。据统计,冯雪峰前后参与翻译马克思主义文艺理论约70万字,包括专著12部,其中

第三章　冯雪峰与同时期其他马克思主义文艺理论家的比较

以普列汉诺夫、卢那察尔斯基的理论居多。文学翻译家施蛰存评价："冯雪峰是系统地介绍苏联文艺的功臣。"① 周扬与冯雪峰的俄国马克思主义文论翻译，对马克思主义在中国的传播起到了积极的作用，同时俄国马克思主义文论所特有的革命性、战斗性和政治性也直接影响到两人革命文艺观的形成。

2. 理论差异的形成基础

首先，从角色定位来看，周扬长期从事着党在文艺上的管理工作，代表着政治权威和主流意识，身上具有职业革命家的敏感性。这种特殊身份或政治地位，往往使得"他自觉不自觉总是调整或隐退自己的理论个性，去适用服从政策性和党性"，"其批评话语往往表现为权力话语"②，评论姿态居高临下，具有训导教育的特点。冯雪峰虽有革命家的身份，但具有丰富的创作经验，最初是以"湖畔诗人"的身份踏入文坛的，这使他清醒地认识到文艺自身规律的重要性。也正因为冯雪峰对自己的角色定位更多的是文艺批评家而非行政领导人，所以冯雪峰的文艺理论批评在兼顾文学的政治性的同时，始终没有忽略文艺自身的独特性。

其次，两人理论接受的侧重不同。在俄国文论的接受中，周扬比较看重车尔尼雪夫斯基的理论以及列宁的理论。周扬是第一个比较集中地向中国介绍和阐述车尔尼雪夫斯基的。车氏非常重视文学的功利性和教育作用，忽视着文学艺术自身的审美特性，认为艺术是"生活的教科书"。周扬欣赏并接收了车氏的这种见解，并谈道："在艺术见解上，我最服膺 chernishevski 的理论。"③ 周扬认为："坚持艺术必须和现实密切地结合，艺术必须为人民利益服务这就是车尔尼雪夫斯基美学的最高原则。""承认艺术是'生活教科书'，就是承认它的积

---

① 包子衍、袁绍：《回忆雪峰》，中国文史出版社 1986 年版，第 52 页。
② 温儒敏：《中国现代文学批评史》，北京大学出版社 1993 年版，第 179 页。
③ 《周扬文集》第 1 卷，人民文学出版社 1984 年版，第 232 页。

◇ 冯雪峰与俄国马克思主义文学理论关系研究 ◇

极改造生活的作用。"① 同时周扬也比较推崇列宁的文艺思想,1944年周扬撰写的《〈马克思主义与文艺〉序言》中多次引用了列宁1905年《党的组织与党的文学》里有关真正自由的文学"是为千千万万劳动人民,为这些国家的精华、国家的力量和国家的未来服务"的论断。这篇序言既是对毛泽东文艺思想的阐释,也体现了周扬对列宁文艺思想的热爱。相比周扬,冯雪峰在文艺思想建构上虽也受着毛泽东文艺思想的影响,但同时也接受了普列汉诺夫、沃隆斯基、卢那察尔斯基等理论家的理论,这一派既强调文学艺术具有阶级功利性,又认可艺术表达对于阶级政治的重要性。冯雪峰在对他们作品的译介过程中,就潜移默化地接受了这些理论精粹的影响。如对普列汉诺夫,冯雪峰就有着很高的评价:"我们不妨说,现在俄国及世界的许多马克思主义文艺理论家,差不多都是从他那儿出来的。"② 普列汉诺夫文艺思想中对文艺功利性的强调和对文艺特性的尊重也都在冯雪峰文艺批评中留下了烙印。而在具体的批评实践中,我们也会看到二者批评方法的相似性,强调作品对生活的依存以及侧重于作品思想内容的分析③。

　　最后,两人的活动空间存在差异。空间环境意味着一种知识和行为的生产模式,它生产着属于它的文本,且文本又体现该空间所特有的社会关系和惯例表达。周扬与冯雪峰所生活的具体空间环境的差异也影响到了他们对文艺的思考和建构。周扬与冯雪峰在左翼文艺运动初期是并肩作战的战友,之后在"两个口号"论争中结怨。1937年抗战爆发后,周扬离开上海来到延安,自此他面对的是一个新的活动空间,"从上海的亭子间到延安的窑洞,不但有两种不同的面貌,而

---

① 《周扬文集》第1卷,人民文学出版社1984年版,第371—379页。
② 《冯雪峰全集》第11卷,人民文学出版社2016年版,第205页。
③ 具体阐述参看拙著《冯雪峰与普列汉诺夫》,《天府新论》2007年第5期。

◇ 第三章　冯雪峰与同时期其他马克思主义文艺理论家的比较　◇

且有两种不同的生活方式和思想作风"①。延安作为当时中国共产党的政治中心,其活动主体主要是农民和以农民为主体所构成的军人群体,这就使得文学接受群体发生了很大的变化。毛泽东所提出的文艺"为人民大众首先为工农兵服务"的核心命题,可以说适应了当时社会情境的需要,也从根本上影响着周扬文艺思想的发展路向。相比周扬,冯雪峰文艺思想的形成与发展的空间环境主要以江浙、上海、重庆等地为主,远离着当时的政治中心,这就给予了冯雪峰较大的思考空间,对于文学本身有着较多的关注,主张革命文学要以文学特有的价值和功能去作用于社会,服务于革命。

综上,我们看到无论是周扬还是冯雪峰的文艺思想,无疑都与政治交错在一起,无法分开。然而,需要注意的是,周扬和冯雪峰文艺理论的提出有着特定的历史和思想前提,"如果承认二十世纪中国的文艺是二十世纪中国人生存斗争的记录和表达,那么这种文艺的内在的政治性和价值指向是不言而喻的……否认这种政治性,无疑等于否认文艺自身最为内在的规定和可能性"②。在特殊的革命年代,周扬和冯雪峰根据自己所处的空间环境、角色定位、知识结构和理论目标,发展了马克思主义文艺思想,形成了各具特色的马克思主义文艺理论,这些理论对凝聚人民力量、推动革命战争都起到了积极作用,且"为中国文学理论研究提供了新的范式,从而在多方面影响了中国文学理论的发展"③。

第二节　胡风与冯雪峰文艺思想比较

胡风与冯雪峰是马克思主义文艺理论中国化过程中的两位重要理

---

① 蔡若虹:《窑洞风情》,《延安文艺研究》1984 年创刊号。
② 张旭东:《文化政治与中国道路》,上海人民出版社 2015 年版,第 376 页。
③ 季水河:《论 20 世纪早期初级形态的中国马克思主义文学理论》,《学习与探索》2014 年第 8 期。

论家。两人有着许多相似点：同是诗人兼理论家，同为革命现实主义理论的开掘者，都是鲁迅的追随者与阐释者，两人的交往也有诸多曲折。然而值得深思的是，两人虽对一些文艺问题的看法相近，但两人文艺思想的核心内容是存在差异的。本书试以胡风的重要理论概念"主观战斗精神"与冯雪峰文艺思想的核心概念"主观力"进行异同比较，同时探析不同的理论渊源对他们文艺思想的影响，以此探究二人在马克思主义理论中国化过程中的不同理论路径。

一 概念的提出背景、立论基础及对作家主观能动性的强调相同

在特殊的年代，文艺总是充当起革命的政治重任，文艺批评家也总是无法摆脱历史赋予他们的特殊使命以及时代背景的制约。在胡风与冯雪峰所处的时代，当现实主义与中国的务实传统及现实斗争需要结合到一起时，中国新文学的发展，无可逆转地走上了独尊现实主义的必由之路。无疑，顺应时代要求，共同肩负起建构现实主义理论体系历史使命的胡风和冯雪峰必然存在诸多相似性。

（一）概念的提出背景相同

"主观战斗精神"和"主观力"的概念都是在反对当时革命现实主义文学创作上的两种不良倾向——"主观公式主义"和"客观主义"中应运而生的。1928年前后，随着马克思主义在中国的广泛传播，左翼文学在中国兴起并发展，然而不容忽视的是其间左翼文坛创作的一些弊病也暴露出来，公式化、概念化和自然主义等现象愈加严重。胡风与冯雪峰将这些弊病概括为"主观公式主义"和"客观主义"，认为这两种倾向阻碍了现实主义发展，并坚持对其进行鲜明和深入的批判。胡风认为："现实主义的发展是在两种似是而非的不良倾向中进行的。一种是主观主义（标语口号文学是它原始的形态），一种是客观主义（自然主义是它的前身）。……我以为，现实主义是在和这两种倾向作斗争中发展的，也是非在和两种倾向作斗争中发

第三章　冯雪峰与同时期其他马克思主义文艺理论家的比较

展不可的。"① 胡风通过一系列文艺评论，批判当时文坛的这种创作弊病，并剖析了问题产生的原因，认为作家主观战斗精神的衰落是作品概念化的根源。胡风希望通过"主观战斗精神"的倡扬，从根本上纠正和克服主观公式主义与客观主义对作家的创作个性与审美个性的忽视，推动现实主义文学的发展。与胡风相似，冯雪峰也指出："在现在，支配我们新文艺的发展的主流是革命现实主义，却是谁也不能否认的。这是主流，事实上现在正被种种的客观压力所阻挠，同时也被文艺上的种种泥沙和垃圾所覆盖和淤塞。"② 他随后列举了几种反现实主义的现象，对公式主义与客观主义的表现、危害及联系作了分析。他认为这导致从作品中看不见生活的真实的形象，看不到作者的批判力、思想力，没有深刻猛烈的憎与爱，也没有作者用生命换来的来自人民的斗争的那种战斗力。冯雪峰进而总结道："公式主义的原因是很多的，首先自然是如大家所说，由于作家'缺少生活体会'的缘故，但我觉得尤其是由于缺乏探求的大胆的思想和深入现实的魄力和勇气。"③ 由此，冯雪峰倡导"向精神的突出"，认为一个真正的现实主义作家，非有自己强大的精神力量不可，主张"作家被自己的对人民的热情和生活的理想所推动而燃烧一般的从事写作"④。这也正是冯雪峰"主观力"提出的缘由，两人由此共同举起了反对"主观公式主义"和"客观主义"的大旗。

（二）概念的立论基础相同

强调现实生活是文艺的基础或根本，既是胡风与冯雪峰现实主义理论的基点，也是"主观战斗精神"与"主观力"概念的立论基础。对胡风来说，尽管他比同时代其他任何文论家都更关注创作过程中复

---

① 《胡风评论集》（下卷），人民文学出版社1985年版，第407—408页。
② 冯雪峰：《雪峰文集》第3卷，人民文学出版社1983年版，第223页。
③ 冯雪峰：《雪峰文集》第2卷，人民文学出版社1983年版，第62—64页。
④ 同上书，第154页。

冯雪峰与俄国马克思主义文学理论关系研究

杂的主体活动,但作为一名现实主义者,他一直认为文学是现实生活的反映,其"主观战斗精神"的阐发,始终是把现实生活作为思维的根据和论述的起点。胡风认为,没有客观,也就没有主观,作家的思想观念都是生活经验的结果,主观战斗精神中最主要的是作家的人格问题,而"作家的人格力量或战斗要求都是在现实生活里面形成,都是对于现实生活的反映。只有深入到现实生活里面才能够不断地丰富,不断地完成,只有为了献身给现实生活底战斗才能够得到它所享有的意义"①。只有深入生活之中,作家的主观精神才能走向充沛,而不会陷入空虚。胡风评判当时作家的精神危机以及主观精神低落问题,认为其根源在于作家"不能从战斗的生活和觉醒的人民得到滋养,得到感受,甚至和后方广大的人民底复杂的生活漩涡也远远地隔离了"②。应该说胡风始终坚持了马克思主义反映论,其"主观战斗精神"从未脱离社会现实,他也曾多次强调生活的根基作用,以此回应当时文艺界以"唯心主义"为名对他的讨伐。冯雪峰同样信奉马克思主义反映论,时刻不忘强调文艺是对生活的真实反映,认为作家的创作必须从生活出发,新闻记事式的和照相式的对生活的反映是决不能成为艺术形象的,作家应该描写现实生活的历史真实,"只有现实的历史的真实,才是艺术和艺术形象的生命和生气的基础"③。而作家的主观力问题也不是凭空或先验存在的,同样来自客观现实生活,现实生活的矛盾斗争促成了作家主观力的形成与发展。冯雪峰论述道:"作家的,主观力就在这客观的矛盾斗争中产生,并正在矛盾斗争中斗争着,它不能离开客观的斗争和条件。"④对于这种现实生活的矛盾斗争的根本,冯雪峰称之为"人民力",即"人民的历史要

---

① 《胡风评论集》(下卷),人民文学出版社1985年版,第13页。
② 同上。
③ 冯雪峰:《雪峰文集》第2卷,人民文学出版社1983年版,第55页。
④ 同上书,第153页。

第三章　冯雪峰与同时期其他马克思主义文艺理论家的比较

求、方向和力量",这也与马克思历史唯物论所认为的人民是推动历史发展的根本力量相一致。冯雪峰把客观现实生活的本质归结为人民力,并辩证地指出主观力来自"人民力",要发扬强大的"主观力",就必须投入现实和历史的斗争中去拥抱强大的人民力。从整体上看,独尊现实主义的胡风与冯雪峰,始终凸显着现实生活的根基作用,并以此作为他们概念构建的基础。

（三）两个概念都强调了作家主观能动性

"主观战斗精神"与"主观力"概念都强调了作家的主观能动性,重视发挥作家在创作过程中的主体作用。在胡风与冯雪峰所处的年代,文艺往往被当成政治工具,作家的主观能动性被忽略和轻视,但是胡风和冯雪峰却一直要求尊重作家的创作自由,鲜明地指出作家在创作实践中具有主体地位,才能创造出感动人和教育人的好作品。就胡风而言,他一直坚持对文学的本质和规律进行探究,认为文艺创造的源泉不仅来自生活,也来自于创作主体对于"血肉的现实人生的搏斗","主观战斗精神"实现的过程是以对于血肉的现实人生的"感应""感受""感动""感激"为起点的,是主客观——作家和他的对象的活的生命运动过程。在这里,现实材料不应只是被作家"看到、择出、采来",而应该被作家所感觉,被艺术家底"精神欲望所肯定、所拥有、所沸腾、所提升"。只有当作家真正拥抱生活,在创作过程中融进自己对生活的理解与爱憎情感,将现实生活转化为"自己的血肉",现实生活才能通过"他底主观的追求或主观的提高而取得更深广的内容,更有思想力的生命"[①]。冯雪峰也认为,文学反映生活,绝非镜子式的被动的反映,作家的主体地位和创作自由不能剥夺。为此,冯雪峰辩证地论述了艺术创作与客观实践的关系,认为"艺术创造的过程,是成立于客观真理的探求,艺术家主观实践的主

---

① 《胡风评论集》（下卷）,人民文学出版社1985年版,第7页。

意及创造志趣之矛盾与统一的发展上的",只有"客观真理主观实践和艺术创造达到高度的统一的时候才能获得生命"①。冯雪峰认为简单的"写政策""为政策写作"就会把"作家的创造活动剥夺了",因此他倡导作家应当在"艰苦的创作的斗争过程"去"肉搏着艺术",同时他一再强调要给予作家发挥创造性的自由,"创作一定要通过个人的创造,作家思想是生活的表现,作家要发挥创造性,不允许剥夺作家创造性的自由,如果是作家自己剥夺了,也是罪过"②。当胡风的主观战斗精神遭到当时的理论界批判时,他声援道,这种主观战斗精神,如果来自革命的知识分子,如果表现"对于革命的接近和追求""也正为我们文艺所希望的",并进一步地强调:"主观或主观力量总是在被客观所决定的前提之下,从被动到主动,或从被物所役到役物的斗争过程中产生的;因此,在我们,最着重的是这斗争。"③

二 概念的核心内涵存在差异

胡风与冯雪峰同属现实主义的理论流派,在左倾主义泛滥的革命和战争年代,两人直视内心,对文艺的一些基本看法保持了难能可贵的一致,在马克思主义中国化的道路上共同做出了有益的探索。然而,由于两人的理论背景、身份地位、理想个性等方面的区别,使得他们在这两个表面相似的概念上,也出现了理论分野,两个概念的一些核心内涵上存在较为明显的差异。

(一)对创作过程的解读存在差异

"主观战斗精神"既是胡风对创作者主体重要性的充分肯定,也是对创作过程主客观复杂关系的精辟认识。在文艺批评生涯中,胡风

---

① 冯雪峰:《雪峰文集》第2卷,人民文学出版社1983年版,第54页。
② 同上书,第498页。
③ 同上书,第153页。

第三章　冯雪峰与同时期其他马克思主义文艺理论家的比较

对创作者与客观对象之间的相互作用与融合过程进行了具体而深入的探讨，这也是胡风文艺思想中最具有独创性也最令人着迷的部分。胡风关注创作者的情感、想象、体验等因素在创作过程中的重要作用，认为"任何内容只有深入作者的感受以后，才能成为活的真实"①，那么，怎样激发创作者对生活的这种真切的感受呢？胡风指出：真诚的革命的作家，必须要有"为"人生的真诚的心愿，对于被"为"的人生的深入的认识，抱有流血的心去深入现实，担负现实的。对于创作过程，胡风有着细致和深入的探讨，认为这是一个创作主体和创作客体的相生相克的过程，"写作过程——就是克服的过程。你克服着材料，也克服着你本身"②。作家"不可能是让客观对象自流式地装进来的一个工具"③，作家向对象突进、深入，客观的生活材料受到作家主观的选择、批判；在这同时，对象也突进、深入了作家的内心深处，主观的作家的想象力与直观力被客观对象加强或者修改。正是在这相生相克的过程中，客观现实经过主观战斗精神的熔铸作用得以升华，创作者头脑在创作中发挥了"熔铸"作用，这里的"熔铸"以及后来胡风用过的诸如"燃烧""沸腾""化合""交融"等类似比喻，都着重突出了创作过程中"主观精神"的热烈、饱满与主动。可以说胡风的主观战斗精神是关于创作的美学，是对文艺创作内部规律的深切体认。同时，区别于同时代的文艺批评家，胡风否认了世界观在艺术创作中的决定作用，认为世界观是一般的原则，是理性的东西，它不可能代替具体创作过程中的情感、艺术感受力等对具体对象（材料）的具体态度和艺术表现，创作者的主观精神在创作实践中是第一位的，作家伟大的人格能深入现实，获得真理，能够补足作家的生活经验的不足和世界观上的缺陷，取得真正现实主义的胜利。

---

① 《胡风评论集》（下卷），人民文学出版社1985年版，第200页。
② 同上书，第66页。
③ 同上书，第318页。

◇ **冯雪峰与俄国马克思主义文学理论关系研究** ◇

冯雪峰虽在一定程度上强调了作家的主观能动性,充分估计了"文艺主观力量",但他更倾向于认为文艺创作过程就是作家革命实践的过程,是主观力与人民力的同化过程,艺术创作的本质就在于"主观力"反映"人民力",其中创作主体的革命世界观起着关键作用。在冯雪峰看来,文艺创作"无非是要求文艺取得在历史的现实的矛盾斗争中的人民的力量,无非是要求文艺应该真实地在现实斗争中将人民力变成文艺的主观力量"①,只有获得了人民力,才有了艺术力。我们可以这样理解冯雪峰的创作认识论:艺术力的达成,就在于作品是否反映了人民力,而作品中的人民力的实现,又在于创作主体即主观力是否能够拥有或把握住革命实践的本质。所以,冯雪峰强调革命生活的实践对作家来说是第一位的,作家深入现实生活进行思想改造的过程就是作家主观力的生成过程,也是人民力获得的过程,作家的作品就是在这样的过程中完成的。如他这样谈道:"作者探索着现实,自己完全深入到现实里面去,于是从中生长出自己,现实也溶解到自己里面来,终于拥抱住了现实,——而这同时就是艺术的思想和内容的生长过程,同时又体现着艺术形式从艺术内容里面生长起来的过程。总之,这是艺术的成长过程。"② 可以看到,冯雪峰还是基于政治实践的需要,以对人民力的大的政治方向的反映来保证文艺创作不偏离革命宣传,这也是冯雪峰倾向于对作品的政治思想性进行评价的原因。为了保证作家对于人民力的准确把握和反映,冯雪峰也对作家的世界观和思维方式提出了要求:作家要想认识现实生活的真理,即人民力,必须有无产阶级世界观的保驾护航,而这是胡风所不重视的;同时,冯雪峰强调了创作主体的理性思维,如较强的概括能力和综合能力来保证人民力的准确呈现,这又区别于胡

---

① 冯雪峰:《雪峰文集》第 2 卷,人民文学出版社 1983 年版,第 166 页。
② 冯雪峰:《雪峰文集》第 3 卷,人民文学出版社 1983 年版,第 237 页。

第三章 冯雪峰与同时期其他马克思主义文艺理论家的比较

风对创作者的情感、感觉力等感性因素的重视。对于胡风的理论概念中对作家情感因素的侧重,冯雪峰对此给予回应和纠正:"我们就不能在热情和精神的名义之下,被那些离开人民斗争,或实质上反人民斗争的个人主义的兴奋、自夸狂的'热情'或什么'理想'之类所混淆。"①

(二)对创作对象的定位不同

胡风的"主观战斗精神"对创作对象"人"的定位,饱含着人道主义色彩。胡风主张文学应该反映人存在的具体性与丰富性,认为人是感性的具体存在,"人是活着的人,行动的人,被赋予意识的人,凭着各自被各种各样的杠杆所规定的反省和情热,向着一定的目的经营着生活的人,各自底反省和情热在各种各样的路径上和历史底冲动力联系着,各种各样地被历史所造成,又各种各样地对历史起着作用,创造历史的人"②,而文学的任务是写出这种"有感性活动的个人",决不能把人视为某种抽象的平均数或被动的"工具"。胡风时时强调人民身上有着负担、潜力、觉醒和愿望,是一种具体的历史存在,由于封建统治的长期存在,劳动人民"底生活欲求或生活斗争,虽然体现着历史的要求,但却是取着千变万化的形态和复杂曲折的路径;他们的精神要求虽然伸向着解放,但随时随地、都潜伏着或扩展着几千年的精神奴役底创伤"③。他们身上不可避免地积淀着麻木、保守、狭隘、自私等"安命精神","它通过千千万万的脉络和微细色度向一切中国人联系着"④。对于这一群体,胡风肯定他们的革命立场与历史作用,但他也透彻地认识到不能只看到农民是绝对多数,

---

① 冯雪峰:《雪峰文集》第2卷,人民文学出版社1983年版,第153页。
② 《胡风评论集》(下卷),人民文学出版社1985年版,第340页。
③ 同上书,第21页。
④ 同上书,第351页。

冯雪峰与俄国马克思主义文学理论关系研究

是战争的主力,"就以为其在文艺创造上'起着决定作用'"①,并向他们所熟悉的旧形式纳表投降,对于劳动人民所负载的"精神奴役底创伤",胡风认为也不能仅仅停留在揭露,作家还应通过"主观战斗精神"对之进行批判和疗救,使创作活动本身成为"一下鞭子一条血痕的斗争",真正做到以人物的命运、历史内容、激情来感动读者,启发读者的思考,可见,胡风跳出了单纯地从阶级角度来对创作对象进行界定的藩篱,而是坚持文学本身的规律,从文学创作的角度来探讨人的问题,他所说的人,就是马克思在《德意志意识形态》里所论述到,人是现实的人、活动着的人,是有思想有感情,有着不同的性格、气质、心理特征和有血有肉的活生生的人。正如在胡风评价路翎的长篇小说《财主的女儿们》所写的"序言"中所说:"路翎所要的并不是历史事变底记录,而是历史事变下面的精神世界底汹涌的波澜和它们底来根去向,是那些火辣辣的心灵在历史命运这个无情的审判者前面的搏斗的经验。"②

相比胡风,冯雪峰对主观力的反映对象——人民大众的力量有着高度的认识和评价,更偏重于从"阶级意识"来认识人民大众,更倾向于肯定人民大众在革命和战争的主体地位,相比胡风视野中具有个性的"人"的概念,冯雪峰的"人"的理论具有"阶级群像"的理论特征。冯雪峰认为艺术力的本质就在于反映"人民力","谁都认为反映全民族的人民的生活和现实的斗争,特别反映在飞跃地发展着的人民的新生的力量,是我们革命现实主义文艺现在所追求的唯一根本的目标"③。冯雪峰重视文艺对当时人民斗争的社会现实生活的再现,强调人民群众是历史的创造者和推动历史前进的决定性力量的这一历史规律,在冯雪峰的视野中,创作者应对劳动者整个阶级进行

---

① 《胡风评论集》(中卷),人民文学出版社1984年版,第254页。
② 《胡风评论集》(下卷),人民文学出版社1985年版,第90页。
③ 冯雪峰:《雪峰文集》第2卷,人民文学出版社1983年版,第165页。

◇ 第三章　冯雪峰与同时期其他马克思主义文艺理论家的比较 ◇

描述,对他们的力量给予肯定。冯雪峰虽然也看到了人民大众不足的一面,要求"给落后的人民以强有力的正确的批判",但其目的是进一步丰富"人民性",提升人民力,更好地反映人民斗争的真实状态,展现人民的力量,"以这种特殊方式体现出来的人民性,才经得起历史的检验"①。对于创作者,冯雪峰要求其站在劳苦大众的阶级立场上,更好地表现工农阶级的力量:"新的小说家,是一个能够正确理解阶级斗争,站在工农劳苦大众的利益上,特别是看到工农劳苦大众的力量及其出路。具有唯物辩证法的方法的作家这样的作家所写的小说,才算是新的小说。"② 他对作品的评论也鲜明地反映了这一观点,如他认为马加的《江山村十日》:"最能够纵横地写出农村的历史面貌和阶级关系,能够最深入地写出农民的生活意识和性格",反映了"党员的领导和农民们的活跃","我觉得它是描写江山村土改的一幅生动可爱的炭画,其中的缺点就似乎都没有重大关系了"③。他评价丁玲的《水》,认为"在《水》里面,不是一个或二个的主人公,而是一大群的大众,不是个人的心理分析,而是集体的行动的开展","《水》的最高价值,是在首先着眼到大众自己的力量"④。可见,在冯雪峰的理论视野中,人民是作为阶级力量的一种整体性存在,具有强大的斗争力量和革命精神,明显区别于胡风理论视野中在痛苦、负担、创伤中搏斗着的"火辣辣的心灵"。

(三)文艺为启蒙与文艺为政治的理论旨向存在差异

胡风的理论虽赋予了文艺为革命与为人生的双重任务,但落脚点是启蒙,胡风认为:"为了中国的反封建和争取民主个性解放、个性价值、个性的主体性和尊严,人们一直做着精神探求……将来在新的

---

① 冯雪峰:《雪峰文集》第2卷,人民文学出版社1983年版,第170页。
② 同上书,第335页。
③ 同上书,第391—392页。
④ 同上书,第334—335页。

形势下也还要做这种探求。"① 这一认识也与他对鲁迅"改造国民性"启蒙思想的继承与发展有关。胡风指出："五四运动以来，只有鲁迅一个人摇动了数千年的黑暗传统，那原因就在他的从对于旧社会的深刻认识而来的现实主义的战斗精神里面。"② 其主观战斗精神中强调的劳动人民身上奴役的创伤，以及文艺的揭露和批判作用，都持与鲁迅一致的理论主张。胡风认为：农民是看不清历史也看不清自己的，必须对他们做启蒙工作，提出"文艺，只要是文艺，不能对于大众的落后意识毫无进攻作用"③。他认为"人民的生活要求里面潜伏着精神奴役的创伤""封建主义活在人民身上"，而这批判和根除的力量就是作家的"主观战斗精神"。他要求作家必须有真诚人格，成为灵魂的工程师，以精神战士的气魄，去突进现实，反映现实，从而以文艺实现唤醒人、影响人、改造人的启蒙目的。正如胡风在《给为人民而歌的歌手们》中指出："控诉就不是虚伪的同情，而是发自诗人内部带着血痕和泪痕的不屈的心声。那么，歌颂就不是肤浅的乐观，而是通过诗人自己的痛苦的搏斗过程以后才能够达到庄严的远景。"④胡风所希望达到的"庄严的远景"，即劳动人民从精神奴役下突围出来，获得个性解放和精神自由，成为"精神昂扬的新人"，这也正是"五四"启蒙运动的追求。胡风也以"启蒙精神"来评判文艺作品，对鲁迅《狂人日记》，胡风这样评价："那立意，是为了揭开社会底丑恶实际，也是为了叫出自我底燃烧的战斗要求，对过去和现在，他提出了'人吃人'的控告，对现在和未来，他发出了'救救孩子'的呼声。"⑤ 他评价萧红的《生死场》"写出了愚夫愚妇底悲欢苦恼，

---

① 路翎：《路翎批评文集》，珠海出版社1998年版，第281—286页。
② 《胡风评论集》（中卷），人民文学出版社1984年版，第10页。
③ 同上书，第255页。
④ 《胡风评论集》（下卷），人民文学出版社1985年版，第238页。
⑤ 《胡风评论集》（中卷），人民文学出版社1984年版，第123页。

第三章　冯雪峰与同时期其他马克思主义文艺理论家的比较

而且写出了蓝空下血迹模糊大地和流在那模糊的血土上的铁一样重的战斗意志的书",那是"觉醒底最初的阶段,然而这里面是真实的受难的中国农民,是真实的野生的奋起"①。可以说,胡风终生维护和弘扬着的这种启蒙精神构成了其"主观战斗精神"概念的底色或血脉。

冯雪峰是诗人、文艺理论家,更是革命家,其文艺批评理论也一直以稳健见长,尽管其在反对左倾机械主义的过程中始终保持着理论清醒,但出于革命家身份的限制和所接受的理论渊源根深蒂固的影响,冯雪峰在文艺与政治的关系中,始终主张文艺应"作为改造社会、人民,争取解放之广阔的武器"服务于现实,其"主观力"概念也一贯强调创作主体的革命立场,强调对于革命现实生活中劳动人民的伟大力量的反映,以使文艺更好地服务于民族救亡与革命斗争。自然,非革命的情感意识是不符合"主观力"要求的,因此冯雪峰时时注意防止作家自我个性或非革命因素渗透于文艺作品中,倡导创作者要树立正确的世界观,认为"社会主义现实主义的最根本问题是作家的世界观问题","共产主义宇宙观——辩证唯物论和唯物辩证法,就是最有益处和最需要的了"②。在具体的文艺评论中,冯雪峰也着重从阶级关系和革命动态来评价文艺作品,如对《狂人日记》,与胡风感受到的鲁迅"燃烧的情感和战栗的声音"以及呐喊启蒙不同,冯雪峰看见的是"当时士大夫地主阶级家族中新的和旧的矛盾冲突",以及"当时整个社会上正在开展着新的旧的尖锐的冲突"③。如他评论杜鹏程《保卫延安》,认为作品成就在于:"描写出了一幅真正动人的人民革命战争的图画,成功地写出了人民如何战胜敌人的生动的历史的一页,对于这样的作品,他的鼓舞力量完全可以说明作品

---

① 《胡风评论集》(上卷),人民文学出版社1984年版,第397页。
② 冯雪峰:《雪峰文集》第2卷,人民文学出版社1983年版,第460页。
③ 冯雪峰:《雪峰文集》第4卷,人民文学出版社1985年版,第370—371页。

的实质、精神和成就。"① 发挥文艺对革命的作用,释放文艺在阶级斗争中的推动作用,既是冯雪峰主观力的理论目标,也是他文艺思想的重要特征。

三 胡风与冯雪峰文艺思想理论渊源的差异探讨

胡风、冯雪峰的文艺思想形成既是当时历史背景下左翼内部文化思想斗争的产物,同时也是他们身份、个性以及价值意识的体现,更是他们作为理论主体对时代视野中的中外理论资源,进行多向择取、融合的结果。

与冯雪峰相似,胡风也是在译介基础上接受马克思主义文论的。早在1929年,胡风到日本留学期间便接触到马列主义文艺理论,先后阅读和翻译了恩格斯的《致敏·考茨基》、卢卡契的《小说的本质》、高尔基的《文艺的课题》等马克思主义文论著作。同时他还积极涉猎现实主义文学作家的作品,主要有:美国的杰克伦敦、惠特曼;法国的司汤达、雨果、左拉、莫泊桑、福楼拜、罗曼·罗兰、巴尔扎克、纪德;德国的歌德、海涅;俄国的高尔基、普希金、屠格涅夫、列夫·托尔斯泰、果戈理、柯罗连科、奥斯特洛夫斯基、法捷耶夫、陀斯妥耶夫斯基、克雷洛夫、肖洛霍夫、冈察洛夫、契诃夫、阿·托尔斯泰等。胡风从这些理论著作和文学作品中汲取营养,获得了思想的启迪,形成了他带有鲜明的主体性特色的马克思主义文艺理论体系。②

1. 胡风受到了高尔基等的人道主义精神洗礼

胡风曾言:"伟大的现实主义者都是伟大的人道主义者。"③ 高尔

---

① 冯雪峰:《雪峰文集》第2卷,人民文学出版社1983年版,第258页。
② 本节主要侧重于胡风与外来文论关系的探讨,因前面章节在冯雪峰与外来文论的关系已做深入论述,在此不作展开。
③ 胡风:《关于解放以来的文艺实践情况的报告》,《新文学史料》1988年第4期。

◇ 第三章　冯雪峰与同时期其他马克思主义文艺理论家的比较 ◇

基、列夫·托尔斯泰、阿·托尔斯泰、卢卡契、契诃夫、别林斯基等的人道主义思想启迪了胡风，使得胡风的文艺思想强调人的主体地位，充满着人道主义情怀，这也是胡风文艺思想的底色。

高尔基既是伟大的无产阶级文学家，又是卓越的无产阶级文学理论家。高尔基认为"人是世界的花"，文学创作的中心就是研究人和描写人，并主张以文学改造人生。胡风非常推崇高尔基这种人道主义精神，在其《我的创作经验》《关于文学遗产》《文学与生活》《典型论的混乱》《高尔基在世界文学史上加了什么》等评论文章中多次引用高尔基的话，并给予高度评价，认为他的伟大之处就在于他始终肯定人的价值，提出了"文学是人学"的著名论断，"在高尔基长长的一生里面，在他底全部著作里面，贯穿着一条耀眼的粗大的红线，那就是追求'无限地爱人们和世界的'，在至高的意义上说的'强的''善良的'人"[①]。正是因为高尔基的这种人道主义精神的感召，胡风的"主观战斗精神""精神奴役创伤"等现实主义理论范畴重视个体的现实存在，始终关注人民大众作为"人"的解放。

列夫·托尔斯泰、契诃夫、阿·托尔斯泰也是胡风所欣赏和推崇的作家。对于列夫·托尔斯泰，胡风说在青年时代就读了两本"没头没脑地"把他淹没的书，其中一本就是列夫·托尔斯泰的《复活》，后来又读了他的两部长篇《安娜·卡列尼娜》和《战争与和平》。列夫·托尔斯泰弘扬人道主义，强调文艺的情感性。这在一定程度上也影响着胡风对于人的价值和地位的思考。关于契诃夫，胡风写了《A.P.契诃夫断片》这篇文章，认为契诃夫是伟大的现实主义艺术家，是"用爱和信念"工作。对于阿·托尔斯泰，胡风在其《人道主义和现实主义的道路——悼 A.N.托尔斯泰》一文里把其称为"社会主义现实主义大师""崇高的人道主义者""生活态度上的人道

[①] 《胡风评论集》（上卷），人民文学出版社1984年版，第330页。

主义和艺术态度上的现实主义"。

此外，胡风对卢卡契这个被视为"另类"的马克思主义理论家的理论观点也有很多的认同和借鉴，胡风也被称为"东方的卢卡契"。胡风与卢卡契的思想在许多方面是相通的。卢卡契强调作家主体意识在创作中的作用，致力于人道主义的呼唤和讴歌，把人道主义作为现实文学的发展方向，这些都深深地感召着胡风，激励着他对人道主义的追求。

相比胡风对高尔基等苏俄作家和理论家的人道主义精神的认同与共鸣，冯雪峰在外来文论的介绍和接受上，比较偏重于俄国马克思主义文论中文艺的阶级功利性的理论，如波格丹诺夫、普列汉诺夫以及弗里契等相关理论。这些理论比较重视文艺的宣传工具的作用，尤其是作家阶级意识或世界观的重要性，受这些理论的影响，我们看到冯雪峰文艺思想中较多地呈现出一种阶级政治情怀，重视文艺的政治功能。虽然有时候冯雪峰也会谈到人道主义，但他文艺思想的基点或落脚点却是一种阶级的集体主义，如他强调要对胡风主观战斗精神进行纠偏，就是要把作家的主体精神转化为无产阶级的世界观，使个体与群体通过党性准绳而达到一种统一，这里可以看出两人在外来文论选择上具有不同的价值取向。

2. 胡风受到了厨川白村生命哲学的浸润

日本文学理论家厨川白村的"苦闷说"，也启示了胡风文艺思想核心概念"主观战斗精神"的提出。

厨川白村是日本近代著名文学评论家和思想家，自代表其文艺主张的《苦闷的象征》被鲁迅、丰子恺等人译为中文以来，其文艺思想在中国迅速传播，是中国现代文艺理论著作征引最多的外国文论著作之一，深刻地影响了当时中国知识阶层。厨川白村主张文艺的创作的动力来源于人生的苦闷，认为有了精神上的苦闷才有了创作，即"生命力受压抑而生的苦闷懊恼乃是文艺底根底，而其表现法是广义

第三章　冯雪峰与同时期其他马克思主义文艺理论家的比较

的象征主义"①,"文艺是纯然的生命的表现,是能够全然离了外界的压抑和强制,站在绝对自由的心境上,表现出个性来的惟一的世界"②。厨川白村的"苦闷说",显然也受到了柏格森、弗洛伊德等人的理论的影响。

对于厨川白村,胡风可谓一见倾心,他自述,早在 20 年代初,他便读到了鲁迅翻译的日本作家厨川白村的文艺著作《苦闷的象征》,并且在思想上受到了它的深刻影响。受厨川白村的启发,胡风也认为文艺创作是作家内在生命需求的表现,是自我意欲的张扬,是炽热情感的喷薄而发,"文艺创造,是从对于血肉的现实人生的搏斗开始的。血肉的现实人生,当然就是所谓感性的对象"③。这些见解都与厨川白村相通,都强调了人的主体性作用。同时厨川白村强调作家创作中主客观的融合的这一论断,也影响着胡风。厨川白村把创作中的主观与客观的融合看成成功的创作的标志,指出:"(作家)所描写的客观的事象这东西中,就包含着作家的真生命。到这里,客观主义的极致,即与主观主义一致,理想主义的极致,也与现实主义合一,而真的生命的表现的创作于是成功。严厉地区别着什么主观、客观,理想、现实之间,就是还没有达于透彻到和神的创造一样程度的创造的缘故。"④

当然胡风并不是对厨川白村的理论全盘地接受,而是根据自己的体验和理解进行了批判的吸收与借鉴,其"主观战斗精神"虽然强调人的主观力量,但他更侧重的是作家要积极主动地向客观现实肉搏、拥抱和突进,不同于厨川白村所谓"强制压抑之力"的反抗。

---

① [日]厨川白村:《苦闷的象征》,鲁迅译,《鲁迅全集》第 13 卷,同心出版社 2014 年版,第 14 页。
② 同上书,第 10 页。
③ 《胡风评论集》(下卷),人民文学出版社 1984 年版,第 18 页。
④ [日]厨川白村:《苦闷的象征》,鲁迅译,《鲁迅全集》第 13 卷,同心出版社 2014 年版,第 23 页。

同时胡风也对厨川白村的"苦闷说"进行了批判,"他的创作论和鉴赏论是洗除了文艺上的一切庸俗社会学的。但他把创作的原动力归到性的苦闷上面当然是唯心论的。没有精神上的追求（苦闷）就没有创作。这是完全对的。这个'苦闷'只能是社会学性质的东西,也就是阶级矛盾的社会生活造成的,决不能只是生物学性质的东西。性的苦闷也是创作的动力,但这个性质的苦闷也只是社会学性质的东西,是阶级矛盾的社会生活造成的"①。可以说,胡风把苦闷界定为社会性和群体性在一定程度上也是对厨川白村的超越。

胡风受厨川白村"苦闷说"的启发,关注人的精神世界,把人的主体地位置于突出位置。相比胡风对主体内在情感的充分探讨以及热情呼唤,冯雪峰显得较为克制,左翼文学引入的"拉普""唯物辩证法创作方法"一直坚持对浪漫主义的批判,受其理论影响较大的冯雪峰,对主体性探讨的态度比较审慎或克制,虽然有时候他也会谈到艺术上情感的问题,但都不会过分展开,更多的是把这种情感归结为阶级或政治意识,强调世界观的作用,以使文艺更好地服务于当时的革命现实。

3. 胡风继承了鲁迅"改造国民的灵魂"的启蒙主义文学观

胡风一生追随鲁迅,鲁迅是胡风最根本的思想和精神资源。胡风曾回忆说:"我是二十年代初进中学时就受到新文艺的影响的,而且是以鲁迅的影响为主。"② 胡风对鲁迅精神的继承,最主要体现在鲁迅"改造国民的灵魂"文学观的发扬上。鲁迅的创作思想和目标是启蒙主义,希望借文艺的力量启发人们觉悟,改造国民灵魂,实现个性和精神的解放,从而摆脱"麻木""愚昧"的精神状态,正如他在《我怎么做起小说来》一文中谈道:"说到'为什么'做小说罢,我

---

① 《胡风全集》第7卷,湖北人民出版社1999年版,第259页。
② 《胡风评论集》(下),人民文学出版社1985年版,第376页。

第三章　冯雪峰与同时期其他马克思主义文艺理论家的比较

仍抱着十多年前的'启蒙主义',以为必须是'为人生',而且要改良这人生。……所以我的取材,多采自病态社会的不幸的人们中,意思是在揭出病苦,引起疗救的注意。"① 正是在对以鲁迅为代表的启蒙主义文学思想的深刻理解与继承基础上,胡风才终其一生对"数千年的黑暗传统"保持了一贯的批判与怀疑立场,而胡风对"五四革命文艺传统"的继承也主要是通过鲁迅。对于鲁迅的启蒙主义创作态度,胡风认为:"'五四'运动以来,只有鲁迅一个人摇动了数千年的黑暗传统,那原因就在他的从对于旧社会的深刻认识而来的现实主义的战斗精神里面。"② "由于他,文艺形象里面最初出现了人民的觉醒了的自由的意志,同时也鲜明地画出了这觉醒了的自由的意志不得不和半封建半殖民地的黑暗现实苦斗的运命。"③ 承接鲁迅的这种启蒙精神,胡风认为,广大人民"随时随地都潜伏着或扩展着几千年的精神奴役底创伤",艺术家只有通过"主观战斗精神"才能疗治人民大众"精神奴役的创伤",而使民族进步。可以说,胡风这些概念的提出与鲁迅改造国民性的思想是一脉相承的。同时鲁迅比较重视创作中情感的作用,反复强调"能杀才能生,能憎才能爱,能生能爱才能文"。胡风在主观战斗精神概念的阐释上也强调作家要加强自己的"人格力量",要有"战斗气魄",这样作品才能产生强大的艺术力量。这些也可以见出胡风对鲁迅文艺思想的继承。

胡风与冯雪峰都是鲁迅的学生和战友,同时也是鲁迅的研究者和传播者,然而值得注意的是,胡风与冯雪峰在对鲁迅的理解和阐释上却是不尽一致的。胡风在阐释鲁迅思想时,突出的是鲁迅作为"五四启蒙者"的文学家的地位。冯雪峰的视角却截然不同,冯雪峰对鲁迅的研究持续了几十年,先后写下了《鲁迅论》《关于鲁迅在文学史上

---

① 《鲁迅全集》第5卷,同心出版社2014年版,第55页。
② 《胡风全集》第2卷,湖北人民出版社1999年版,第501页。
③ 同上书,第637页。

的地位》《党给鲁迅以力量》《鲁迅生平及其思想发展的梗概》《回忆鲁迅》《关于鲁迅》《鲁迅的文学道路》等多篇文章，达四十多万字，他在其中提出的一些独到的观点、见解，从历史的本质与鲁迅内心的矛盾，对鲁迅进行了宏观性与整体性的评价，在鲁迅研究史上有着重要的地位和影响。然而冯雪峰在对鲁迅本人及作品的阐释上，一方面既兼顾鲁迅作为文学家的地位，表现出对文学自身价值的尊重，同时又注重挖掘鲁迅传统的政治意义，注意将鲁迅塑造为"一个战斗的民主主义者"，即"以非意识形态的方式理解鲁迅，又在鲁迅那里引申出属于意识形态的内容，从而因势利导地把鲁迅资源转化成革命文化的一部分"①。总的来看，冯雪峰对于鲁迅的阐释是符合其本人文艺政治观的，那就是追求文艺与政治的平衡或统一，这一构建特征也展现了冯雪峰"诗人兼革命家"的政治理想。

　　整体来看，胡风、冯雪峰的文艺思想都深深扎根于马列主义，马列文论决定着他们文艺美学思想的性质和整体导向，集中体现在他们对马克思主义反映论和实践论的信奉与接受，这也是他们现实主义理论体系的根本。然而在具体的理论接受上，我们发现二者还存在着明显的差异。就胡风而言，他借鉴吸收的理论资源较为多元：以高尔基为代表的现实主义文学中的人道主义思想，厨川白村生命哲学以及鲁迅的启蒙主义精神等等，这诸多方面的有机融合、渗透和交融，孕育了胡风以"主观战斗精神"为核心的文艺理论体系，呈现出不同于其他理论家文艺思想的话语形式。就冯雪峰而言，他更多的是坚持以现实生活为中心，吸取了普列汉诺夫、卢那察尔斯基等理论的影响，既强调文艺的现实政治功用，又主张文艺的艺术特性。

　　胡风与冯雪峰在马克思主义文论中国化的过程中，根据革命现实的需要，从自己的身份个性出发，积极从马克思主义文论资源里汲取

---

①　孙郁：《冯雪峰批评思想里的鲁迅资源》，《华夏文化论坛》2016年第1期。

◇ 第三章　冯雪峰与同时期其他马克思主义文艺理论家的比较 ◇

营养，积极探索，构建了他们富有特色的马克思主义文论体系，丰富和实践了马克思主义现实主义文艺理论，促进了马克思主义现实主义文艺思想在中国的传播。同时胡风与冯雪峰以区别于同时代文艺批评家的清醒，在现实主义文艺理论批评的道路上做出了较为正确的探索，两人对现实生活基础地位的强调，以及对作家发挥主观能动性的倡导，共同构成了反对当时左倾机械主义的有力武器。然而，由于身份、个性、理论渊源等方面的原因，两人在理论探索中也出现了一些分歧。就胡风而言，正如有学者断言"胡风文艺思想的价值在于个性和创造性"[1]，胡风对启蒙精神的坚守、对文艺个性与规律的认识、对作家在创作中主导地位和作用的肯定、对复杂创作过程的系统探讨等，都走在了时代的前面。冯雪峰，作为一位稳健的理论家，其坚持以当时的主要政治任务，即民族救亡为使命，理论构建富有务实性、建设性和政治倾向性。两人的这种现实主义文艺思想特点构成了"互为补充的美学意义"[2]，共同彰显了马克思主义文艺理论在中国化道路上的艰辛过程。今天，马克思主义文艺理论中国化的进程仍在继续，文艺理论家们究竟秉持怎样的原则来进行理论构建，使其焕发新活力，仍是一个时代课题。胡风及冯雪峰的理论建构也许已经不再适应今天所处的多元开放的时代，但他们关于启蒙精神、创作规律等一些富有现代性价值的理论探索，仍应为我们所重视和借鉴。同时，他们在时代潮流中勇担重任的精神，在众声喧哗中保持的独立和清醒意识，在理论探索中的积极与不懈的努力，都给予了今天的文艺批评者们启示。重视"人"的因素，通过文艺引领人的独立与自由，让现代性的光辉普照人性，让人之成为"全面自由发展"的人，是今天文艺批评家从他们手中接过的必须担负的重任。

---

[1] 支克坚：《胡风论》，广西教育出版社1990年版，序言。
[2] 季水河：《多维视野中的文学与美学》，东方出版社2002年版，第136页。

本章小结

冯雪峰、胡风、周扬等马克思主义文艺理论家，依据中国革命现实的需要，都积极地从俄国马克思主义文论里借鉴相关理论资源，构建了他们各具特色的马克思主义文论，虽然他们都有理论上的共性，但也由于他们理论素养、性格特征以及工作环境、身份、职责以及理论来源等方面的差异使得他们各自的文艺思想具有独特品格。通过以上比较分析，我们可以看到，胡风偏于作家主体性艺术属性本位论和毫不妥协的审美立场，其文艺思想的渊源既有以高尔基为代表的人道主义，又有厨川白村的生命主义哲学，更有中国"五四传统"鲁迅为代表的启蒙主义精神的继承。周扬文艺思想以政治—艺术模式为核心特征，强调文艺的政治教化功能。在理论渊源上，周扬主要接受俄国马克思主义文论家车尔尼雪夫斯基的相关理论，同时毛泽东的文艺思想也对其影响较大。冯雪峰的文艺思想相对较为"持中"，既强调文艺政治功能，又有对文艺特性的尊重，其理论渊源也较为驳杂，主要吸收和借鉴了普列汉诺夫、卢那察尔斯基等人的文学主张，既强调文学艺术具有阶级功利性，又认可艺术表达对于阶级政治的重要性。总之，冯雪峰、周扬、胡风三人有着独特的活动空间、知识结构、思维习惯和关注侧重，其马克思主义文艺理论的选择、理解和表达具有鲜明的个人特色，都从不同角度丰富和发展了马克思主义理论。

第四章　冯雪峰文艺理论批评重估

冯雪峰文艺理论批评中，有许多关于文艺的"力"之概念，这些概念密切相关，其中"艺术力"是整个概念体系的核心，是我们把握冯雪峰文艺理论批评的关键。冯雪峰的现实主义理论和社会学的批评方法则是冯雪峰文艺理论批评的展开，彰显着"艺术力"之内在底蕴。总体而言，冯雪峰的文艺理论批评虽有对文艺特性的尊重和对"左倾"机械论的抵制，但最终仍不免呈现出某种局限性。其文艺理论的这种特性，既可以看作马克思主义中国化过程中的一种独特现象，也可以看作是其本人受俄国马克思主义文论影响的结果。

第一节　"艺术力"之丰富内蕴

冯雪峰在其论著中提出一系列关于文艺的"力"之概念，如"艺术力""战斗力""主观力""人民力"等，在这众多"力"之概念中，最为核心的是"艺术力"，它具有丰富的内涵，同时又与其他"力"之概念密切关联，共同构筑了冯雪峰文艺思想的概念框架。故而，对冯雪峰文艺思想的"艺术力"之内蕴进行深层分析，是我们理解和审视冯雪峰文艺思想的一个重要切入点。总的来看，"艺术力"的内蕴主要有以下几个方面的内容："战斗力"是艺术力的功能，强调文艺为政治服务，在文艺批评标准上侧重作品的政治思想性；"主观力"是艺术力的关键，突出世界观对艺术创作的决定作用，但也对创作主体的主观创造性给予了观照；"人民力"是艺术力的源泉，艺术创作的本质在于反映"人民力"，创作主体主观改造的源泉来自"人民力"。

1. "战斗力"："艺术力"的功能

在冯雪峰那里，"艺术力"并非我们一般意义上所认为的文艺具有的强烈的艺术感染力或者具有较高的审美价值，而是具有特定的理论内涵。在某种程度上，它更多的是指文艺的政治宣传之力，或冯雪峰所称的"战斗力"，即文艺负载着为革命服务的政治功能，文艺的政治意义是文艺批评的首要标准。

其一，在文艺功能观上，冯雪峰强调文艺应该服从服务于政治。在冯雪峰的理论视野里，艺术的真正力量，就在于能对当时的革命现实起到一种促助作用，达到最广泛地动员人民群众奋起进行政治斗争的一种宣传效果，这才是艺术的根本功能或存在价值。如其在《论艺术力及其他》中认为的："战斗的作家的生命和人格不仅在人民的现实斗争中成长着，并且在艺术的实践中成长着，而他的战斗的艺术作品就带给我们人民的现实斗争，他与人民的关系，真实的客观现实，及他自己的生命人格和战斗，而这些就结成我们所要求的艺术力——艺术的战斗力。简单地说，我们要求的就是这艺术力，这艺术的战斗力。"[①] 这段话包含着以下含义：作家经由人民战争和艺术实践获得成长的力量，并将这种战斗性注入自己的创作实践，形成"战斗的艺术作品"，这样的作品又将为人民的现实斗争带来新的力量。作家的生命人格通过创作融入革命战争中，作品也因此具有了艺术的战斗力，创作成为作家参与战斗的武器，文艺成为政治有力的工具。又如其《创作随感》里谈道："而以创造人物形象为能事的叙事诗、小说和剧本等，是属于更高的阶段的。这所谓更高的阶段，虽然也把工作

---

① 冯雪峰：《雪峰文集》第3卷，人民文学出版社1983年版，第230—231页。

第四章　冯雪峰文艺理论批评重估

上更难的意思说在内，可是主要的还是因为这样地创作的结果对于读者或观众的启发与教育的作用要更大，在美学的价值上也更高的缘故。"① 可见，冯雪峰是以作品的政治宣传力量的大小来衡量其价值的，其艺术功能观呈现出强烈的革命性、战斗性和政治性，文艺被视作革命斗争的武器或工具。需要指出的是，尽管冯雪峰始终强调文艺应该服从服务于政治，但冯雪峰还是对文艺创作的客观规律给予了一定的观照。如他明确反对"文艺与政治之战斗的结合变成了机械的结合，文艺服务政治的原则变成了被动的简单的服从"，主张作家"对于作品不仅不要将艺术的价值和它的社会的政治的意义分开，并且更不能从艺术的体现之外去求社会的政治的价值"②，"一切作品的政治的性质总一定跟着生活的连肉带血的形象，一定是社会的诗的真实"③。这些论述都显示了他在文艺功能观上的认识较为辩证。

其二，在文艺批评标准上，冯雪峰侧重于作品的政治思想性。对于文艺作品本身，冯雪峰往往比较看重和给予较高评价的是其内容的政治思想性，把它作为作品是否优秀的最终标准。冯雪峰认为，伟大的典型艺术都有伟大的思想性和明确的历史性，而且思想力越大，历史性越明确，这艺术的价值越高。简而言之，形象塑造必须富有思想性和历史性，要重视文艺作品中人物塑造所承载的思想意义，以及所带来的宣传教化效果。可以说，在冯雪峰的理论视野里，中国革命文艺的存在价值和根本是必须促助革命的，是与中国的民主革命运动同呼吸共命运的。在具体的文艺批评实践中，冯雪峰也侧重于作品政治思想意义的估价，认为作品在艺术性上虽有欠缺，但只要能体现现实的政治意义就还是一部成功的作品。如冯雪峰评丁玲的《太阳照在桑干河上》，他一方面指出"作者还没有在这本小说中带来非常成功的

---

① 冯雪峰：《雪峰文集》第2卷，人民文学出版社1983年版，第404页。
② 同上书，第366页。
③ 同上书，第61页。

典型人物",同时又高度称颂:"是一部相当辉煌地反映了土地改革的、带来了一定高度的真实性的、史诗似的作品。"① 他评马加的《江山村十日》"我觉得它是描写江山村土改的一幅生动可爱的炭画,其中的缺点就似乎都没有重大关系了"。② 这种批评特点在他评论一些作家如柔石、柳青等人的作品的过程中有着鲜明的体现,即关注文艺作品的政治思想性,怠慢了文艺在其审美方面的要求。概而言之,冯雪峰的"艺术力"在功能或价值上,强调文艺为政治的现实作用,重视作品内容思想政治意义的表达,注重发挥文艺在现实政治实践中的作用,使其成为革命政治斗争的有力武器。

2. "主观力":"艺术力"的关键

"艺术力"的创造和形成离不开创造主体的能动作用,对此冯雪峰也做出了自己的思考,并运用了"主观力"这一概念,"主观力"突出了作家的世界观对艺术创造的决定作用,但也对作家的主观创造性在文艺创作实践中的积极作用给予了肯定。

其一,"主观力"突出了革命的世界观对艺术创作的决定作用。在冯雪峰看来,作家只有具备强大和正确的思想力,才能透视现实生活,获取客观历史的真实,进而创造出富有战斗力的现实主义文艺。如其在《论艺术力及其他》中认为:"在今天,在知识分子,要他们能够为理想与光明而战斗,就必须他们一步不离的在实践的战斗中,也必须他们有认识力或思想力"③,"要测验一个作家能力的高低,就看他的思想力的高低,而构思首先就是作家思想力的表现"④。而创作主体思想力的根本体现,在冯雪峰看来,关键就是作家的世界观或阶级立场的问题。作家只有拥有了革命的世界观,才有可能把握社会

---

① 冯雪峰:《雪峰文集》第 2 卷,人民文学出版社 1983 年版,第 413—416 页。
② 同上书,第 392 页。
③ 冯雪峰:《雪峰文集》第 3 卷,人民文学出版社 1983 年版,第 205 页。
④ 冯雪峰:《雪峰文集》第 2 卷,人民文学出版社 1983 年版,第 399 页。

第四章　冯雪峰文艺理论批评重估

生活的本质或历史发展的必然趋势，创造出富有历史真实的作品，而错误或落后的世界观和阶级立场限制和制约其对客观现实真理的发现或反映，影响到艺术创作的真实性。如其认为："要真实地全面反映现实，把握客观的真理。在现在则只有站在无产阶级的阶级立场上才能做到"①，而"科学的唯物的历史观及唯物辩证法的宇宙观决定着我们实践的方向；它将带来我们文艺创作之求真的要求和战斗的要求的一致"②。所以，冯雪峰认为，只有正确的世界观或思想立场才能真正地指导革命现实主义创作，才能保证创作主体准确把握社会本质或客观真理，才能确保作品真实地反映人民群众的革命实践。同时，冯雪峰坚持正确的世界观或立场是来自具体的革命实践的，并非一些教条和口号，他反对那种脱离革命实践而谈世界观以及那种将世界观与创作方法相对立的论调，要求创作主体要深入人民大众的生活中去，获得人民的立场，克服掉个人主义的一些情感因素，保持对人民大众的阶级情感。

其二，"主观力"在一定程度上对创作主体的主观创造性给予了观照。冯雪峰从马克思主义哲学的高度，辩证地论述了创作主体的能动作用。他认为："主观或主观力量总是在被客观所决定的前提之下，从被动到主动，或从被物所役到役物的斗争过程中产生的；因此，在我们，最着重的是这斗争"③，而作家也应当在"艰苦的创作的斗争过程"去"肉搏着艺术"。因为，"只有经由这个搏斗和搏斗的过程，现实人民的生活和斗争及一切客观的真理才得能化为作家的生命和力量，同时作家付出了自己的生命和心血而得到了作品，于是将它当做客观的真实，当做战斗的力量和武器送到现实的斗争里去"④。冯雪

---

① 冯雪峰：《雪峰文集》第 2 卷，人民文学出版社 1983 年版，第 198 页。
② 同上书，第 171 页。
③ 同上书，第 153 页。
④ 同上书，第 236 页。

◇ 冯雪峰与俄国马克思主义文学理论关系研究 ◇

峰对创作主体能动作用的重视，既反映了他对作家创作艰辛的理解，以及对作家深入生活、贴近人民群众、创造出富有战斗力的革命现实主义文艺的热情期盼，同时也是对当时文坛创作弊病的忧虑和批评。如他指出当时的文坛创作："作家的能动性，向生活的战斗性，独立的思考力，好像是被谁剥夺了的样子，不象一个灵魂工程师。"①"创作一定要通过个人的创造，作家思想是生活的表现，作家要发挥创造性，不允许剥夺作家创造性的自由，如果是作家自己剥夺了，也是罪过。"② 应该说，冯雪峰的这番言论在当时是需要很大的理论勇气的，当时文艺界的主导意见是反对文学创作上的"非政治化"倾向与"自由主义"问题，作为党的文艺领导人之一的冯雪峰能够从文艺创作的规律出发，号召作家发挥创造性，就显得难能可贵。但是，需要我们注意的是，因为担心影响到现实主义文艺的思想性和战斗性，冯雪峰还是始终排斥或防范创作过程中作家自我个性的渗透，因此其所强调的创作主体能动性的发挥并不包含感性欲望、心理情绪这些主体性特征，在他看来，为文艺的政治思想性和宣传功能，就应舍弃掉儿女情长这些非革命性的情感因素，服从服务于革命斗争之"艺术力"的要求。

3. "人民力"："艺术力"的源泉

在冯雪峰的文艺视野中，文艺要为人民大众服务，就要具有大众性，即艺术创作的本质在于反映"强健深广的革命内容—人民之历史的姿态和要求—和民族的形式"③。而创作主体强大、正确的思想立场的达成，也必须从人民大众的实践斗争去获得，从某种程度上说，其所提出的"人民力"是艺术力的源泉。

其一，艺术力创作的本质在于反映"人民力"。冯雪峰十分强调

---

① 冯雪峰：《雪峰文集》第2卷，人民文学出版社1983年版，第496页。
② 同上书，第498页。
③ 同上书，第174页。

第四章　冯雪峰文艺理论批评重估

文艺对生活的真实反映，其革命现实主义理论始终围绕"生活"这个轴心而阐发。而何为生活的本质，在冯雪峰看来就是历史真实，因为"只有现实的历史的真实，才是艺术和艺术形象的生命和生气的基础"①。所谓现实的历史的真实，冯雪峰认为那就是"人民力"，因为人民是历史的推动者和决定力量，所以艺术只有表现出人民的力量，即"人民力"，才能达到历史真实，从而实现文艺对生活的真实的反映。他认为"从这里，反映着客观的真理，反映着人民的新生，伟大的战斗的姿态，和英雄主义，反映着人类历史的伟大的理想力和向上发展力。这就叫做艺术力"②。"人民力"也是革命现实主义所反映的目标，"谁都认为反映全民族的人民的生活和现实的斗争，特别反映在飞跃地发展着的人民的新生的力量，是我们革命现实主义文艺现在所追求的唯一根本的目标"③。所以冯雪峰认为，艺术力的本质就在于反映"人民力"，即"客观的人民的斗争和力量，都是文艺的思想力，艺术力，作品或者作者的一切主观战斗力的源泉。因此，大家对文艺要求着思想力、艺术力、主观的战斗热力，归根结蒂，无非是要求文艺取得在历史的现实的矛盾斗争中的人民的力量，无非是要求文艺应该真实地在现实斗争中将人民力变成文艺的主观力量，于是文艺能在人民中起着强大的作用。这种主观与客观的关系及其具体的解决方向，是很明确的"④。从这个意义上说，冯雪峰的艺术真实观，具有了特定含义和所指："人民力"构成了艺术创作所反映的本质或源泉。也正是基于这种独特的艺术真实观，冯雪峰针砭了当时革命现实主义创作上的主观主义和教条主义，认为："文艺反映政治并不是标语和口号，'更不是政治家出题目，作家写文章，一个口号写一篇文

---

① 冯雪峰：《雪峰文集》第 2 卷，人民文学出版社 1983 年版，第 55 页。
② 冯雪峰：《雪峰文集》第 3 卷，人民文学出版社 1983 年版，第 237—238 页。
③ 同上书，第 165 页。
④ 同上书，第 166 页。

◇ 冯雪峰与俄国马克思主义文学理论关系研究 ◇

章'，云云。或者甚至只许作家千万遍的一色的反复着'抗战必胜，建国必成'这两句所谓最稳当的话。这些见解是非常有害的"，"政治并非政治口号，真真的政论是卓拔的社会思想，是现实的历史的真理的发现与阐明"①，这也是冯雪峰文艺思想区别于左倾机械论的一个重要方面。

其二，创作主体主观改造的源泉来自"人民力"。冯雪峰认为，"艺术力"的形成，与创作者的主观立场和态度密切相关，创作者只有深入现实的人民斗争之中，改造自己的世界观，成为战斗的人民的一分子，才能获得"人民力"，即"作家追寻自己的主观，在现在就特别地明白：首先是深入客观的现实的矛盾斗争中，和人民一起作战。——只有这人民及和人民一起作战，才是我们的主观。这样，文艺与现实及人民的关系，就成为战斗的关系；而作家的个人的主观，也能够真真与人民的革命和进步的要求相一致"。他反复地告诫广大作家："那反映或来自人民的战斗和要求的热情，是真的战斗的热情；向人民斗争去的突击，是真的战斗的突击。"②简单地说，"主观力"是来自于"人民力"。需要我们注意的是，这些表述，表面上看虽与胡风相似，但却有根本的区别。胡风所提出的"主观战斗精神""自我扩张"等命题，是对创作主体意识的强调和弘扬。冯雪峰却对此给予回应和纠正："单是热情，单是'向精神的突击'，在我们，是还万万不够的，还不能成为真实战斗的文艺。并且那里面也自然会夹杂着非常不纯的东西，例如个人主义的残余及其他的小资产阶级性的东西。我们就不能在热情和精神的名义之下，被那些离开人民斗争，或实质上反人民斗争的个人主义的兴奋、自夸狂的'热情'或什么'理想'之类所混淆。"③可以看到，冯雪峰把文艺所反映的广阔的现

---

① 冯雪峰：《雪峰文集》第 2 卷，人民文学出版社 1983 年版，第 63 页。
② 同上书，第 153 页。
③ 同上书，第 152—153 页。

◇ **第四章　冯雪峰文艺理论批评重估** ◇

实生活进一步缩小为人民革命政治斗争。创作主体的思想意识被限定为广大人民群众的进步意识或无产阶级的世界观，创作者只有在无产阶级世界观的引领下，深入人民革命战争实践中，改造自己的世界观，反映广大群众的现实生活，才能创造出具有艺术力的作品，"人民力"成为文艺创作的唯一源泉，文艺所描写的人的复杂情感，置换为广大人民群众这个集体情感。这一切的实质还是基于革命现实实践的需要，力图或保证文艺创作形成正确、富有战斗性的革命宣传之力。

　　冯雪峰文艺思想中"力"之相关概念，具有鲜明的时代特征，那就是强烈的政治功利意识。"战斗力"是艺术力的功能目的之所在，强调文艺为政治服务，侧重于作品的政治思想性的评定；"主观力"尽管对创作主体的主观创造性给予了观照，但坚持创作者世界观对艺术创作的决定作用又减弱了这一思考的力度；"人民力"将文艺所反映的生活真实及创作主体的情感立场，简单归为具有政治倾向性的人民群众的革命实践，再次强调了艺术的政治功用。三个"力"共同构成冯雪峰"艺术力"的概念体系，映照着冯雪峰时代浓重的革命气息和政治化的思维。这本不难理解，在冯雪峰理论创建的时代，正是中国民众在中国共产党领导下进入新民主主义革命与民族救亡的自觉时代，文艺为革命服务是他们的必然选择。而冯雪峰的理论也正是适应这一现实需要而产生，冯雪峰文艺思想中"力"之概念，浸染了那个时代的精神气息，强化着艺术的现实作用，也是时代的产物。然而细读这些概念之后，我们又发现冯雪峰的"力"之概念的丰富复杂性。可以看到，冯雪峰依据自己对马克思主义相关理论的理解，以及中国革命现实文艺发展的实际，作出了自己富有特色的理论探索，无论是其"战斗力"概念中反对文艺与政治机械的结合，"主观力"概念中对创作主体主观创造性的强调，"人民力"概念中对文艺反映的历史本质的提倡，还是对革命现实文艺发展存在问题的纠偏，都显示了作家独立思考品格的难能可贵。

第二节 现实主义理论的理性言说

现实主义本身作为一种被接受、被阐释的文学思潮，在不同理论家那里有着不同的诠释。冯雪峰作为20世纪中国现实主义的重要阐释者之一，有着自己的理论特质和鲜明的倾向。冯雪峰独尊现实主义，不止一次地把现实主义称为"艺术发展的最为客观的科学的法则""文学的根本方法""最正确最优秀的创作方法"。他甚至指出："任何民族的文学，凡能遗留下来的重要的杰作大都具有现实主义的精神，就是说大都是现实主义的或基本上是现实主义的；中国有三千年历史的文学，其中最有代表性的伟大名著也大都具有现实主义精神，就是说大都是现实主义的或基本上是现实主义的。"① 即使浪漫主义作家屈原、陶渊明、李白等的作品，冯雪峰也认为"可以把它看作现实主义的精神与特色之一而概括到现实主义之内去的"②。这一方面显示出冯雪峰排斥了浪漫主义，人为地去扩充了现实主义的创作实绩，以此彰显现实主义的重要价值和地位。另一方面也可以见出冯雪峰是以扩大现实主义的概念内涵和外延为基础，以哲学上马克思主义认识论作为文学创作上的根本方法，映现着"拉普"的"唯物辩证法的创作方法"对其的影响，这也是本书第二章所分析到的。

总体来看，冯雪峰构建了以"现实生活为轴心"③，真实性为根本，思想性为内核，文艺大众化为发展方向的现实主义理论体系。其理论阐释呈现出以下根本特征：一、为政治而过于理性化；二、重视作家的世界观，但又对创作的主体性关注不够；三、理论本身呈现出

---

① 冯雪峰：《雪峰文集》第2卷，人民文学出版社1983年版，第419页。
② 同上书，第421页。
③ 季水河：《多维视野中的文学与美学》，东方出版社2002年版，第139页。

第四章　冯雪峰文艺理论批评重估

一定的矛盾和游移状态，是具有一定的艺术倾向的政治化了的现实主义。

一　现实主义的真实观

冯雪峰在其1936年发表的《关于抗日统一战线与文学运动》中认为："最好的创作方法是现实主义，我们已经在提倡。"① 之后，他在许多论述中都积极倡导和宣扬现实主义理论。

现实主义的特点就是再现生活，反映生活现实，按照生活的本来面目进行创作，而冯雪峰也是始终围绕"生活"这个轴心来阐发其革命现实主义理论的。他认为：作家的创作必须从生活出发，反对写政策，"因为政策不能代替生活，正如有地图不能代替地球"，"如果要作家在作品中反映政策，仍是要他写生活写斗争"②。他深刻地认识到作家"必须了解实际生活，深刻的了解生活，才能写出现实的作品，才能感动人"，"因此，从根本上说，概念化的作品，是首先失败于对生活的认识，其次这才失败于艺术的表现"③。同时，他结合具体的作家作品更好地阐述了他的这一观点，他认为鲁迅的《阿Q正传》"非常深刻、明确、完备地写出了辛亥革命时期的农村阶级关系及其真实的状态"，"揭发了封建社会和半封建社会半殖民地社会的真相"，反映了真正的现实；他评价柳青的《种谷记》能按生活"原来所赋予的样子，不加改易地加以十分周到的分析与描写"，因此具有"不小的价值"④。

在如何描写生活上，他主张对现实生活的本质内涵的反映应该是一种"真实"的反映，而并非内容零碎、平面的、细小的生活外壳

---

① 冯雪峰：《雪峰文集》第2卷，人民文学出版社1983年版，第21页。
② 同上书，第506—507页。
③ 同上书，第511页。
④ 同上书，第386页。

的"真实"。"在雪峰的全部文艺论著中,'真实'是出现频度最高的词汇之一,'真实'不仅是他的现实主义理论的核心,而且也是他全部文艺理论的核心。"① 他认为作家应该描写生活的真实,因为真实是最重要的,是文艺的基础。"描写生活的真实,是我们的责任和权利",但并非一切反映生活的都是艺术,如新闻记事式的和照相式的反映是不能成为艺术形象的。

但是,应该指出的是,冯雪峰的真实观是包含着特定意蕴的。文艺作品的真实一般包含两个层次:一是指作品符合生活逻辑;二是指艺术形象揭示了社会生活的本质或历史发展的必然趋势,也即历史真实。冯雪峰侧重于后一个层面,他认为:"文艺所追求的是现实的、历史的真实,文艺的政治意义就建立在艺术的真实和现实的真实的相互关系上。"② 而"只有现实的历史的真实,才是艺术和艺术形象的生命和生气的基础。某些仅止于描写了生活的外表和琐事的作品,即使描写得非常生动和出色,也只带来了一些现象的片断,却并没有带来了真的艺术形象的生命"③。由此,他归结:"现实主义的精神——即从现实(客观)出发而不有所粉饰或主观地去看现实的那种严肃的、客观的态度,对于现实的观察的深刻性和具体性,以及把文学的基础和美学观点的基础放在对于现实之客观的、真实的描写上等等是现实主义的基础。"④

冯雪峰这样界定历史真实的特定内涵:历史的真实就是指"人民力",即"人民的力量,对历史的社会的客观本身及其变动上的其它客观条件说,是人民的主观力量,但对作家或文艺的主观说,他是客观,人民的力量又是怎样来的呢?来自历史的现实的矛盾斗争中。正

---

① 庄锡华:《二十世纪的中国文艺理论》,上海三联书店2000年版,第13—14页。
② 冯雪峰:《雪峰文集》第2卷,人民文学出版社1983年版,第60页。
③ 同上书,第55页。
④ 同上书,第462—463页。

◇ **第四章　冯雪峰文艺理论批评重估** ◇

惟这客观的人民的斗争和力量，才是文艺的思想力，艺术力，作品或作者的一切主观战斗力的源泉"①。显然，冯雪峰所谓的历史的真实就在这种"人民力"之中。马克思主义唯物史观认为人民群众是历史的创造者和推动历史前进的决定性力量，冯雪峰的"人民力"也正是受此影响而提出的。他认为，文学作品应体现出"人民之历史的要求、方向和力量来"，他称之为"人民力"。

同周扬、胡风等人一样，冯雪峰也是革命现实主义的重要阐释者，但他的这种真实观明显地不同于周扬、胡风的看法和主张。周扬认为，"真实性是一切大艺术作品所不能缺少的前提。真实使文学变成了反对资本主义拥护社会主义的武器"②，而文学的阶级性、党派性是文学真实性的前提，倘无前者，后者根本无从谈起。因为文学的真理和政治的真理是一个，其差别只是前者通过形象去反映真理的。所以，政治的正确，就是文学的正确，不能代表政治的正确的作品，也就不会有完全的文学的真实性，"愈是贯彻着无产阶级的阶级性党派性的文学就愈是有客观真实性的文学"③。所以周扬的真实观是基于文学与政治本质同一的真实，真实在一定程度上等同于现实的政治。而在胡风看来，真实是作家用肉体和心灵把握的真实，也即作家主观消化融解了的真实。他认为，"一个诚实的作家所爱的是活的人生真实，……用他自己的肉体和心灵把握到的真实"④，"任何内容只有深入作者的感受以后，才能成为活的真实"⑤，这也正说明了胡风所主张的艺术真实是离不开主体的思想和情感的真实，正如他评端木蕻良的作品时所说，"作者所倾注的情绪使他底人物在读者底感觉里

---

① 冯雪峰：《雪峰文集》第 2 卷，人民文学出版社 1983 年版，第 166 页。
② 《周扬文集》第 2 卷，人民文学出版社 1984 年版，第 106—107 页。
③ 《周扬文集》第 1 卷，人民文学出版社 1984 年版，第 67 页。
④ 《胡风评论集》（上），人民文学出版社 1984 年版，第 164 页。
⑤ 同上书，第 200 页。

◇ 冯雪峰与俄国马克思主义文学理论关系研究 ◇

有血肉生命,但同时他底情绪又没有任情地奔放,把他底人物压迫成不能自主的傀儡"①。这里,他把行为主体的人提到了反映的中心位置,其真实观与对他影响较大的文艺家厨川白村的思想是一致的。可见,冯雪峰、胡风、周扬的真实观在内涵上是各有特色的,胡风的真实观明显地有别于周扬、冯雪峰,包含着强烈的个性色彩,政治意味较为淡薄,周扬所倡导的真实观,政治色彩较浓而且视角比较狭窄,相对而言,冯雪峰的真实观的政治意蕴较为开阔,因为他的真实并非就是现实的政治,而是历史真实中的"人民力"。他认为文艺反映政治并不是标语和口号:"以为现实之政治的认识极容易认识的,政治总是那么一套,将所谓'江湖十八诀'和'抗战八股'都当成政治来看待,'更不是政治家出题目,作家写文章,一个口号写一篇文章',云云。或者甚至只许作家千万遍的一色的反复着'抗战必胜,建国必成'这两句所谓最稳当的话。这些见解是非常有害的","政治并非政治口号,真真的政论是卓拔的社会思想,是现实的历史的真理的发现与阐明"②,也正是基于这种生活真实观,冯雪峰针砭了当时革命现实主义创作上的主观主义和教条主义,也使自己的文艺思想有别于当时的左倾机械论。冯雪峰一直反对革命现实主义创作上的市侩主义,也就是作家的创作态度问题,即游离于革命现实之外,不从生活出发,从而导致现实主要创作上的客观主义与公式主义。例如,冯雪峰批评现实主义创作上的市侩主义者,认为他们"从彻底的艰苦的实践拉开,而不得不以貌似虚伪的关系代替了文艺和人民大众的真实结合"③。

值得注意的是,冯雪峰的这种现实主义真实观的内涵也呈现出一定的矛盾和游移状态,虽然依旧认为现实主义要反映生活的真实,但

---

① 《胡风评论集》(上),人民文学出版社1984年版,第410—411页。
② 冯雪峰:《雪峰文集》第2卷,人民文学出版社1983年版,第63页。
③ 同上书,第241页。

◇ 第四章　冯雪峰文艺理论批评重估 ◇

也认为这种真实反映也可以与政治的政策保持一致，即他既想让文学反映生活真实，又想观照或服务于现实的政治政策。如他认为，"作家必须研究政策，这是无可置疑的。但政策从生活中来，又回到生活中去，变成生活的力量，和生活在一起。因此，如果要作家在作品中反映政策，仍然是要他写生活，写斗争，写人，写出生活的真实来；如果是真实的，就一定也反映了政策，否则，这个作品的真实性是可疑的。在现实中的生活和斗争里面，都有政策所发生的作用和影响，它和人的生活已经有机地不可分离，因此，既然政策一到实际生活中，它已经不再是政策，而是生活的力量，则在作品中也就不能仍然作为政策来反映，而是作为人的斗争和力量、生活发展的规律和方向来反映。我们要求作品反映政策和党的领导，只能要求这样的反映"①。我们一方面看到他的那种现实主义文艺要真实反映生活的执着，同时也看到了他似乎把其前阶段的历史真实修正为政治的政策。

总的来看，冯雪峰的真实观的意蕴是丰富而又偏狭的，其丰富性在于丰富既包括三四十年代的"历史真实"和"人民力"，又包括新中国成立后的现实政治性；偏狭在于他所追求的真实是一个政治思想性的真实，他把生活真实这个宽泛的概念转换成了本质、政治这类相对狭小的概念，把艺术真实本应包含的丰富的内涵片面化，忽略了生活内容的丰富性和广阔性，这样只会导致他将五光十色的生活剥离到只有政治一色，用政治标准衡量文艺中的一切问题。以此要求作家的话，只能导致创作上的公式化、概念化。这种偏狭在他的论说中时有体现，正如他自己所说："我们的真实性是为政治性服务的，这样，真实性和政治性是完全统一的，而且相辅相成的，相互发扬的。"②甚至进一步主张："党性不但和真实性是完全统一的，而且它总是指

---

① 冯雪峰：《雪峰文集》第 2 卷，人民文学出版社 1983 年版，第 507 页。
② 同上书，第 654 页。

导我们去达到最高的真实性；最高的党性也只有通过最高的真实性才能表现出来。"① 但事实上，艺术的真实也好，生活的真实也好，是无法完全与政治画等号的，所以冯雪峰的这种"真实观"在很大程度上已偏离了马克思主义文艺理论所强调的生活真实观，因为在马克思和恩格斯看来，真实要靠"莎士比亚化"，是指作品真实而广泛地反映社会生活的本来面貌，给我们展示某个历史时期的真实场景。从这个标尺来衡量冯雪峰的真实观的话，他的观点是过于偏狭和理性化的。革命现实主义文学要描写生活，但其中的表达更需作者的爱憎情绪和个人的体验以及面对黑暗现实时无畏的理性批判精神。冯雪峰这种对真实性的过分强调导致其无法深入探讨创作过程中主体复杂的情感活动，另一方面在实践上很大程度上制约着作家主观能动性的发挥，用于指导创作实践则更是不可取。

二 历史真实的典型观

典型观是马克思主义文艺理论批评的核心命题，也是冯雪峰文艺理论中重要的组成部分。冯雪峰认为，典型化的原则，是现实主义的最根本的原则和创作方法。冯雪峰在译介俄国文论的过程中对这一方面问题进行了积极而深入的探讨，也形成了自己独具特色的典型理论。与同时代的其他左翼文艺工作者如周扬、胡风等人相比，冯雪峰有关典型的批评更显得有深度，也更有个人独特的发现和见地。

20世纪30年代，瞿秋白第一次将马克思主义文艺批评中的"典型环境中的典型人物"这一命题引入中国，引发了以胡风和周扬为首的两大阵营之间关于典型理论的论争，但是他们中的大多数人也只是在简单层面上对马恩和俄国理论家的条条框框进行照搬照抄，缺乏与具体实践的结合，最终不免与左倾机械论同流。这一时期的典型批评

---

① 冯雪峰：《雪峰文集》第2卷，人民文学出版社1983年版，第525页。

第四章　冯雪峰文艺理论批评重估

大多是从阶级共性和具体环境中的个性相结合的角度进行把握,只有很少一部分人考虑到了作家自身在典型的发现塑造和审美选择中的作用,而冯雪峰就是这少数人中的一个。冯雪峰的独到之处在于他不仅注意到了共性与个性的结合,而且注意到了作家自身在接触观察现实生活的过程中所形成的鲜活的个人体验和认识对于创作艺术典型的作用。

首先,他认识到艺术既是一种精神生产,也是一种审美的创造,而这种创造性就体现在典型上。因此,他认为,塑造典型形象是现实主义文学的根本所在。在这一点上他与同时代的其他批评家的观点是基本一致的,即都认识到了典型环境中的典型人物的创造对社会主义现实主义文学前进方向的导向作用,提倡作家的写作要遵循"典型艺术的社会生产法则",创造出代表一个时代、一个阶级的艺术典型。

其次,冯雪峰所提出的典型是体现了"社会的、世界的、历史的矛盾性"的典型,要具有思想性和历史真实性。在《论形象》和《论典型的创造》中,他指出"艺术的生命是现实的历史的真实性","伟大的典型艺术都有伟大的思想性和明确的历史性,而且思想力越大,历史性越明确,则这艺术的价值越高,越久"[1]。简而言之,典型形象的塑造必须在思想深度和历史的真实程度上达到较高的水准,"思想性的典型"是典型的最本质特征,历史性是典型塑造的艺术价值高低的衡量标准。在他看来,对典型的理解不能仅仅停留在个性特征和阶级共性统一的层面上,这种统一产生出来的典型充其量也不过是一个宣传的工具罢了。他强调作家在塑造典型的时候必须从现实生活中仔细体验、挖掘社会生活中的内在本质,以个人的鲜活的体验和认识作为创造的源泉,只有这样才能成功地创造出有深刻历史感和思想力的典型来。这种对于作家作为创作主体在典型形象创造中不可替

---

[1] 冯雪峰:《雪峰文集》第2卷,人民文学出版社1983年版,第45页。

代的作用的重视在当时是具有进步意义的,也是冯雪峰文艺批评理论的独特魅力所在。

最后,在冯雪峰的典型理论体系中,也存在明显的不足之处。

(1)他所认识到的主观经验和个体创造力的发挥这两个因素在典型创造中只是很次要的一个方面,它们最终都不可避免地受制于思想性和理性因素。他认为"艺术的形象,自然以感觉与体验为基础,以赋予感性为必要;但这只是基础,只是必要之一"①,典型的本质最终还是要靠理性把握,只有靠理性思维才能保证典型的准确性,这种理性思维要求作者在世界观层面对生活的真实有更加深入透彻的把握,它是抓住作品形象的典型性特征的首要和根本的保证。如他认为"把现实的生活加以集中的、概括的表现,即所谓加以典型化,这是文艺创作的根本的方法,也是文艺的任务"②。在《柳青的种谷记》里他也同样认为:"概括,在典型性的创造上,是和典型化同义语。因为概括如果带来了或提高了思想性,如果使内容和人物性格更丰富、更深刻和更广阔,那么,一切的精当的分析和详尽的描写,都将栩栩如生,富有生命和动人的力量了。"③ 从一定意义上讲,冯雪峰的典型论还是重理性和教化的。

(2)冯雪峰从美学的角度来探讨文学典型的"个性化"问题显得不足,他把人物的性格的"个性化"与"典型化"等同起来,认为文学典型的"个性化"就是表现人的社会历史本质。如他论述道:

> 在艺术的创造上,"典型化"和"个性化"的法则是在形象创造的同一法则中,并且经常是在创造的同一过程中进行的,而他们唯一的客观标准是现实的历史的真实及其生命。形象或典型

---

① 冯雪峰:《雪峰文集》第2卷,人民文学出版社1983年版,第56页。
② 同上书,第547—548页。
③ 同上书,第388页。

第四章 冯雪峰文艺理论批评重估

化的创造过程,始于从个别的个人(自然可以从许多个的个人)的社会的阶级的具体历史关系的掘发,而终于在社会的阶级的具体历史环境里的真实的个人的行动和姿态的确证。因此,"典型化"和"个性化"的创造法则是反映着个人和社会的矛盾与统一的关系,而艺术创造也只有掘发出人物之社会的矛盾与统一的关系来,才能使人物和形象有生命而反映出历史的真实。典型创造是将个人的物事变成社会的,典型的,凸出的物事,即将个人的社会关系加以掘发而凸出地显示出来,——这个"典型化"的过程,于是一方面也是"个性化"的过程。①

这段话显然告诉我们,典型人物的个性塑造或表达就在于把一个人所属的现实生活的社会历史本质显示出来就足够了,说白了他把人的个性问题等同于共性问题,只要有了典型化,就有了个性化。而真正意义上的"典型"不仅要求作家刻画活生生的有个性特征的人物,而且要求展示出人物性格的丰富性和多样性。冯雪峰的这种理论缺憾,也体现在他的批评实践上,如他评价丁玲的《〈太阳照在桑干河上〉在我们文学发展上的意义》认为:"典型性就在个性中表现出来。所以能够有个性又有典型性,只是根据一种平常的办法,就是:一个一个的人我们看多了,我们就看出了他们的个性,同时也看出他们的共同性(阶级性是其主要内容),他们的写个性写典型性,都同是根据你所知道的现实的人物,只要你是根据现实的人,写出他来,当然就有个性也有典型性;而你越写得好,那么,典型性也就越明显越深刻了。"②

(3)为了强调典型的思想意义和教育意义,冯雪峰把启发、教化

---

① 冯雪峰:《雪峰文集》第 2 卷,人民文学出版社 1983 年版,第 55—56 页。
② 同上书,第 413 页。

功能作为评判典型的关键所在。他认为,"一个作者对于自己的所创造的某个典型人物,如果要检验一下典型性的程度,那么,他就绝对不应该在这个人物各方面的完备性上去补长弥短,而应该首先注意到他的主要方面的启发性如何,教育性如何"[①],这种把典型的功能等同于启发性、教育性的观点仍然没有能够同当时的类型化的公式主义划清界限,因而也就不能完全回答典型创造的规律性问题。这也正说明冯雪峰没有能够进一步就主客体在典型形象中的作用和相互关系提出自己独特而深刻的见解,他的文艺理论观点仍然有它的时代局限性。尤其到了50年代,为了进行政治的宣传鼓动,冯雪峰有时过分地强调典型的政策宣传作用,认为"根据实际生活,即根据实际生活中的具体的人的性格要求去描写人物,和根据政治任务的要求把人物加以突出化,是完全统一的,并且这样的统一恰好说明了我们创造典型人物的原则"[②],冯雪峰在此认为典型塑造从生活出发和从现实的政治任务出发是一致的。与此同时,他把典型性与党性等同起来,认为:"如果典型化能够表现党性原则,那么通常所说的政治和艺术的统一,就能够在高度的政治性上又在高度的艺术性上统一了。这样,由党性原则所照耀的典型化原则,是思想性的根本,也是艺术性的根本。"[③] 这种偏狭的理论使冯雪峰的理论越来越偏离正轨,呈现出简单化的趋向。这样做必然会导致人物形象的塑造过于概念化,最终会丧失其审美特性,沦为宣传政治、宣传革命的"时代精神的传声筒"。这可能是冯雪峰典型观的最大悲哀,即无法摆脱文艺政治化的束缚。

三 社会主义的世界观

冯雪峰十分重视作家的世界观与现实主义创作态度的一致。"左

---

① 冯雪峰:《雪峰文集》第2卷,人民文学出版社1983年版,第398页。
② 同上书,第655页。
③ 同上书,第470页。

第四章　冯雪峰文艺理论批评重估

联"初期,冯雪峰多次强调错误或落后的世界观和阶级立场对作品反映客观真实的限制,他认为:"要真实地全面反映现实,把握客观的真理。在现在则只有站在无产阶级的阶级立场上才能做到。"① 到了40年代,他更进一步地强调"社会主义现实主义的最根本问题是作家的世界观问题",而"共产主义宇宙观——辩证唯物论和唯物辩证法,就是最有益处和最需要的了"②。在《对于文学运动几个问题的意见》中,他显然反对那种脱离革命实践而谈世界观以及那种将世界观与创作方法相对立的论调,同时他也认识到"作家世界观与真实性之间存在有复杂的关系",但他还是不遗余力地主张"科学的唯物的历史观及唯物辩证法的宇宙观决定着我们实践的方向;它将带来我们文艺创作之求真的要求和战斗的要求的一致"③,并得出结论"要测验一个作家能力的高低,就看他的思想力的高低,而构思首先就是作家思想力的表现"④。简而言之,在冯雪峰看来一个作家只有拥有了革命的世界观才有可能进行真正意义上的现实主义创作,然而实际上我们又看到现实主义并不是简单地等同于世界观的,一个具有无产阶级世界观的作家并不代表着他能创造出真正的现实主义的作品。

在一些研究者看来,冯雪峰是和胡风一样的"文学主体论"者。对此,我们应有全面而准确的认识,不能仅从表面现象下判断。冯雪峰在一定程度上强调了作家的主观能动性,他虽充分估计了"文艺主观力量"和作家"主观战斗力"对于艺术创造的意义,"但他更强调作家对生活和政治的依存,他看到了文艺的审美性,始终将它置于政治功用之下"⑤,实际上他还是强调了作家世界观的重要性,并没有

---

① 冯雪峰:《雪峰文集》第2卷,人民文学出版社1983年版,第198页。
② 同上书,第460页。
③ 同上书,第171页。
④ 同上书,第399页。
⑤ 季水河:《多维视野中的文学与美学》,东方出版社2002年版,第134页。

揭示出主体在创作中的真正作用。

冯雪峰时刻提醒作家要有透视生活的勇气和创造性,在此他运用了一些术语,如"战斗精神""战斗态度""主观力""战斗力""扩张"等。然而,这些术语又有它特定的内涵,并非一般所说的主体精神,如他认为的"扩张"只是把现实"扩大""放大",而不是"理想化",尤为典型的是,他把"主观力"与"人民力"作为一对互相渗透互为转换的概念多次运用,我们可以通过分析这对概念揭示出"主观力"的真正内涵。

他肯定了"主观力"对于实践的能动作用以及它在文艺创作中的重要性,在《论民主革命的文艺运动》中他认为"我们认为主观或主观力量总是在被客观所决定的前提之下,从被动到主动,或从被物所役到役物的斗争过程中产生的;因此,在我们,最着重的是这斗争"[①]。在此,我们明显地看到冯雪峰所界定的"主观力"并不等于纯粹创作中的主观,是不包含个性、道德、心理、情绪这些内容的,而是一个充满革命意识的作家,其侧重点在于要求作家有一个革命的世界观或创作中的积极意识。比如,他认为"作家追寻自己的主观,在现在就特别地明白:首先是深入客观的现实的矛盾斗争中,和人民一起作战——只有这人民及和人民一起作战,才是我们的主观。这样,文艺与现实及人民的关系,就成为战斗的关系;而作家的个人的主观,也能够真真与人民的革命和进步的要求相一致"[②]。这里,他始终是将主观统一到了客观之中的,认为主观力只有从深入大众生活和斗争中才能获得,也就是他所认为的"人民力"。"人民力"即"人民的力量,对历史的社会的客观本身及其变动上的其它客观条件说,是人民的主观力量,但对作家或文艺的主观说,他是客观,人民

[①] 冯雪峰:《雪峰文集》第2卷,人民文学出版社1983年版,第153页。
[②] 同上书,第167页。

第四章　冯雪峰文艺理论批评重估

的力量又是怎样来的呢？来自历史的现实的矛盾斗争中。正惟这客观的人民的斗争和力量，才是文艺的思想力，艺术力，作品或作者的一切主观战斗力的源泉"①。简单地说，"人民力"也可以认为就是人民大众的集体意识，而主观力的提高本身就是高度反映这样的"人民力"。而对于主观力在创作中如何达到的问题，冯雪峰则认为只有有了好的概括能力和综合能力，才能表现这个"人民力"。不幸的是，一个具有良好的概括能力的人未必能创作出感人的优秀作品。故此，冯雪峰文艺思想表现出的过于理性化的偏执表露无遗。他虽有对"主观"的论述，但却未对其地位给予恰当定位和深入探讨，他看到了艺术创造的主体性，把主体视为某种思想观念即"人民力"，他希望将主观统一于客观中，却始终念念不忘世界观的先决性。这自然不能有效地阐明艺术创作过程的复杂性，同时也与治疗时弊的愿望相去甚远。

主观力是作家的主观感情和创作热情以及艺术的想象和创造，对于艺术创作来说，这自然是必不可少的。然而只有当作家深入生活，对生活有了独特的认识、体验和感受的时候，才有可能产生这种主观力，也才能在作品中倾注以个人情愫，给人以独特的艺术美感，而冯雪峰恰恰忽视了对这方面的探讨，很多时候他都把"主观力"归结为"人民力"，他认为："现在要求主观力的提高，就应当是要求高度地反映人民力的表示。"② 我们要看到个人虽来自于人民，但主观力却有其个性化的一面，它一旦形成，在反映和表现客观的过程中就可以自由驰骋，达到以文艺作品的形式"言志"的目的。

同时，还应看到的是文艺作品毕竟是个性化的产物，自然包含了

---

① 冯雪峰：《雪峰文集》第 2 卷，人民文学出版社 1983 年版，第 166 页。
② 同上书，第 170 页。

◇ 冯雪峰与俄国马克思主义文学理论关系研究 ◇

主观性的东西，比如作家的人生感悟和真情实感。创作本身是一种主客体在融合中创造艺术的过程，作品中的生活也不等于现实的生活，是体现了作家创作个性和审美态度的"第二自然"。冯雪峰囿于政治宣传鼓动的需要和"唯物辩证法创作方法"的影响而未能充分认识到个体在创作过程中的作用，按照这种理论，势必会限制作家对各自独特的艺术境界的追求，影响个体创造力的发挥。"主观力"和"人民力"这对概念虽在外部层面上反对主客观主义、尊重艺术特性，但在深层次却无法达到纠正偏颇、为文艺创作道路指明方向的目的。作家为完成"人民力"的需要，追求对政治的实践作用而在文艺领域进行标语式的宣传，势必会妨碍主体在作品中对生活的反映和深化。如冯雪峰要求作家去体验生活，认为只有生活的实践或客观实践才能带动作家的主观变化，形成马克思主义的世界观，这种主观基本上排除了个性和情感。

但是，我们也要看到，在大的左的思潮影响下，冯雪峰在一定程度上强调作家的主观能动性是需要很大的勇气的，当时文艺界正在开展关于现实主义和主观问题的讨论，党的主导意见是要继续反对文学创作上的"非政治化"倾向与"自由主义"，作为党的文艺领导人之一的冯雪峰能够坚持真理指出革命文艺存在的左倾机械论错误是极为可贵的。如他在评价柳青和杨朔的作品时认为："很光滑，没有什么错误，但没有感情，没有光辉，柳青透露他的心情说是怕犯错误。这种艺术哲学、人生态度是错误的。杨朔的《三千里江山》是比较好的，但现实主义是不充分的，有概念在支配它，作家有些顾虑，好像要讨好谁似的。作家对创作的态度也要是战斗的。承认作家是灵魂的工程师，就要尊重作家创作的权利与自由。"[①]

[①] 冯雪峰：《雪峰文集》第 2 卷，人民文学出版社 1983 年版，第 499 页。

◇ **第四章　冯雪峰文艺理论批评重估** ◇

四　文艺大众化的创作方向

文艺大众化是冯雪峰论述比较多一个方面，也是其现实主义理论体系的重要组成部分。冯雪峰把文艺大众化作为现实主义的创作方向，以此服务于当时的革命现实。

"左联"时期，在关于文艺大众化问题的讨论上，冯雪峰先后写下了《统治阶级的"反日大众文艺的工作"之检查》《关于革命的反帝大众文艺的工作》《中国无产阶级革命文学的新任务》等文章，指出中国无产阶级文学的"首先第一个重大问题，就是文学的大众化"，"只有通过文艺大众化"，"才能完成我们当前的反帝反国民党的苏维埃革命的任务，才能创造出真正的中国无产阶级革命文学"。就文艺大众化的原则，冯雪峰也提出了自己的一些看法：其一，大众看得懂、听得懂，他们愿意接受，他们能够接受，即"为大众所理解，所爱好（列宁）为原则"；其二，作家必须注意中国现实生活中广大的题材，尤其是那些最能完成目前新任务的题材。只有这些才是大众的，现代中国无产阶级革命文学所必须取用的题材；其三，可以利用旧形式，创造革命的大众文艺。

进入抗战和解放战争时期，随着现实主义的提倡，冯雪峰对文艺大众化的问题进行了深入的思考，这集中体现在他对文艺大众的任务以及文艺大众化的形式原则的论述上，在这一过程中，他把文艺大众化作为现实主义的创作原则和方向。

其一，文艺大众化的任务。冯雪峰认为文艺大众化具有双重任务，即政治宣传与文艺发展，这是整个政治和文化的情势所决定的。如他论述道：艺术大众化运动"在现在的历史背景上，在统一着政治宣传与艺术向更高发展这两个'矛盾'的任务，于是那主要点就在于它表现着——艺术运动进行着与政治情势之间的矛盾的斗争，进而进行着艺术运动自身的从低级向高级发展的矛盾的斗争，是从对革命

冯雪峰与俄国马克思主义文学理论关系研究

（抗战）的初步的实践，进到对革（抗战）的高级的实践，'艺术大众化'，所以，很明显的是在实践政治文化的一般任务中，表现着，在我们是促进着现在艺术发展的这种斗争的过程，使艺术能真实地向更高阶段飞跃的一种运动"。① 在此我们看到冯雪峰并非单纯地为了革命政治的宣传需要而倡导文艺大众化，而是希望在文艺大众化的过程中能推进革命现实主义文艺的发展。正如此，他认为："艺术向更高阶段发展的巨大可能是在于政治战斗和大众活跃的广大深远的艺术源泉及出口；那么，在现在，艺术向更高阶段发展的意义就在于艺术的革命战斗力之更广大，更坚实，和更雄伟，等等，此外不能再有别的意义，而且，如此，则现实主义的'艺术大众化'运动，便非成为艺术向更高飞跃的一个阶梯及飞跃本身表现之不可。"② 可以说，冯雪峰把艺术大众化的问题提到了一个崭新高度，同时也认为艺术大众化更是现实主义文艺的创作原则和努力方向。如他论述道"大众化"原则是在革命现实主义文艺的发展中所获得的，它成为我们艺术创造的基本原则，却依然要在艺术的实践上去战胜，去解决。"大众化"能够实践多少，就总能带来多少我们文艺的新面貌；而大众化实践上的客观困难及主观的迟疑与停滞的状态，就是革命现实主义文艺的发展上的停滞的主要的征象，这在现在尤为明显。③

其二，文艺大众化的形式原则。冯雪峰认为，文艺大众化的形式原则，主要的特点是形式和内容之对立的统一，即"应当是内容的优势的保障和形式的能动的服务；这将不但使形式也和内容一样富有战斗力，而且也是大众主义艺术的形式的美之真实的基础"。对于何谓文艺大众化的形式和内容，冯雪峰也有相关阐述，"就是强健深广的

---

① 冯雪峰：《雪峰文集》第2卷，人民文学出版社1983年版，第32—33页。
② 同上书，第32页。
③ 冯雪峰：《雪峰文集》第3卷，人民文学出版社1983年版，第239—240页。

第四章 冯雪峰文艺理论批评重估

革命内容——人民之历史要求的姿态和要求——和民族的形式"①。革命现实主义文学必须反映革命的现实生活内容,这也是冯雪峰现实主义理论文艺真实观所强调的。然而就文艺大众化的民族形式,冯雪峰做了一定的探索,认为民族形式既要"摄取和蜕变旧的民众文艺",进行"现代化"的积极改造,即旧形式(包括民间形式)的"现代化",同时也要"吸收世界文艺中的适用的东西",即外来形式的"民族化"。对于旧形式的"现代化",他认为:"对于某些有价值的旧民众艺术,我们不应采取消极的,权宜地借用的,不彻底的态度,而应采取积极的,彻底改造的,权宜地借用的,不彻底的态度,而应采取积极的,彻底改造的,创造新形式的态度。这所谓彻底的积极的改造,就是研究了旧民众艺术与民众旧生活的关联,而跟着民众生活的新的变革,在内容的变质之下,形式也跟着本质而重新兑变出来。"②对于后外来形式的"民族化",冯雪峰事实求是地分析道"我们的艺术能力,概括地说,还在世界的水平之下,又由于我们民族的文化之一般的落后,这就使我们对于世界文艺的现存的和旧的形式的追求和袭用,远超过我们对于它们的改造和对于自己新的独创的精进"③。对此,冯雪峰提出"在历史阶段上大致相似的异民族的形式是可能移植的,然而必须是对于自己民族的人民思想感情及全民族生活的发展和革命的动向有着高度的把握的人,才能把它移植过来而'化'为己有"④。冯雪峰在《创造力》中有一段话,也是耐人寻味的,既能看出他对民族文化的信心,也能见出他开放的民族文化发展观,他谈道:"我们民族富有文化的创造力,是用不到怀疑的。而其现在我们的创造力的发展,早已不仅在排外与他化的矛盾之下,而且

---

① 冯雪峰:《雪峰文集》第2卷,人民文学出版社1983年版,第174页。
② 同上书,第178页。
③ 同上书,第68页。
④ 同上书,第376页。

◇ 冯雪峰与俄国马克思主义文学理论关系研究 ◇

主要地正在旧与新，低级与高级，民族文化与世界文化的矛盾的斗争之下发展着。也就是说，正是在世界文化的斗争的底盘上，民族的在文化上的创造力才大大地发展着。"①

整体来看，冯雪峰把文艺大众化作为现实主义发展的创作方向和基础，赋予了革命宣传以及文艺发展的双重任务标准。这也许是一种矛盾，但也能看出冯雪峰对现实主义文艺发展充满了希望和期待。

总结冯雪峰的革命现实主义理论，我们可以看到，其理论根基仍然在于他的文艺、政治、生活的"本质同一"论。他的生活真实观虽不是简单的现实政策的同义语，本质上却蕴含着现实政治的内容，他对"主观力"和"人民力"进行探讨的实质仍是对作家革命意识的强调。这充分说明冯雪峰在构建现实主义文艺的道路上，基于革命现实实践的需要，极力重视文艺的宣传教育作用，力图将文艺创作过程纳入理性化的轨道，为"真实"而过于强调理性的作用，其革命现实主义理论也就无法凸显主观在文艺创作中的真正作用，最终导致文艺只能作为工具而存在，无法回归本位，发挥应有的作用。另一方面，他的一些批评术语如"人民力"和"主观力"等，是从抽象的哲学用语转化而来，用于文学批评，使他的一些论述显得生硬、枯燥和说教化、公式化，用于指导具体的创作缺乏说服力和实用性。同时我们看到冯雪峰现实主义理论存在着政治功利论和现实审美论的矛盾，或者说政治的偏执与艺术探求上的矛盾。其真实观，一方面要求文学深入生活，反映历史的真实，另一方面又要求文艺应当为实现某个政治目的，才去描写生活。这样就导致，其片面性或矛盾性不可避免，因为在一些情况下，文艺为实践政治的需要，又会妨碍文艺深入生活，深入历史。冯雪峰的典型观一方面要求典型性格应反映出一种社会历史的真实存在，另一方面认为个性化也应服从于党性和政治任

---

① 冯雪峰：《雪峰文集》第 3 卷，人民文学出版社 1983 年版，第 32 页。

◇ 第四章 冯雪峰文艺理论批评重估 ◇

务的需要，这就使典型性格失去鲜活的生命性，成为政治的传声筒，反映社会历史的真实也就无从谈起了。其关于创作主体的观点，一方面要求作家要发挥主观能动性，创作上要有自由，但同时又进一步限制作家的主体自由，让作家改造世界观，在一定程度上使作家成为了一个政治人，作家的主观能动性也就无法充分发挥了。可以说，矛盾性也是冯雪峰现实主义理论构建的一个鲜明特色，贯穿于他的理论始终。总的来看，冯雪峰是中国现代文学发展过程中比较认真地研究过现实主义问题的理论家之一。其现实主义理论上的卓识与局限映现着其时代的烙印，是当时的文化主潮的一个组成部分。

第三节 重视实践的社会学的批评方法

从其批评实践来看，冯雪峰所采用的是社会学的批评方法。1929年他在《社会的作家论》题引中谈道"依据社会潮流阐明作者思想与其作品的构成，并批判这社会潮流与作品倾向之真实否，等等，这才是马克思主义批评家的特质"①。在《论民主革命的文艺运动》中，他更进一步地提到："具体的文艺批评首先就是生活的批评，社会的批评，思想的批评。一般社会斗争上和思想斗争上的战斗的批判工作，在我们新文化史上原是最为辉煌的一个传统，这当然不就是文艺批评，但却与文艺批评相通。"② 社会学的批评方法是冯雪峰进行文艺批评的有力武器，在其具体的文艺批评实践中具有以下几个方面的特点：

一 冯雪峰的文艺批评实践具有较强的社会现实感

细读冯雪峰文艺论著，我们往往会发现，冯雪峰总是把具体的文

---

① 冯雪峰：《雪峰文集》第2卷，人民文学出版社1983年版，第753页。
② 同上书，第180页。

◇ 冯雪峰与俄国马克思主义文学理论关系研究 ◇

艺现象放置到一个大的社会历史背景下分析,其文艺批评切中实际,视野开阔,见出马克思文艺批评方法的独特性。如他的《讽刺文学与社会改革》一文,探讨讽刺文学产生原因时谈道:"某种一定的文学,一般地总是产生于某种一定的社会条件之下的,讽刺文学一般地总是产生于某种一定的社会条件之下的,讽刺文学一般地是在某一社会制度烂熟到不合理的存在,而对抗这社会制度的新的社会的意识形态也开始生出了的时代,即新旧二种社会理想冲突着的时代多产生。"① 这种见解颇有理论的深刻性,同时也能看出马克思主义唯物史观引入中国后,对当时文学批评模式的影响。社会学的批评方法的运用也使得冯雪峰的批评实践呈现出较强的现实感。冯雪峰往往能够从中国革命文学运动实际出发,有针对性地剖析革命文学创作上的一系列问题,并提出疗救的方法,立论切实而又辩证。他认为:"具体的批评是从现实和现实的要求出发,因此,科学的或马克思主义的分析和批评的方法与观点,是具体地究明现实及实践的要求和发展方向上所必要的,它绝非根据什么抽象的'思想'或'真理'而定出的不变的标准。科学的方法和观点,在具体的批评上,已成为和现实与实践相联结的活的实践的发展因素,它本身就为现实所决定。"② 他从革命实际出发,认为左翼文坛应该团结非革命作家,"不应当把普罗革命文学的范围弄狭起来"③,他还坚定地反对现实主义创作中的公式化问题。可以说,冯雪峰的文艺批评稳健、务实,对当时革命文学的发展更有促助意义。但由于社会学的批评方法强调了文学的思想性和社会意义,具有一定的历史深度,这也导致了一个无法避免的问题,即批评思想标准过高的问题。事实上,冯雪峰的一些具体批评实践就暴露了这一问题。除了鲁迅,其他作家难以得到他的肯定或满

---

① 冯雪峰:《雪峰文集》第 2 卷,人民文学出版社 1983 年版,第 30 页。
② 同上书,第 181 页。
③ 同上书,第 585—586 页。

◇ **第四章　冯雪峰文艺理论批评重估** ◇

意，如他对巴金、曹禺、老舍等人作品的评价都存有评价过低的问题。这也正如他的《〈新地月刊〉编辑后记》里谈道的："纯粹的无产阶级文学的作品，在现在是很难得到的，所登的这些作品，只是趋向于它的东西，这些作品在协助真的无产阶级文学作品底产生上当有用处。人们批评本刊，谓创作与理论不一致，我想这个批评太概念了，太单纯的了，好像他没有顾到现实。在现在，人们不能否认真的无产阶级文学的作品有产生的可能，但是，和我们的社会生活有许多层一样，我们的文学是还有许多层的同时，理论与创作，文学与实际行动，有常常有助相当的距离。我们并非否认创作与理论力求一致，只是在现实上，现在可以有立在最前头的正确的理论，而作品却总是还是追跑。"①

二　冯雪峰的文艺批评多偏重于作品政治意义评估，对作品的美学评析不足

纵观冯雪峰的批评实践，他多侧重于作品政治意义的估价，把作品政治意义作为作品是否优秀的最终标准。"讽刺文学，比之别的文学，常常演着更直接的政治的任务。在新的阶级的革命底开始时，破坏旧社会是最先所必要的政治（广义）工作；所以讽刺文学是直接和旧社会冲突的东西论到它的艺术价值，也以政治价值为主了。这样，讽刺文学者，总结起来，是运用讽刺这有力的文学手法的，政治的文学，换句话说，是最尖利的阶级斗争文学之一，它以破坏和否定旧社会（'现状'）为直接的任务，同时间接底演着扶长新的社会的任务；换句话说，就是以破坏和否定旧的阶级为直接任务，而间接底帮助新的阶级底成长。"② 我们以他评欧阳山的《高干大》和丁玲的

---

① 冯雪峰：《雪峰文集》第 2 卷，人民文学出版社 1983 年版，第 773—774 页。
② 同上书，第 33 页。

《太阳照在桑干河上》为例来说明其批评特点。他认为《高干大》:"以全部小说而论,辅助这个中心思想的艺术力量是还很不够的。这部小说的感动力,我觉得受了很大的限制,由于内容的生活力不够丰富,表现上的艺术力量不够丰富和旺盛,使读者必须有一半要依赖于理智的分析",但同时他又认为《高干大》这部小说"是分明负起了政策的任务而得到了成功的作品;这就证明了观照政策——党性的具体反映之一——并不妨碍作品的生机。这部小说的思想性是相当高的,艺术上也有很大的成就"①。对于丁玲的《太阳照在桑干河上》,冯雪峰一方面指出"作者还没有在这本小说中带来非常成功的典型人物",同时又高度称颂"是一部相当辉煌地反映了土地改革的、带来了一定高度的真实性的、史诗似的作品"②。这里,之所以有这种批评的矛盾性,在于冯雪峰所侧重的是作品思想内容和阶级的分析与评价,他认为作品在艺术性上虽有欠缺,但只要能体现现实的政治意义就还是一部成功的作品。如他评马加的《江山村十日》"我觉得它是描写江山村土改的一幅生动可爱的炭画,其中的缺点就似乎都没有重大关系了"③,也正因为如此,在冯雪峰的文艺批评中存在忽略对作品的美学鉴赏的倾向。在他的批评实践中,有的是本质、阶级、倾向、主题和政治意义的分析与评判,而缺少对作品应有的艺术方面的赏析与评价。这种批评特点在他评论一些作家如鲁迅、丁玲、马加、柳青等人的作品的过程中有着鲜明的体现。到了20世纪50年代,冯雪峰的文艺批评主张中左的偏执更加凸显,文艺批评的粗暴化或极端化较为突出,如他的《反对玩弄人民的态度,反对新的低级趣味》一文对萧也牧《我们夫妇之间》就存在过激性批评,认为作者趣味

---

① 冯雪峰:《雪峰文集》第2卷,人民文学出版社1983年版,第384—385页。
② 同上书,第416—417页。
③ 同上书,第392页。

第四章 冯雪峰文艺理论批评重估

不高,是轻浮和不诚实的,是"最坏的小资产阶级分子"①。

三 冯雪峰的文艺批评重视作品与现实关系的分析,对作者的创造性注意不够

冯雪峰认为"革命现实的文艺批评方法,或者说马克思主义的科学的文艺批评方法,是要分析文艺和人民生活的具体的真实的内容和联系,所负的任务并不下于创作,有时甚至要求走在创作之前,这都只能在具体批评里才能达到"②,由此,他把作品视为社会的摹本,视为"社会研究资料",着意于它与"社会潮流"的联系。如他对《关于〈总退却〉和〈豆腐阿姐〉》的评析:"凡是以上海战争为题材的作品,必须把上海战争的本质及战争的发展和变化的过程,特别是其中阶级的关系及其作用……不容许有丝毫的理想化。"③ 柔石的《为奴隶母亲》一发表,冯雪峰便认为"作为农村社会研究资料,有着大的社会意义,请读者们不要忽视此点"。④ 对于马加的《江山村十日》,他认为"最能够纵横地写出农村的历史面貌和阶级关系,能够最深入地写出农民的生活意识和性格"⑤。对于鲁迅的《阿Q正传》的评析,冯雪峰认为"农村的解剖的深彻,却与马克思主义者之科学的分析相一致"⑥。这样在作品和政治现实的关系上,他"以后者为前者的批评标准,并由此对前者进行真实性的价值判断。这种批评方法的突出之处,是强化文艺对现实生活的社会与政治的认知功能,并借助这样的认知功能使文艺最大可能地成为现实实践的一部分。这种强调实践意义的文艺批评方法,在冯雪峰文艺批评活动的极为活跃的

---

① 冯雪峰:《雪峰文集》第3卷,人民文学出版社1983年版,第468页。
② 冯雪峰:《雪峰文集》第2卷,人民文学出版社1983年版,第180页。
③ 同上书,第345—346页。
④ 同上书,第764页。
⑤ 同上书,第391页。
⑥ 同上书,第110页。

◇ 冯雪峰与俄国马克思主义文学理论关系研究 ◇

30、40年代，是可以很好地发挥文艺的革命斗争与民族救亡的战斗意义的"①。这就鲜明地体现了他的"文学运动和社会运动""同步调"和文学须"助进政治运动的任务"的主张。然而需要指出的是，冯雪峰这种批评方法运用，还存在着僵化和机械的一面，把文学所反映的生活与现实生活等同起来或互相印证，这就见不出文学反映生活的独特性，尤其是作家的创造性力量之于文艺存在的价值与意义，这实际上是庸俗社会学的理论表现。当时俄国文论的庸俗社会学以弗里契为代表，"不是把文艺作品当作客观世界的主观反映，而是当作现实生活消极的记录；企求通过文学现象直接揭示普遍的政治经济范畴和抽象的'阶级心理'的特点；把文学的内容和目的与社会科学的内容和目的混为一谈"②。冯雪峰不仅翻译了弗里契的著作，而且对其大加赞誉，更受到其思想的影响。

　　社会学的批评方法，本是文学批评的重要组成部分，在世界文学批评史上，斯达尔夫人、丹纳、别林斯基也曾青睐这一批评方法。即使在现在看来，这种批评方法仍有其他批评方法不可替代的重要意义。但这毕竟只是文学批评的方法之一，如果只强调了一种批评方法，就会导致忽视艺术本体价值批评的局限性。冯雪峰的革命现实主义的文艺批评正是这样，他的文艺批评局限于对作品的阶级、政治特征的分析，把文学与生活的复杂联系全部焊接在政治、阶级、本质这些观念的绝缘板上，缺少对文艺作品艺术层面上的鲜活的把握，批评方法上处处显示出封闭性的特征，而且这种批评模式也制约着他对文艺内部规律的深入认识。在理论上，他虽然注意到"社会学与美学的一致"，但是在具体的文艺批评实践上中他的有关美学的赏析却只有

---

　　① 王纯菲：《革命实践的马克思主义文艺观——冯雪峰文论重估》，《辽宁大学学报》（哲学社会科学版）2002年第5期。
　　② ［苏］柯静采夫、齐久：《文艺学中的庸俗社会学》，《文艺理论研究》1982年第3期。

◇ 第四章 冯雪峰文艺理论批评重估 ◇

寥寥数语，并没有达到马克思文艺批评所倡导的历史与美学的统一的要求，冯雪峰在具体的文艺批评实践中没有建立起一套完整的美学的批评体系和标准，而只是把文艺批评限于政治思想的评论，同时一些批评主张也沾染着庸俗社会学的理论气息。这种理论用于指导实践，只能导致创作的公式化和概念化，使文艺批评的视角越来越狭窄，这是冯雪峰的文艺批评方法本身所不得不面临的一个问题。

本章小结

总的来看，冯雪峰有着较强的革命功利观，坚持文艺作为阶级斗争的武器而服从于政治需要的实践功能。但同时冯雪峰反对文艺与政治的机械结合，反对使文艺成为政治的简单的工具和手段，坚持经由现实主义对社会和历史的矛盾的真实揭露来实现文艺与政治的统一。冯雪峰文艺批评的这种根本特征，实际上正是他所接受俄国马克思主义文论的结果，即以藏原惟人为媒介，综合接收了当时俄国文坛上两派理论，形成其本人既强调文艺的政治宣传作用，又不放弃艺术特性的文艺批评体系。可以说，本章通过对冯雪峰文艺批评体系的重估，为冯雪峰与俄国马克思主义文学理论之间的关系研究提供了佐证和依据，二者是相辅相成、互相统一的。

第五章　冯雪峰与俄国马克思主义文学理论关系的当代启示

"当我们把活动于 20 世纪的文论家的思想看作是整个中国文艺思想发展坐标系上的一个点，同时，当我们把这一时期的文艺思潮看作是巨大的社会、时代网络上的一根线，或者是一个网结，我确实感到对这些文论家的思想及其整个现当代文艺思潮的产生原因，形态、特征，他的经验教训以及文论家悲剧命运中可以引出的启示，都还可以继续向更深处开掘。我确信这项工作包含着极大的理论与实践意义。"[①] 作为 20 世纪战争年代里的一名知识分子，冯雪峰始终把救亡图存作为自己的历史使命，从"湖畔诗人"走向革命文艺的道路，积极向中国译介和传播马克思主义文学理论，成为马克思主义文学理论与批评中国化的自觉探索者。冯雪峰马克思主义文学理论构建上的卓识与局限，既彰显着那个时代的马克思主义中国化上的一些根本特征，同时也打上了个人理论探索的烙印。故而，全面评估冯雪峰与俄国马克思主义文学理论的关系，不仅能够准确把握冯雪峰文艺思想的成就与局限，同时也能为今天马克思主义文学理论中国化提供借鉴和启示。

---

① 庄锡华：《中国现代文论家论》，光明日报出版社 2006 年版，第 223 页。

◇ 第五章 冯雪峰与俄国马克思主义文学理论关系的当代启示 ◇

第一节 正负交融
——冯雪峰与俄国马克思主义文学理论关系的总体评价

冯雪峰在马克思主义文学理论的翻译介绍方面做出了大量工作，为中国马克思主义的传播作出了重要贡献。出于革命文学发展的实际需要，冯雪峰将俄国马克思主义文学理论的理论视点融入自己的理论批评之中，但同时由于历史和现实的诸多原因，冯雪峰以俄国马克思主义文学理论的接受为基础的理论批评构建又不可避免地呈现出复杂性，俄国马克思主义文学理论一方面影响着冯雪峰的文艺观，塑造了其文学理论批评体系，具有正面价值，但俄国马克思主义文学理论中的一些理论也不可避免地给冯雪峰文艺批评带来了负面影响。可以说这种正负交融理论特征贯穿于冯雪峰的文学理论批评中，映现出马克思主义文学理论在中国传播的特征，马克思主义在中国的传播，是"一种历史的必然性。甚至可以这样说：如果历史再重复一次，我们也仍然只能作出如此这般的接受。今天，我们回顾20世纪中国文学俄国文论与批评的接受史，考察俄国文论与批评在中国的影响，目的并不在于指责或颂扬当年的那些译介者、研究者和接受者们，而在于透过文学接受的表象，沉思形成这种接受局面的历史文化原因，探索外来文化与文学接受的规律，从一个侧面为中国文学在21世纪的发展提供参照"①。故而，以冯雪峰的俄国马克思主义文学理论接受为典型，反思那个时代马克思主义文学理论在中国的传播与接受上的规律和特征，对今天马克思主义文学理论中国化有着积极意义。

---

① 汪介之：《别求新声：汪介之教授讲比较文学及中俄文学交流》，中央编译出版社2014年版，第109—110页。

◇ 冯雪峰与俄国马克思主义文学理论关系研究 ◇

一 正面价值

首先，冯雪峰较早从事了马克思主义文学理论在中国的翻译工作，其译介的马克思主义文学理论，适应了中国革命的需要，扩大了马克思主义文学理论在中国的传播，促进了马克思主义文学理论的中国化进程。

译介马克思主义文学理论是冯雪峰文学理论活动的起点。冯雪峰在翻译、介绍马克思主义文艺论著方面功绩卓著，具有重要地位。冯雪峰译介马克思主义文学理论之时，中国革命文艺运动方兴未艾，迫切需要思想理论武器的输入，帮助革命文艺队伍提高思想认识。在此背景下，冯雪峰倾注全力，在鲁迅的指导下主编了当时出书最多、影响最大的《科学的艺术论丛书》，即马克思主义文学理论，及时地把当时的俄国乃至日本的马克思主义文学理论研究、建构的最新成果输入中国。冯雪峰所译介的普列汉诺夫、卢那察尔斯基、梅林、玛察、弗里契等作家都是当时著名的马克思主义文学理论家，代表着那个时期马克思主义文学理论研究的最高水平。这些理论的译入为中国文艺界和读者展现了一片前所未见的新天地，许多人正是通过冯雪峰的译介接触到了马克思主义理论，并进而走上革命文艺的道路。可以这样说，冯雪峰的马克思主义文学理论翻译为当时中国左翼文艺运动的开展提供了有力的理论武器，也为中国的马克思主义文学理论建设提供了丰富、坚实的理论资源。故而，冯雪峰的俄国马克思主义文学理论翻译在中国马克思主义传播史上有着重要地位。

其次，俄国马克思主义文学理论对于冯雪峰文艺本质观的形成有着重要意义，使其对文艺的性质及其社会功能、文艺的真实性与倾向性、作家的世界观与创作方法的关系、文艺创造的典型性以及文艺批评方法有了马克思主义立场，能够将马克思主义文学理论的立场、观点、方法运用于中国现代文学理论研究和文艺批评实践中去。

第五章　冯雪峰与俄国马克思主义文学理论关系的当代启示

冯雪峰所译介的普列汉诺夫、卢那察尔斯基、弗里契等人的理论，虽存在着一定的理论局限性，但这些理论本身具有马克思主义的历史唯物主义立场，许多论述不乏真知灼见，对于冯雪峰马克思主义文艺观的形成有着重要作用。在这一过程中，冯雪峰自觉地以马克思主义为指导，运用马克思主义基本原理分析、解决左翼文艺运动的理论与实践问题，为建立中国化的马克思主义艺术理论体系付出了艰辛的努力。从他写于1928年的第一篇评论文章《革命与知识阶级》开始，以及之后对丁玲、茅盾等作家作品的评论，以及现实主义理论的阐释等理论文章，我们都可以看出他吸收、借鉴着俄国马克思主义文学理论中的一些观点和方法，形成了他本人的马克思主义文学理论批评体系。总之，俄国马克思主义文学理论提高了冯雪峰的马克思主义理论水平和对文艺现象的正确评价能力，促进了冯雪峰马克思主义文学理论批评的生成，也影响20世纪中国文学理论的进程。

再次，冯雪峰在俄国马克思主义文学理论接受上具有一定的超越性和创新性。

冯雪峰对俄国文学理论的接受并没有陷入一种人云亦云的境地，他始终从中国当时的革命实际去接受理解这些文学理论，他始终认识到文艺特性对革命文学的重要性，对俄国文学理论中一些极端的偏激理论有所认识也有所矫正，其理论主张较为稳健、切实，体现出马克思主义的实践品格。同时冯雪峰在马克思主义文学理论构建上也具有一定的创新性，其"主观力""人民力""艺术力"等概念的提出都是面向中国革命现实，吸收融合了马克思主义文学理论的结果，体现着冯雪峰马克思主义文学理论上的探索性。冯雪峰之所以能有这种理论眼光，也与其创作实践有关，他最初是以"湖畔诗人"的身份踏入文坛的，有着诗人的才华和对文艺的深刻感受力，受到了朱自清等的广泛赞誉，对文艺特性的尊重，像一股暗流始终涌动在冯雪峰的文艺思想的脉络之中。这也可以说是冯雪峰文艺思想的一个积极因子，促使其对俄国文学理论的接受与阐释避免走向极端化。

最后，相比周扬、胡风在马克思主义文学理论构建上对于外来文学理论的接受，冯雪峰对俄国马克思主义文学理论的接受有自己的理论特色。

对外来文学理论的不同选择，在一定程度上规约着20世纪中国左翼文学理论家们的基本方向及其主要理论建构方式。相比周扬之于车尔尼雪夫斯基等理论的喜爱，胡风之于高尔基、厨川白村等人理论的认同，冯雪峰在接受俄国马克思主义文学理论的过程中也有自己的选择性，有着自己的理论偏好。如前所述，日本的藏原惟人便是一个重要线索，制约或影响着冯雪峰对俄国马克思主义文学理论的接受。冯雪峰整体吸收了俄国文学理论两方面的内容：一是重视文艺的特性，从唯物主义认识论角度，主张文学是对生活的认识和反映的相关理论，这主要继承了沃隆斯基、卢那察尔斯基等人的理论；二是主张文艺的阶级功利性，认为艺术是对阶级心理、意识或经验的组织，组织生活也即组织大众意识，直接为政治斗争服务，主要继承了波格丹诺夫、弗里契等以及"拉普"派的"唯物辩证法的创作方法"的理论资源。可以说，这两方面的理论接受使得冯雪峰既重视文艺的政治宣传功能，又重视文学的艺术表达。虽然冯雪峰文学理论系统内部有无法克服的矛盾性，但在其一生艰苦的理论探索中，一直保持着对左的清醒与警惕，这也是其理论的一大价值。

二 负面影响

由于冯雪峰对马克思主义文学理论接受的理论渊源的庞杂性和片面性，以及左的大氛围和自身的理论素养，也导致冯雪峰在俄国文学理论的接受和运用上呈现出一定的负面影响。

其一，理论渊源的庞杂性影响着冯雪峰对马克思主义文学理论的充分理解与系统把握。

第五章　冯雪峰与俄国马克思主义文学理论关系的当代启示

在冯雪峰所译介的著作中，真正属于马克思主义文学理论与批评的论著，所占的比例却偏小。除了马克思、恩格斯的少数著述外，冯雪峰翻译的著作还包括俄国早期马克思主义批评的代表普列汉诺夫、卢那察尔斯基等人的著作，庸俗社会学的代表人物的著作，苏联"无产阶级文化派"、"拉普"的"唯物辩证法创作方法"的相关著作，体现苏联文艺政策、反映苏联文坛论争状况的文献，以及日本左翼文学理论家藏原惟人的相关研究著作或资料选编等。这些著述和资料，不仅在数量上远远超过马克思主义文学理论的经典文本，而且在一些观点论述上和马克思主义经典作家关于文学艺术问题的论述也是截然有别的，或多或少地偏离了马克思主义创始人的意愿，"有的把它简单化，有的采取折衷主义态度，把不同的概念拼凑在一起，有的让敌视马克思列宁主义的观点混进来，甚至让这些观点取代——并不是故意如此——马克思列宁主义"[①]。其主要原因是冯雪峰所进行译介工作的年代，马克思主义美学遗产尚未被充分挖掘和引起重视，因为马克思、恩格斯逝世后，他们关于文学艺术的论述被封存于文档中，并未得到系统整理，而苏联也只是在1924年着手整理出版马恩遗著和手稿。1931年，苏联才在《文学遗产》相继发表了马克思致斐·拉萨尔，恩格斯致保·恩斯特、玛·哈克奈斯、敏·考茨基的信，并出版了卢卡契等辑注的比较系统的文艺论著集《马克思恩格斯论文学》。总之，这种状况，"决定了二十年代中国有志于马克思主义文学批评的人们不可能从马克思主义创始人本意出发接受这一新的艺术理论，决定了他们走向马克思主义的曲折性与复杂性"[②]。纵观以上冯雪峰对俄国文学理论的翻译和接受，可以看到冯雪峰也没有摆脱这种历史局限性。"拉普""唯物辩证法创作方法"以及弗里契文庸俗

---

① [苏]阿·梅特钦科：《继往开来》，石田、白堤译，中国社会科学出版社1983年版，第144页。
② 艾晓明：《中国左翼文学思潮探源》，北京大学出版社2007年版，第145页。

冯雪峰与俄国马克思主义文学理论关系研究

社会学思想等都存在着对马克思主义文学理论理解的机械性和片面性,而冯雪峰却把它们作为经典而高度认可,这就导致左的观点与主张时时交织于冯雪峰的文学理论批评当中。

其二,注重政治功利而导致接受视野的偏狭,客观强化了20世纪中国文学理论的政治化色彩。

冯雪峰所译介的波格丹诺夫、弗里契以及"拉普"的"唯物辩证法创作方法"等理论,重视文艺的阶级功利性,存在着庸俗社会学的特征,这些理论被冯雪峰加以引进并为左翼理论界接受,虽然契合着当时革命环境和政治斗争的需要,对中国革命文艺起着指导作用,但却忽视艺术内部规律的探讨,强化了中国文学的政治化倾向,给文艺本身的发展带来了妨碍。如"拉普""唯物辩证法的创作方法"排斥浪漫主义以及现代主义等,冯雪峰却大力引进并运用于他的现实主义理论批评中,这就无法从根本上克服当时文艺创作上的公式主义现象。又如冯雪峰直接地吸收了弗里契的某些见解,而弗里契的理论继承和发展了普列汉诺夫理论的弱点和错误并形成了庸俗社会学。这就导致了冯雪峰较深地受到了弗里契的庸俗社会学的误导,不可避免地加剧了冯雪峰文艺与政治关系中的那种政治泛化的思想倾向,导致其在文艺内部规律的深入探讨和文学批评实践上,也是强调作品的政治思想意义,而忽视作品的审美特性。这也正如有学者所指出的:20世纪的"马克思主义文学理论研究在文艺活动的自律性与他律性的关系上,更为注重他律性,对文艺与生活、人民、阶级、革命等等的关系用力甚多,而对文艺的自律性、对文艺的本体存在则关注不够。也就是说,对文艺活动的外部关系研究较多,对文艺存在的内部关系研究较少。表现于艺术作品的分析与评价上就是,对作品的思想内容注意较多,而对作品的审美形式注意较少;重题材、主题,而轻结构、技巧;在作品的内容中更重视生活现实的客观再现,相对轻视作者个人情思的主观表现;而对作者的主观表现又比较看重思想与理智的方

◇ 第五章 冯雪峰与俄国马克思主义文学理论关系的当代启示 ◇

面,相对淡漠情感与感性方面"①。可以说,冯雪峰在俄国马克思主义文学理论接受方面也表现出了这种理论上的缺失。故而,冯雪峰虽然立足于反"左",但在潜移默化中也接受了当时国际上某些左的文学思潮的影响,在一些立论上无法摆脱左的偏执。

其三,缺乏学理反思,对马克思主义及其文学理论存在教条式的理解,走向机械论和庸俗化。

冯雪峰对俄国马克思主义文学理论的接受的出发点不是纯理论的研究,而是革命实践的需要。这就导致了其很多关涉文艺活动内部规律的理论命题,没有得到系统思考和论述。因为紧张激烈的革命环境以及文艺领导人的身份决定了冯雪峰没有闲暇沉浸于俄国文学理论中,进行纯学理性的消化吸收,更多的是基于现实的革命需要,怀着实用目的,侧重于理论表层的接受与理解,并尽快运用于革命文学的实践。从其理论著述中我们会看到他的一些理论探讨,很多时候都是刚刚开始就戛然而止,没能做进一步的思索,去揭示出文艺的一些本质规律。同时这一时期意识形态的斗争也十分激烈,这种斗争不是心平气和的讨论,而是为了彻底地批驳论敌,有时就难免矫枉过正,出现认识上的偏颇,妨碍了对文学现象的理性思考和分析。如冯雪峰对普列汉诺夫文艺思想的把握只是限于一般层面上的了解与认识,根本谈不上深入的体认和研究,更不像鲁迅那样对普列汉诺夫做一种纯学理上的全面研究。冯雪峰在更多时候是拿取普列汉诺夫的部分理论来进行对敌斗争,证明革命文学的存在的合法性,这种实用性的特点也就限制他无法完全掌握普列汉诺夫的理论的精髓。再如,"拉普"的"唯物辩证法的创作方法"把哲学领域中属于认识论范畴的方法与艺术领域中反映艺术规律的方法相混淆,尤其是完全否

---

① 谭好哲:《文艺与意识形态》,山东大学出版社1997年版,第7页。

冯雪峰与俄国马克思主义文学理论关系研究

定了浪漫主义，不能揭示出文学所固有的特殊规律。从事过文学创作的冯雪峰本应该抵制这种为文学圈定创作模式套路，以及过度强化理性思维的做法，但出于革命需要，冯雪峰反而大力倡导，在这种氛围下，文学失去了自己的独立品格，成了政治的附属品。

诚如朱光潜所说："站在这个时代里面，想看清它的成就或失败以及它所应走的路向，是极其困难的"，因为"我们缺乏精神审视所必须的冷静与透视距离"。今天，以历史的视域审视冯雪峰的文学理论批评及其与俄国马克思主义文学理论的关系，我们理应充分肯定冯雪峰文学理论批评在当时所具有的价值和意义。在冯雪峰理论创建的时代，正是中国民众在中国共产党领导下进入新民主主义革命与民族救亡的自觉时代，救亡图存是当时最大的主题，而冯雪峰的理论也正是适应这一现实的需要而产生的，其理论的战斗性、倾向性、革命性为当时革命斗争的胜利起到了不容低估的促进作用，而且对新文学史上现实主义的理论的形成与发展作出了应有的贡献。在俄国马克思主义文学理论的接受中，尽管左的大氛围和理论渊源的片面性以及尴尬的身份，导致冯雪峰在马克思主义文学理论的译介和运用方面不时呈现出左的特征。但我们应看到那个时代对马克思主义文学理论的重视与运用对当时的社会现实是必要的，是历史的必然。而且，冯雪峰一直希望建构一个既能为政治又不失去文艺特点的文学理论批评体系，他对艺术特性的尊重，虽没有置于很高的地位，但毕竟已有所顾及、有所开创，体现了一个文艺工作者的不懈追求。终其一生，冯雪峰还是走出了一条充满矛盾和困扰却富有创见的马克思主义中国化的道路。冯雪峰的马克思主义文学理论构建是一个正确与错误相交织、卓识与局限相交错的过程，是一种深刻的历史现象，是当时历史条件下的必然结果。

◇ 第五章 冯雪峰与俄国马克思主义文学理论关系的当代启示 ◇

第二节 创新、发展与未来走向
——冯雪峰与俄国马克思主义文学理论关系的当代启示

冯雪峰在俄国马克思主义文学理论接受上所呈现出的正面价值和负面意义都对我们当下马克思主义文学理论的创新与发展有着一定的启示意义。这主要体现在两个方面：其一重视马克思主义文学理论批评的现实品格；其二必须以开放性姿态吸纳多种理论资源和研究方法。

其一，重视马克思主义文学理论批评的现实品格。

"当时，从事马克思主义文艺思想研究与宣传马克思主义文艺思想的人可以大体地分为两类：一是从当时传入的马克思主义文艺思想的理论出发，用理论去衡定实践，把实践变成理论的证明；二是从当时的革命斗争与民族救亡的实践出发，带着文艺实践的问题，求解于马克思主义文学理论，用理论更为深刻地指导实践。冯雪峰应该属于后者。"[①] 可以说，冯雪峰比较注重从中国革命文学运动的实际出发去接受和运用马克思主义文学理论，其对生活实践的坚持以及稳健务实的批评作风，对于当时的革命文学的发展是有促助意义的，彰显着马克思主义文学批评的现实品格。马克思主义文学理论根植于历史唯物主义基础之中，其生命力正在于把文艺问题与当时代的重大理论和现实问题联系起来，"一切划时代的体系的真正的内容都是由于产生这些体系的那个时期的需要而形成起来的"[②]。冯雪峰马克思主义文学批评一直实践、张扬着马克思主义的现实品格，为中国马克思主义文学理论的健康发展提供了有益借鉴。

正是基于冯雪峰马克思主义文学批评的现实性品格的启示，在马

---

① 王纯菲：《革命实践的马克思主义文艺观——冯雪峰文学理论重估》，《辽宁大学学报》2002年第5期。

② 《马克思恩格斯全集》第3卷，人民出版社1995年版，第465页。

◇ 冯雪峰与俄国马克思主义文学理论关系研究 ◇

克思主义文学理论中国化的进程中,同样要沿着马克思曾经开辟的道路走,要关注现实、研究现实,有针对性地解决当今社会现实和文艺现实中的重要问题,通过回答和解决这些现实问题,才会找到理论的生长点,才会有真正的创新,"即有目的地去应用马克思主义文学理论的基本原则、观点和方法,来回答和解决当代中国语境中的各种文艺问题。这是马克思主义文学理论中国化惟一的正确途径,也是使马克思主义文学理论在解决当代中国语境中的中国文艺问题的过程中,能得到进一步的创新和发展,从而成为推动这种中国化进程的主要方式"①。换言之,回到现实是马克思主义文学理论中国化的路径、方法以及逻辑起点,也只有这样才能使得马克思主义文学理论重新焕发活力,在多元理论竞争中重新成为一种有影响力的文学批评范式。

马克思主义中国化的根本目的,是要回答和解决中国革命与现代化建设的种种实际问题,这就要求我们在当下马克思主义文学理论中国化的过程中,要重视文学理论发展与文化现实建构之间的互动和促进关系,立足于中国的社会和文艺现实,关注文学新动态和新形态,例如当今网络文化的蓬勃发展,网络写作的备受关注、艺术的娱乐化等,这些新现象的出现也为马克思主义文艺批评提供了新的课题。马克思主义文学理论应该关注这些新的文艺现象,并从理论建构上给予回应,不断丰富马克思主义文艺批评体系。在具体的理论方法和策略上,应该立足马克思主义文学理论中的基本立场、思想方法和价值理念,对各种文艺论题做出自己独立的思考和回答。"其中最重要的是它观照文艺的唯物史观视野和意识形态观念、强烈的现实主义批判精神,以及人的解放和自由全面发展的价值立场与价值理念。联系当代文学理论和文学研究的现实进行理论反思,应当把马克思主义文学理论中最有力量的思想资源,引入到当代文学理论和文学研究中来,重视意识形态批评,强化现实批判性,

---

① 朱立元:《马克思主义文学理论中国化研究》,《中山大学学报》2006年第3期。

第五章　冯雪峰与俄国马克思主义文学理论关系的当代启示

坚守人学价值立场,从而激活它应有的生机活力。"①

其二,以开放性姿态吸纳多种理论资源和研究方法。

在理论的译介和接受上,冯雪峰认同并接收了俄国马克思主义文学理论,这些理论强调了文艺的阶级性、党性以及工具性。但冯雪峰却对马克思主义文学理论之外的其他外国文学理论持否定态度,不能以开放和包容的心态来对待,如冯雪峰排斥浪漫主义,独尊现实主义,并对现代主义等文学理论进行贬斥,这些都显示冯雪峰在俄国马克思主义文学理论接受与构建上的偏狭性和封闭性,而这种思想上的偏狭限制了其理论的发展活力,使其无法摆脱"左"的偏执,也不利于文艺批评健康发展。

事实证明,马克思主义是一种开放性的文学理论形态。马克思主义从不拒绝人类文化创造中一切于自己有益的东西,而是批判性地吸纳人类一切文明的精华,不断丰富自己、发展自己。马克思主义文学理论把文艺作为一种生产方式纳入社会结构系统去说明其特性功能,并采用美学观点和历史观点对文学活动进行观照,显示着开放的理论姿态和宏阔的理论视野。在当下的中国马克思主义文学理论的发展中,要继续发扬马克思主义文学理论这种开放性品格,不能采取闭目塞听、故步自封的态度,盲目排斥非马克思主义或非正统、非经典马克思主义文艺思想,应该以改革开放的姿态和心态去吸纳多种理论资源,综合运用多种研究方法,丰富和发展马克思主义文学理论中国化的研究。只有这样,中国当代马克思主义文学理论才能保持自己的时代性与先进性,不断走向创新发展。

走向多重资源整合和多种方法综合,是创新马克思主义文学理论研究和建构当代形态马克思主义文学理论的重要途径和必然趋势。其

---

① 赖大仁:《马克思主义文学理论研究的当代困境与理论反思》,《学术月刊》2016年第10期。

◇ 冯雪峰与俄国马克思主义文学理论关系研究 ◇

一，走向多重资源整合。走向多重资源整合，是历史必然选择，也是现实的迫切需要。这是马克思主义文学理论研究对象自身性质所规定的，也是当代学术创新总体趋势所决定的，更是发展马克思主义文学理论所必须的。马克思主义文学理论的创新发展必须吸收各类思想资源的有益元素，这些元素包括马克思主义学说中丰富的人学资源、西方马克思主义文学理论中的批判理论思想资源、现代西方文学理论中的人本主义思想资源、中国儒学传统中的情礼和谐思想资源。马克思主义文学理论研究多重资源整合并非是对各种理论资源的简单拼凑，必须要坚持一定的基本原则，面向当下的现实问题，形成理论的合力。[①] 可以说，走向多重资源整合，有利于丰富中国化马克思主义的时代内容，激发马克思主义的创造力和活力。其二，走向多种方法综合。研究方法是学术研究的一把钥匙，恰当的研究方法有助于研究走向深入与全面。历史实践经验、当代学科发展趋势和马克思主义文学理论研究创新要求，驱动着当代马克思主义文学理论创新必然走向多种方法的综合。马克思主义文学理论研究多种方法综合，形成的是一个方法论系统，在这个方法论系统中，历史与逻辑一致，分析与综合统一，社会学与心理学相结合，理论与实践相联系，共同构成四种研究方法，这是这个方法论系统中的核心要素，对整个方法论系统起到支撑作用。同时，这种方法既可以与其他方法对话，又可以相互交叉，实现多重组合。这种多种方法的综合，形成的是一个方法论系统，系统本身是一动态过程，成为一个丰富灵活而具有长久生命力的开放系统。[②] 可以说，马克思主义文学理论的创新研究，需要综合运用多种研究方法对研究问题进行全方位审视与考量，必须突破任何单一学科的藩篱，不断获得跨学科的开阔分析视野。

---

① 季水河：《回顾与前瞻：论新中国马克思主义文学理论研究及其未来走向》，中国社会科学出版社2009年版，第251—268页。

② 同上书，第269—283页。

冯雪峰译介编年

说明：本编年主要根据《冯雪峰全集》（10—12卷）（人民文学出版社2016年版）、《雪峰文集》（2—4卷）（人民文学出版社1983年版）、《冯雪峰论文集》（上、中、下）（人民文学出版社1981年版）、《雪峰年谱》（包子衍著，上海文艺出版社1985年版）等汇编而成。疏漏之处，敬请方家指正。

篇（书）名	体裁	著者	版本	出版地	出版时间	署名	备注
1926年 23岁							
花子	小说	森鸥外		《莽原》第1卷第11期	1926年6月10日	画室	后收录在冯雪峰《妄想》
无产阶级诗人和农民诗人		升曙梦编著		《莽原》第1卷第21期	1926年11月10日	画室	后收录在冯雪峰《新俄罗斯的无产阶级文学》
1927年 24岁							
新俄文坛的现势漫画解说				《莽原》第2卷第1期	1927年1月10日	画室	

· 199 ·

续表

篇(书)名	体裁	著者	版本	出版地	出版时间	署名	备注
新俄文学的曙光期 1. 新俄罗斯文坛的右翼与左翼 2. 俄国文坛的昨日今日和明日 3. 革命期的俄国小说坛 4. 最近俄国小说的印象		升曙梦编著		北新书局	1927年2月	画室	"新俄文艺论述"丛书之一
新俄罗斯的无产阶级文学 1. 无产阶级文学底诸问题 2. 无产阶级文学底发达 3. 无产阶级文学底特质 4. 无产阶级诗人和农民诗人 5. 无产阶级文学底艺术的价值 6. 无产阶级诗人及其作品 7. 无产阶级独裁与文化问题		升曙梦编著		北新书局	1927年3月	画室	"新俄文艺论述"丛书之一
苏俄的二种跳舞剧		升曙梦编著		《莽原》第2卷第5期	1927年3月10日	画室	后收录在《新俄的演剧运动与跳舞》
新俄的演剧运动与跳舞 1. 革命期的俄国演剧 2. 演剧革命的回顾 3. 新剧运动的三权威 4. 无产阶级演剧运动 5. 舞台装置的革命 6. 俄国最近的跳舞 7. 最近的两种跳舞剧 8. 革命艺术与社会主义艺术		升曙梦编著		北新书局	1927年5月	画室	"新俄文艺论述"丛书之一

◇ 冯雪峰译介编年 ◇

续表

篇(书)名	体裁	著者	版本	出版地	出版时间	署名	备注
墓碑铭	诗歌	石川啄木		《莽原》第2卷第21、22期合刊	1927年11月25日	SF	
1928年 25岁							
家	诗歌	石川啄木		《未名》半月刊第1卷第1期	1928年1月10日		
文学与革命		特罗茨基	森茂唯士	未名社	1928年2月		收录在李霁野、韦素园译本《文学与革命》
我们的一团与他	小说	石川啄木		光华书局	1928年5月	画室	
拉•巴尔纳斯•阿姆萨兰	小说	森欧外		小说月报	1928年6月10日	SF	后收入冯雪峰编译的《妄想》小说集中
最近的支理基		升曙梦编著		《贡献》旬刊	1928年6月15日	画室	
妄想 1. 花子 2. 拉•巴尔纳斯•阿姆萨兰 3. 妄想 4. 高瀬舟	小说	森欧外		人间书店	1928年6月		

· 201 ·

续表

篇(书)名	体裁	著者	版本	出版地	出版时间	署名	备注
moscow 的五月祭	杂论	藏原惟人		《泰东月刊》第1期	1928年9月1日	画室	后收录在冯雪峰《枳花集》
大都会		L. Sosnovsky		《无轨列车》第1期	1928年9月10日	画室	
巴扎洛夫与沙宁——关于两种虚无主义		伏洛夫斯基		《小说月报》第19卷第10号	1928年9月10日		
新俄的文艺政策 1. 关于在文艺上的党底政策 2. ideology 战线与文学 3. 在文艺领域内的党底政策		沃隆斯基等	藏原惟人、外村史郎	光华书局	1928年9月	画室	"科学的艺术论丛书"之一
高尔基访问记		巴比塞		《无轨列车》第3期	1928年10月10日	冯雪峰	
流水		亚历山大洛夫·查洛夫		《无轨列车》第4期	1928年10月25日	SF	
"库慈尼错"结社与其诗		黑田辰男		《无轨列车》第5期	1928年11月10日	画室	
枳花集 1. "民族戏曲"的序论： 《平民与剧》(罗曼·罗兰) 2.《俄国民众剧创设的宣言》 (教育人民委员会演剧课民众剧部)		卢那察尔斯基、藏原惟人、罗曼·罗兰、莱伊夫、黑田辰男等		泰东图书局	1928年11月	画室	

续表

篇(书)名	体裁	著者	版本	出版地	出版时间	署名	备注
			1929年 26岁				
3.《演剧杂感》(哀弗莱伊人诺夫) 4.《"列夫"的宣言》(亚绥耶夫等) 5.《"库慈尼错"结社与其诗》(黑田辰男) 6.《诗人叶赛宁的死》(藏原惟人) 7.《最近的戈理基》(升曙梦) 8.《戈理基是和我们一道的吗?》(舍拉菲莫维奇) 9.《moscow的五月祭》(藏原惟人) 10.《苏联的妇女与家庭》(升曙梦) 11.《苏联文化建设的十年》(卢那察尔斯基)		卢那察尔斯基、藏原惟人、罗曼·罗兰、哀弗莱伊夫、黑田辰男等		泰东图书局	1928年11月	画室	

续表

篇（书）名	体裁	著者	版本	出版地	出版时间	署名	备注
流冰 1. 查洛夫：流冰；送给美丽的姑娘 2. 别赛勉斯基：党员证；列宁之日 3. 卡思捷夫：我们将从铁生长起来；启迪 4. 基里洛夫：暴动 5. 波莫尔斯基：我是雪与血 6. 格拉西莫夫：我们；竖坑 7. 亚历山大洛夫斯基：旧俄罗斯；我 8. 萨莫别特尼克：与新同志 9. 沙陀菲耶夫：工场底歌 10. 波莱它耶夫：女职工 11. 加晋：春似的秋屋顶；劳动者底五月；天国的工场；地平线	诗歌	升曙梦编著		水沫书店	1929年3月	SF	冯雪峰自述："《流冰》，译诗集。我译过日本升曙梦著的《新俄的无产阶级文学》（原名《无产阶级文学的理论与实际》）一书，书中引有不少所谓无产阶级诗人的诗，水沫书店戴望舒把那些引诗取出编成一小集，以其中的一首诗题目为集名"

· 204 ·

◇ 冯雪峰译介编年 ◇

续表

篇（书）名	体裁	著者	版本	出版地	出版时间	署名	备注
艺术之社会的基础 1. 艺术之社会的基础 2. 关于艺术的对话 3. 新倾向艺术论		卢那察尔斯基	外村史郎，茂森唯士	水沫书店	1929年5月		"科学的艺术论丛书"之四
作家论（1930年光华书局重版时，改为社会的作家论）		伏洛夫斯基	能势容罗	昆仑书店	1929年5月	画室	"科学的艺术论丛书"之十二
无产者文化宣言		波格丹诺夫		水沫书店	1929年5月	画室	收录在苏汶的《新艺术论》
现代艺术论		梅林		《引擎》创刊号	1929年5月15日	画室	后改为《艺术与新兴阶级》收入其本人的《文学评论》
苏联文坛近事：马克思派与非马克思派的文学论争		梅林	金田常三郎	《语丝》第5卷第11期	1929年5月20日	不文	
论迭更斯		梅林		《语丝》第5卷第14期	1929年6月10日	画室	
自然主义与浪漫主义		梅林		《朝花旬刊》第1卷第1期	1929年6月1日	画室	

续表

篇（书）名	体裁	著者	版本	出版地	出版时间	署名	备注
新兴艺术论的文献			藏原惟人	《语丝》第5卷第15期	1929年6月	不文	
科学的社会主义梗概 1. 马克思传略 2. 马克思主义		列宁	（日本）社会思想社	泰东图书局	1929年6月		"科学的艺术论丛书"之一
艺术与社会生活		普列汉诺夫	藏原惟人	水沫书店	1929年8月	画室	
海外文学者会见记				《小说月报》第20卷第8号	1929年8月10日	画室	
论法兰西的悲剧与演剧		普列汉诺夫	藏原惟人	《朝华旬刊》第1卷第7期、第8期	1929年8月1日、8月11日	画室	
叶赛宁倾向底清算——苏联文坛底一问题			茂森唯士	《语丝》第5卷第23期	1929年8月12日	不文	
现代欧洲艺术及文学底诸流派		玛察		《奔流》月刊第2卷	1929年8月12日到12月20日载完	雪峰	

◇ 冯雪峰译介编年 ◇

续表

篇（书）名	体裁	著者	版本	出版地	出版时间	署名	备注
文学评论 1. 艺术与新兴阶级 2. 莱辛，哥特，反席勒 3. 社会主义的抒情诗人 4. 写实主义与自然主义 5. 自然主义与浪漫主义		梅林	川口浩译的日文译本《世界文学与无产阶级》选译	水沫书店	1929年9月	画室	"科学艺术论丛书"之八
现代法兰西文学上的叛逆与革命		玛察		《朝花旬刊》第1卷第11期	1929年9月11日	雪峰	
玛克辛·戈尔基（今译高尔基）		P. S. Kogan		《奔流》月刊第2卷第5期	1929年12月20日	洛扬	
给苏联底"机械的市民"们		高尔基	藏原惟人	《奔流》月刊第2卷第5期，后收入《文艺理论讲话·鲁迅编，1930年8月上海光华书局印行》	1929年12月20日	雪峰	

· 207 ·

续表

篇(书)名	体裁	著者	版本	出版地	出版时间	署名	备注
1930年 27岁							
现代欧洲的艺术		玛察	藏原惟人、杉本良吉	大江书铺	1930年6月		"艺术理论丛书"之二
艺术学者弗里契之死		藏原惟人		《萌芽月刊》第1卷第1期	1930年1月1日		
艺术形成之社会的前提条件——《经济学批判》之文断片		马克思	田畑三四郎	《萌芽月刊》第1卷第1期	1930年1月1日	洛扬	
法捷耶夫的小说《毁灭》		藏原惟人		《萌芽月刊》第1卷第2期	1930年2月1日	洛扬	
论新兴文学（即党的组织和党的文学）		列宁	冈泽秀虎	《拓荒者》月刊第1卷第2期	1930年2月10日	成文英	后被陈望道题为《伊理基论新兴文学》，作为附录印入他翻译的《苏俄文学理论》一书
现代欧洲无产阶级文学底路		玛察	藏原惟人	《文艺研究》第1卷第1期	1930年2月15日		

◇ 冯雪峰译介编年 ◇

续表

篇(书)名	体裁	著者	版本	出版地	出版时间	署名	备注
资本主义与艺术		梅林	川口浩	《文艺与研究》第1卷第1期	1930年2月15日	洛扬	
关于在文学史上的社会学的方法		冈泽秀虎		《文艺研究》第1卷第1期	1930年2月15日		
文学及艺术底意义——车尔尼雪夫斯基的文学观		普列汉诺夫	藏原惟人	《小说月报》第21卷第2号	1930年2月17日	雪峰	
巴黎公社的艺术政策		弗里契	杉本良吉	《萌芽月刊》第1卷第3期(三月纪念号)	1930年3月1日	雪峰	
苏联国立出版协会的十年				《萌芽月刊》第1卷第3期(三月纪念号)	1930年3月1日	洛扬	
一九一九年五月一日(外一篇);失去的赐物		克慈涅错夫	村田春海	《萌芽》第1卷第1期	1930年1月1日	成文英	
劳苦者		加沙克		《萌芽》第1卷第3期	1930年3月1日		

· 209 ·

续表

篇(书)名	体裁	著者	版本	出版地	出版时间	署名	备注
新演剧领域上的实验		玛察		《新文艺》第2卷第1号(3月号)	1930年3月15日		
劳动阶级应当养成文化的工作者		高尔基	《日俄协会报》第四十九号	《文艺讲座》第1册(神州国光出版)	1930年4月10日		
以理论为中心的俄国无产阶级文学发达史		冈泽秀虎		《文艺讲座》第1册(神州国光出版)	1930年4月10日	雪峰	"科学艺术论丛书"之十三,印入鲁迅翻译的《文艺政策》
我们的进行曲;劳动诗人		马雅珂夫斯基		《新文艺》月刊第2卷第2号	1930年4月	史文成	
马克思论出版底自由与检阅		马克思	田畑三四郎	《萌芽月刊》第1卷第5期	1930年5月1日	洛扬	
苏联文化建设底五年计划				《萌芽》第1卷第5期	1930年5月1日	成文英	
苏联农村社会主义建设上的技术底任务		鲁特勒夫·柯连斯		《萌芽》第1卷第5期	1930年5月1日		

◇ 冯雪峰译介编年 ◇

续表

篇（书）名	体裁	著者	版本	出版地	出版时间	署名	备注
太平洋劳动组合在反战反帝斗争上的任务——1929年8月泛太平洋劳动组合会议底决议				《萌芽》第1卷第5期	1930年5月1日	雪峰	
共产学院艺术部本年底研究题目				《新地月刊》第1期（即《萌芽月刊》第1卷第6期改名）	1930年6月1日	成文英	
艺术社会学的任务及问题		V. 弗里契	藏原惟人	大江书铺	1930年8月		"文艺理论小丛书"之一
1931年 28岁							
《民族问题的新考察》				《燕京月刊》第8卷第3期	1931年3月	SF	
创作方法论——A. 法捷耶夫的演说		法捷耶夫		《北斗》月刊第1卷第3期译	1931年11月20日		
1932年 29岁							
论"同路人"与工人通信员		阿尔弗列特·克莱拉		《文学月报》第1卷五、六合刊	1932年12月	何丹仁	

续表

篇（书）名	体裁	著者	版本	出版地	出版时间	署名	备注
			1933年 30岁				
文化的建设之路		乌拉选弥尔·伊力支		《世界文化》第2期	1933年1月	丹仁	
艺术的研究		李卜克内希		光华书局	1933年8月	成文英	"光华小文库"之一
夏天		高尔基		商务印书馆	1933年9月	雪峰	
			1947年 44岁				
海涅诗				《艺虹杂志》创刊号	1947年6月2日	洛扬	

参考文献

一 著作类
（一）国内著作

艾晓明：《中国左翼文学思潮探源》，北京大学出版社2007年版。

白嗣宏编选：《无产阶级文化派资料选编》，中国社会科学出版社1983年版。

包子衍、袁绍：《回忆雪峰》，中国文史出版社1986年版。

北京大学、北京师范大学、北京师范学院中文系中国现代文学教研室编：《中国现代文学史参考资料·文学运动史料选》，上海教育出版社1979年版。

蔡清富：《冯雪峰文艺思想论稿》，文津出版社1991年版。

曹靖华主编：《俄国文学史》，河南教育出版社1992年版。

曹清华：《中国左翼文学史稿（1921—1936）》，中国社会科学出版社2008年版。

陈建华：《二十世纪中俄文学关系》，高等教育出版社2002年版。

陈建华：《中俄文学关系》，学林出版社1998年版。

陈辽：《马克思主义文艺思想史稿》，四川文艺出版社1986年版。

陈瘦竹主编：《左翼文艺运动史料》，南京大学学报编辑部1980年版。

陈顺馨：《社会主义现实主义理论在中国的接受与转化》，安徽教育出版社2000年版。

陈早春、万家骥：《冯雪峰评传》，重庆出版社1993年版。

程正民、童庆炳主编：《20世纪中国马克思主义文艺理论研究》，北京大学出版社2012年版。

程正民、王志耕等：《卢那察尔斯基文艺理论批评的现代阐释》，北京大学出版社2006年版。

代迅：《西方文论在中国的命运》，中华书局2008年版。

董学文：《马克思与美学问题》，北京大学出版社1998年版。

《冯雪峰论文集》，人民文学出版社1981年版。

冯宪光：《马克思美学的现代阐释》，四川教育出版社2002年版。

冯雪峰：《雪峰全集》（1—12卷），人民文学出版社2016年版。

冯雪峰：《雪峰文集》（1—4卷），人民文学出版社1983年版。

傅修海：《瞿秋白与左翼文学的中国化进程》，人民出版社2015年版。

高华：《革命年代》，广东人民出版社2010年版。

胡风：《胡风评论集》，人民文学出版社1984年版。

胡风：《胡风全集》，湖北人民出版社1999年版。

胡经之、张首映主编：《西方文论选》，中国社会科学出版社1989年版。

胡秋原：《唯物史观艺术论——朴列汗诺夫及其艺术理论之研究》，神州国光社1932年版。

黄曼君主编：《中国20世纪文学理论批评史》，中国文联出版公司2002年版。

吉明学等编：《三十年代"文艺自由"论辩资料》，上海文艺出版社1990年版。

季水河：《多维视野中的文学与美学》，东方出版社2002年版。

季水河：《回顾与前瞻——论新中国马克思主义文艺理论研究及其未来走向》，中国社会科学出版社2009年版。

◇ 参考文献 ◇

瞿秋白：《瞿秋白散文》（下），中央广播电视大学出版社1997年版。

瞿秋白：《瞿秋白文集》第一卷，文学编，人民文学出版社1985年版。

旷新年：《1928：革命文学》，山东教育出版社1998年版。

李何林：《近二十年中国文艺思潮论（1917—1937）》，陕西人民出版社1981年版。

李何林编：《中国文艺论战》，北新书局1930年版。

李欧梵：《中国现代文学与现代性》，复旦大学出版社2002年版。

李衍柱等主编：《马克思主义文艺理论的发展与传播》，广西师范大学出版社1995年版。

李衍柱主编：《马克思主义文艺理论在中国》，山东文艺出版社1990年11月第1版。

李泽厚：《中国现代思想史论》，生活·读书·新知三联书店2008年版。

林伟民：《中国左翼文学思潮》，华东师范大学出版社2005年版。

刘柏青编：《日本无产阶级文艺运动简史》，时代文艺出版社1985年版。

刘锋杰：《中国现代六大批评家》，安徽文艺出版社1995年版。

刘宁：《俄国文学批评史》，上海译文出版社1999年版。

刘庆福主编：《马克思主义文艺理论发展简史》，北京师范大学出版社1995年版。

刘永明：《中国左翼运动与中国马克思主义文艺理论的早期建设》，中国文联出版社2007年版。

刘勇、杨志等：《马克思主义与二十世纪中国文学》，百花洲文艺出版社2006年版。

刘中望：《瞿秋白与俄国马克思主义文学理论关系研究》，中国社会科学出版社2014年版。

柳国庆：《马克思主义中国化历史经验研究》，浙江大学出版社 2006 年版。

鲁迅：《鲁迅全集》，人民文学出版社 1973 年版。

鲁迅：《鲁迅全集》，同心出版社 2014 年版。

鲁迅：《鲁迅译文集》第六卷，人民文学出版社 1958 年版。

陆贵山：《马克思主义文艺学概论》，中国人民大学出版社 2001 年版。

陆扬：《后现代性的文本阐释：福柯与德里达》，上海三联书店 2000 年版。

马驰：《艰难的革命：马克思主义美学在中国》，首都师范大学出版社 2006 年版。

马驰：《西方马克思主义与中国当代文论》，河南大学出版社 2010 年版。

马良春、张大明：《三十年代左翼文艺资料选编》，四川人民出版社 1980 年版。

毛泽东：《毛泽东文艺论集》，中央文献出版社 2002 年版。

毛泽东：《毛泽东选集》，人民出版社 1991 年版。

钱理群、温儒敏：《中国现代文学三十年》，北京大学出版社 1998 年版。

钱中文：《走向交往对话的时代》，北京大学出版社 1999 年版。

上海鲁迅纪念馆：《回望雪峰》，上海文艺出版社 2005 年版。

上海社会科学院文学研究所编：《三十年代在上海的"左联"作家》，上海社会科学院出版社 1988 年版。

宋建林：《现代艺术社会学导论》，知识出版社 2003 年版。

孙琴安：《雪之歌：冯雪峰传》，浙江人民出版社 2005 年版。

汪介之：《别求新声》，中央编译出版社 2014 年版。

汪介之：《回望与沉思：俄国文论与 20 世纪中国文坛》，北京大学出

◇ 参考文献 ◇

版社 2005 年版。

王富仁等：《冯雪峰与中国现代文学》，人民文学出版社 1988 年版。

王嘉良：《中国新文学现实主义形态论》，文化艺术出版社 2002 年版。

王杰、段吉方：《文化与社会：马克思主义与 20 世纪中国文学理论发展研究》，中国社会科学出版社 2016 年版。

王秀芳：《美学·艺术·社会》，河北人民出版社 1987 年版。

王瑶：《中国新文学史稿》，上海文艺出版社 1982 年版。

王永生主编：《中国现代文学理论批评史》（中），贵州人民出版社 1988 年版。

王元骧：《文学理论与当今时代》，浙江大学出版社 2002 年版。

王志松：《20 世纪日本马克思主义文艺理论研究》，北京大学出版社 2012 年版。

温儒敏：《新文学现实主义的流变》，北京大学出版社 2007 年版。

温儒敏：《中国现代文学批评史》，北京大学出版社 1993 年版。

吴长华：《冯雪峰评传》，上海书店出版社 1995 年版。

吴元迈：《苏联文学思潮》，浙江文艺出版社 1985 年版。

徐庆全：《周扬与冯雪峰》，湖北人民出版社 2005 年版。

许道明：《中国现代文学批评史新编》，复旦大学出版社 2002 年版。

杨义：《中国现代小说史》第二卷，人民文学出版社 1986 年版。

叶渭渠、唐月梅：《20 世纪日本文学史》，青岛出版社 1998 年版。

翟厚隆编选：《十月革命前后苏联文学流派》（上编），上海译文出版社 1998 年版。

张德祥：《现实主义当代流变史》，社会科学文献出版社 1997 年版。

张福贵、靳丛林：《中日近现代文学关系比较研究》，吉林大学出版社 1999 年版。

张捷：《热点追踪：20 世纪俄罗斯文学研究》，人民文学出版社 2003

年版。

张捷编选:《十月革命前后苏联文学流派》(下编),上海译文出版社 1998 年版。

张秋华、彭克巽等编选:《"拉普"资料汇编》,中国社会科学出版社 1981 年版。

张旭东:《文化政治与中国道路》,上海人民出版社 2015 年版。

郑雪来等主编:《世界艺术与美学》第 8 辑,文化艺术出版社 1987 年版。

郑异凡编译:《苏联"无产阶级文化派"论争资料》,人民出版社 1980 年版。

支克坚:《冯雪峰论》,陕西人民出版社 1992 年版。

智量等:《俄国文学与中国》,华东师范大学出版社 1991 年版。

中国社会科学院文学研究所文学研究室编:《"革命文学"论争资料选编》,人民文学出版社 1981 年版。

周平远等:《从苏区文艺到延安文艺——马克思主义文论中国化历史进程》,社会科学文献出版社 2014 年版。

周扬:《周扬文集》,人民文学出版社 1984 年版。

周忠厚:《马克思主义文艺学思想发展史教程》,中国人民大学出版社 2002 年版。

朱辉军:《西学东渐——马克思主义文论在中国》,燕山出版社 1994 年版。

朱立元等:《马克思主义文艺理论中国化研究》,经济科学出版社 2009 年版。

朱丕智:《中国现代文学理论史》,中国社会科学出版社 2013 年版。

朱晓进:《政治文化与中国二十世纪三十年代文学》,人民出版社 2004 年版。

朱寨主编:《中国当代文学思潮史》,人民文学出版社 1987 年版。

◇ 参考文献 ◇

庄锡华：《二十世纪的中国文艺理论》，上海三联书店 2000 年版。

庄锡华：《中国现代文论家论》，光明日报出版社 2006 年版。

《中国新文学大系·文学理论集（1927—1937）》（1、2），上海文艺出版社 1987 年版。

《中央苏区革命文化史料汇编》，江西人民出版社 1994 年版。

《左联回忆录》（上、下），中国社会科学出版社 1982 年版。

（二）译著

《列宁论文学与艺术》，人民文学出版社 1983 年版。

《列宁选集》，人民文学出版社 2012 年版。

《马克思恩格斯全集》，人民出版社 1995 年版。

［德］弗可玛、易布思：《二十世纪文学理论》，林书武等译，生活·读书·新知三联书店 1988 年版。

［德］汉斯·科赫：《马克思主义和美学》，佟景韩译，漓江出版社 1985 年版。

［俄］费德林：《前苏联学者论中国现代文学》，宋绍香译，新华出版社 1994 年版。

［苏］卢那察尔斯基：《关于艺术的对话》，吴谷鹰译，生活·读书·新知三联书店 1991 年版。

［俄］卢那察尔斯基：《论文学》，蒋路译，人民文学出版社 1978 年版。

［俄］普列汉诺夫：《普列汉诺夫美学论文集》，曹葆华译，人民出版社 1983 年版。

［法］雷蒙·阿隆：《知识分子的鸦片》，吕一民等译，译林出版社 2005 年版。

［加］谢少波：《抵抗的文化政治学》，陈永国、汪民安译，中国社会科学出版社 1999 年版。

［美］费正清编：《剑桥中华民国史》第二部，章建刚等译，上海人

民出版社1992年版。

［美］斯图尔特·施拉姆：《毛泽东》，红旗出版社1995年版。

［美］斯图尔特·施拉姆：《毛泽东的思想》，田松年等译，中国人民大学出版社2005年版。

［日］藏原惟人：《新写实主义论文集》，之本译，现代书局1930年版。

［日］丸山升：《鲁迅·革命·历史》，王俊文译，北京大学出版社2005年版。

［日］伊藤虎丸：《鲁迅、创造社与日本文学——中日近现代比较文学初探》，北京大学出版社2005年版。

［斯洛伐克］玛利安·高利克：《中国现代文学批评发生史（1917—1930）》，陈圣生等译，社会科学文献出版社1997年版。

［苏］M.C.卡冈：《马克思美学史》，汤侠生译，北京大学出版社1987年版。

［苏］弗里契（佛理采）：《艺术社会学》，胡秋原译，神州国光社1931年版。

［苏］高尔基：《论文学》，冰夷等译，人民文学出版社1979年版。

［苏］斯·舍舒科夫：《苏联二十年代文学斗争史实》，冯玉律译，上海译文出版社1994年版。

［苏］托洛茨基：《文学与革命》，刘文飞等译，外国文学出版社1992年版。

［英］拉曼·塞尔登编：《文学理论批评——从柏拉图到现在》，刘象愚、陈永国等译，北京大学出版社2000年版。

［英］特里·伊格尔顿：《马克思与文学批评》，文宝译，人民文学出版社1998年版。

（三）期刊类

《北斗》第2卷第1期，1932年1月20日。

参考文献

［日］芦田肇：《鲁迅、冯雪峰对马克思主义文艺理论的接受（一）：水沫版、光华版〈科学的艺术论丛书〉版本、材源考》，《中国现代文学研究丛刊》1993年第2期。

［苏］柯静采夫、齐久：《文艺学中的庸俗社会学》，《文艺理论研究》1982年第3期。

艾晓明：《胡风与卢卡契》，《文学评论》1988年第5期。

蔡若虹：《窑洞风情》，《延安文艺研究》1984年创刊号。

昌切、蒋红森：《冯雪峰文艺思想的政治意蕴》，《武汉大学学报》（社会科学版）1993年第4期。

陈国恩：《"拉普"和中国左翼文学批评的历史反思》，《重庆三峡学院学报》2004年第5期。

陈思和：《胡风对现实主义理论建设的贡献》，《海南师院学报》1997年第2期。

陈涌：《雪峰同志》，《北京文艺》1980年第4期。

程光炜：《左翼文学思潮与现代性》，《海南师范学院学报》（社会科学版）2002年第5期。

程凯：《1920年代末文学知识分子的思想困境与唯物史观文学论的兴起》，《文史哲》2007年第3期。

程凯：《"革命文学"历史谱系的构造与争夺》，《中国现代文学研究丛刊》2005年第1期。

代迅：《不应遗忘的文艺思想史：普列汉诺夫与现代中国》，《学习与探索》2003年第3期。

党圣元：《马克思主义文论中国形态化的问题意识及其提问方式》，《贵州社会科学》2012年第9期。

杜运通：《三十年代浪漫主义失落的多维考察》，《中州学刊》1994年第6期。

樊篱：《冯雪峰论现实主义》，《中国文学研究》1992年第2期。

范际燕：《胡风文艺思想的源脉与特色》，《华中师范大学学报》（人文社会科学版）2000 年第 1 期。

韩雪临：《三十年代初左翼文学与现实主义理论》，《暨南学报》（哲学社会科学版）2001 年第 3 期。

胡风：《关于解放以来的文艺实践情况的报告》，《新文学史料》1988 年第 4 期。

胡铸：《冯雪峰与胡风文艺思想异同论》，《社会科学研究》1987 年第 1 期。

黄金亮：《一脉相承与变异发展——周扬论艺术与现实的关系与车尔尼雪夫斯基之比较》，《萍乡高等专科学校学报》2002 年第 1 期。

黄立平、丘山：《冯雪峰文艺思想述评》，《广西社会科学》2000 年第 1 期。

季水河：《百年反思：20 世纪马克思主义文艺理论在中国的传播、发展与问题》，《湖南师范大学社会科学学报》2005 年第 1 期。

季水河：《论 20 世纪早期初级形态的中国马克思主义文学理论》，《学习与探索》2014 年第 8 期。

季水河：《论 20 世纪中国马克思主义美学发展的三个阶段》，《山东社会科学》2007 年第 10 期。

季水河：《论马克思主义现实主义文论对中国现实主义文学理论发展的影响》，《山东社会科学》2018 年第 1 期。

季水河：《毛泽东与胡风文艺思想比较研究》，《山东社会科学》2010 年第 1 期。

季水河：《毛泽东与列宁文艺思想比较研究》，《文学评论》2008 年第 2 期。

靳明全：《日本无产阶级文学运动对"左联"的影响》，《贵州大学学报》（社会科学版）1996 年第 2 期。

赖大仁：《马克思主义文论研究的当代困境与理论反思》，《学术月

◇ 参考文献 ◇

刊》2016 年第 10 期。

赖大仁：《马克思主义文艺理论中国化的理论形态》，《中国人民大学学报》2008 年第 6 期。

李红慧、程思义：《胡风文艺思想之现代性与五四新文学传统探析》，《文艺研究》2011 年第 5 期。

李今：《苏共文艺政策、理论的译介及其对中国左翼文学运动的影响》，《中国现代文学研究丛刊》2002 年第 1 期。

柳传堆：《学术视角下的译介实践——评冯雪峰对马克思主义文艺理论的译介工作》，《三明学院学报》2005 年第 3 期。

陆贵山：《马克思主义文艺学的理论创新》，《文学评论》2009 年第 4 期。

马驰：《卢卡奇、胡风、冯雪峰现实主义理论的比较研究》，《马克思主义美学研究》1998 年第 1 期。

木子：《冯雪峰的现实主义美学思想——从他的丁玲论谈起》，《台州师专学报》1994 年第 2 期。

钱理群：《胡风与五四文学传统》，《文学评论》1988 年第 5 期。

沈栖：《"拉普"在中国译介的始末》，《上海大学学报》（社会科学版）1989 年第 2 期。

盛夏：《革命现实主义理论的三驾马车：周扬胡风冯雪峰》，《理论与创作》2003 年第 4 期。

孙书文：《俄国文论对中国马克思主义文论建构的影响——以周扬文艺思想为透视个案》，《山东社会科学》2007 年第 5 期。

孙郁：《冯雪峰批评思想里的鲁迅资源》，《华夏文化论坛》2016 年第 1 期。

谭好哲：《论马克思主义文艺理论的历史形态与理论形态》，《山东社会科学》2018 年第 1 期。

童庆炳：《胡风的"主观战斗精神"论》，《东疆学刊》2006 年第

4期。

王纯菲：《革命实践的马克思主义文艺观——冯雪峰文论重估》，《辽宁大学学报》（哲学社会科学版）2002年第5期。

王嘉良：《地域文化视野中的左翼话语》，《文学评论》2006年第6期。

王向远：《中国现代文艺理论和日本文艺理论》，《北京师范大学学报》（社会科学版）1998年第4期。

王志松：《"藏原理论"与中国左翼文坛》，《中国现代文学研究丛刊》2007年第3期。

王智慧：《福本和夫主义、新写实主义之于中国"革命文学"》，《山东社会科学》2004年第5期。

温儒敏：《历史选择中的卓识与困扰——论冯雪峰与马克思主义批评》，《学术月刊》1994年第5期。

温儒敏：《三十年代现实主义思潮所受外来影响及其流变》，《中国现代文学研究丛刊》1988年第1期。

吴国群：《左翼文艺运动中的"新写实主义"》，《杭州师范学院学报》1990年第4期。

吴元迈：《弗里契与文艺学中的庸俗社会学问题》，《中文学术前沿》2012年第1期。

吴元迈：《苏联三十年代"写真实"口号提出的前前后后》，《苏联文学》1981年第1期。

杨春时、宋剑华：《论二十世纪中国文学的近代性》，《学术月刊》1996年第12期。

杨建文：《走向祭坛：作为现实主义理论家的胡风、周扬和冯雪峰》，《湖北大学学报》（哲学社会科学版）1993年第6期。

张传敏：《中国左翼现实主义观念之发生》，《文学评论》2008年第1期。

◇ 参考文献 ◇

张大明:《昙花一现的"唯物辩证法的创作方法"》,《新文学史料》1985 年第 2 期。

张怀久、蒋国忠:《弗里契和他的〈艺术社会学〉》,《上海社会科学院学术季刊》1995 年第 4 期。

张直心:《喧哗与沉默——"左联"接受辩证唯物论创作方法面面观》,《学术探索》2001 年第 1 期。

张直心:《拥抱两极——鲁迅与托洛茨基、"拉普"文艺思想》,《鲁迅研究月刊》1994 年第 7 期。

支可坚:《冯雪峰、胡风与中国现代马克思主义文艺理论的流派问题》,《中国现代文学研究丛刊》2008 年第 4 期。

支可坚:《冯雪峰文艺理论的背景和内在矛盾》,《甘肃社会科学》2003 年第 6 期。

周平远:《20 世纪 30 年代初胡秋原的庸俗社会学批判》,《南昌大学学报》(人文社会科学版)2002 年第 1 期。

周燕芬:《多元融合与创造性转换——胡风文艺思想构成解析》,《文学评论》2005 年第 2 期。

朱光潜《我对于本刊的意见》,《文学杂志》1937 年创刊号。

朱丕智:《关于作家的主观——试论冯雪峰的创作思想》,《重庆师院学报》(哲学社会科学版)1985 年第 2 期。

庄锡华:《20 世纪中国文艺观念演进描述》,《文艺争鸣》1999 年第 6 期。

庄锡华:《论冯雪峰的文学观念》,《文学评论》1992 年第 2 期。

邹华:《冯雪峰文艺思想的历史启示——兼论现实主义在中国现代文学发展中的两种形态》,《中国现代文学研究丛刊》2004 年第 4 期。

后　　记

　　接触冯雪峰的文艺理论至今已有 16 年了，记得是 2003 年，我的导师季水河先生问我毕业论文的选题情况，我说了几个想做的题目，他听后，说题目太大也太难，就对我说：如果你对近现代的文艺批评感兴趣，研究冯雪峰吧。冯雪峰的名字第一次进入我的视野，当时就对其生平充满好奇。随后在湘大图书馆借阅了大量的《冯雪峰文集》，收集了许多冯雪峰研究资料，对冯雪峰的认识也一步步加深，之后就将硕士毕业论文选题确定为冯雪峰与俄苏马克思主义文论的关系研究。硕士论文总共 5 万多字，一些自己很感兴趣的问题由于时间所限，并没有进行深入挖掘，部分内容研究也还需要进一步充实。攻读博士期间，论文选择了网络文学方面的研究，对冯雪峰的研究一度中断，但心里面还一直惦记着，仿佛还有很多话要跟这个老朋友谈谈。一直到 2010 年，导师季水河先生来浙江讲学时，谈到我的研究课题，他对我说：冯雪峰，你还可以下点功夫，深入挖掘一下。我听了心里也"咯噔"一声，对啦，我还欠着我的老朋友一场深谈呢。于是我又开始重新阅读冯雪峰，7 余年的时光，我的心态也更加成熟，不像开始时带着挑剔的眼光来看待其左的偏执，而是以更加理性的眼光来审视他。

　　也许在很多人的眼里，左翼理论家们个个都思想极端或者偏激，政治功利性强，已不值得研究了，然而当我们细读他们的作品，返回历史现场，联系当时的历史境遇，我们也许会改变这种看法，就会理

后　记

解甚至同情他们的观点。在研究中，我对于冯雪峰的感情就是这样，我欣赏他在救亡图存时代将文艺作为革命手段的勇气，我佩服他在革命年代对文艺规律的深刻思考，我理解他的那种既要文艺又要政治的理论追求，我为他既为诗人，又兼革命家的矛盾身份而难过。带着这样的感情，我一步步地走近冯雪峰，十几本的《冯雪峰文集》，我翻了又翻，硕士期间的论文，我改了又改，新增的部分内容，我再三梳理。我知道冯雪峰的研究是一个较为冷门的论题，正因为冷门，我反而能不受外界影响，真正进行独立和深入的研究。冯雪峰是马克思主义文艺理论中国化过程中的典型人物，学界对冯雪峰的研究较多停留在历史功过层面，而忽略了冯雪峰作为一个马克思主义文艺理论批评家的建树。在研究中，我避开了与主题无关的一些文案历史如毛泽东为什么不喜欢冯雪峰，以及冯雪峰与丁玲、周扬、胡风等的交往历史等，而是主要从冯雪峰文艺理论批评的特质以及形成原因来探析冯雪峰的文艺思想。总体来说，也还存有一些遗憾，如"拉普"文艺思想对于中国革命文艺理论的辐射和影响挖掘得还不深，冯雪峰与俄国文论之间的关系梳理得还不够清晰，同时由于学识有限，一些观点和论题也许论证还不够严谨。这些都是自己深以为憾的。

在此，要衷心感谢我的授业导师季水河先生，从2002年成为先生学生以来已有18年的时光，十余年来先生亦师亦父，对学生的学习和生活都给予了帮助和指导。忘不了硕士刚入学时，先生第一次请我们到家里吃饭，亲自下厨给我们做了满满一桌的饭菜，以后每逢节假日都会请我们这些穷学生饱餐一顿，让我们感到家的温馨；忘不了2003年"非典"期间，很多课停上，先生为了不耽误大家的学习进程，把家里变成了教室给大家上课；忘不了硕士毕业论文被先生改得面目全非，红色批注部分已超过原文。来浙江工作后，先生依然给予关心和帮助，时刻督促鼓励，12卷本的《冯雪峰全集》刚一出版，先生就打来电话说，这个全集有很多新资料，很重要，请好好阅读。

◇ **冯雪峰与俄国马克思主义文学理论关系研究** ◇

先生是马克思主义文论方面的研究专家,在马克思主义文论方面有着深厚的研究功底,研究著作丰富且厚重,自己深感压力,没有先生的指导、鼓励和督促,我也很难坚持完成冯雪峰的研究。师母杨力女士也在学习、生活方面给予了无微不至的关怀,与师母每次交谈都让我感受到亲人般的温暖。也忘不了在湘大的点点滴滴,师兄罗如春、师弟中望、师妹顾夏等的帮助……

另外,感谢嘉兴学院万国庆老师、单元老师给我提供的大量关于胡风、冯雪峰的一些资料,万老师和单老师退休时,特意把准备好的关于胡风的一大堆资料送给我,并多次跟我探讨冯雪峰与胡风之间的关系,让我大受裨益。学院领导洪坚书记、欧阳仁根院长,同事和前辈富华、富世平、范道济老师都给予我莫大的帮助,在此一并致谢。一晃眼,博士毕业已 10 年,在嘉兴学院工作已 9 年,在嘉兴成家立业,在江南的和风中坚持自己衷爱的学术研究,除了感叹时光如梭,也感谢造物主之神奇。

书稿的完成,我的妻子胡慧也付出很多,许多地方的校正都是由她完成的,她是本书的"第一读者",我在文字、标点符号方面的粗心大意她都会适时给予提醒。

还要特别感谢本书的责任编辑刘艳,她的严谨负责的编校态度,使本书增添了许多亮色。

最后,也欢迎对冯雪峰感兴趣的专家朋友对本书进行批评指正,学术研究路上如有同行的指点和批评,那是一件幸事,对下一步深化冯雪峰的研究也是很有裨益的。

书稿将近完成时,正是小满节气,中国人认为"月满则亏",喜欢小满之将熟未熟的状态。我对书稿的完成也有一份"小满"的心情,前后十余年,终于成书,虽有不满,却也颇感欣慰。来日还久长,希望自己永远保持一份对学术的敬畏之心,继续与冯雪峰有关或无关的学术研究。